KB263987

Lycoris Recoil
Recovery days
Novelize
리코리스 리코일
Lycoris Recoil

CHARACTER

등장인물 소개

DATA

니시키기 치사토

나이: 17세 생일: 9월 23일
혈액형: AB형

실은 역대 최강으로 꼽히는 리코리스. DA가 대응하지 않는 민간의 고충을 기꺼이 해결해 주고 있다. 카페 리코리코에서는 자칭 간판 직원으로 밝고 활기차게 일하고 있다.

DATA

이노우에 타키나

나이: 16세 생일: 8월 2일
혈액형: A형

우수한 리코리스였지만 어떤 사정으로 카페 리코리코에서 일하게 된다. 합리적이고 군더더기를 싫어하는 성격이라 리코리스답지 않은 치사토에게 불만을 느낄 때도 있다. 리코리코에서 일을 통해 성과를 내고 싶어한다.

아사우라
Asaura

[ILL.]
이미기무루

[원안·감수]
Spider Lily

리코리스 리코일
Lycoris Recoil

Lycoris Recoil
Recovery
days
Novelize

■ 제0화 『그리고 막이 열린다』

평소처럼 지루하고 나른한 시간이었다.

평일 오후, 해지기 조금 전.

일하는 사람은 당연히 일하고 있을 시간이고, 주부라면 슬슬 저녁 식사를 준비할까 하는 시간.

일반적인 카페라면 귀가 도중의 학생이 들르거나 하겠지만, 체인점에 비하면 이곳 카페 리코리코는 조금 가격이 있는 편이라 어떤 시간대에도 젊은 애들이 많지 않았다.

그래서 이 가게의 이 시간은 언제나 나른하다.

이젠 배려할 만한 사이도 아닌 단골손님 세 명이 자리한 것이 그 나른함을 더욱 강조하는 기분마저 들 정도이다.

"타키나, 한숨 돌려."

이름을 부르는 소리에 이노우에 타키나는 카운터 안쪽을 보았다. 점주인 미카가 커피를 내리고 김이 피어오르는 그것을 카운터석 한쪽 구석에 내려놓는다.

만약 타키나에게 "커피라도 마실래?" 라고 묻는다면 "아직 영업 중이라서요" 라며 거절할 거고, 올지도 모르는 손님을 위해 쟁반을 든 채 가게 한가운데에 서 있을 거다.

최근의 미카는 그런 점까지 파악했는지 한 발 앞서 행동한다.

갓 내린 따끈한 커피를 입도 대지 않고 방치하는 건 마음 아픈 일이고, 멋진 컵에 따른 그걸 예의도 없이 선 채 들이켜는 것도 뭔가 어울리지 않는 행동이다.

그 결과, 타키나는 자리에 앉아 커피를 마실 수밖에 없는 거다.

그건 반강제적이면서도 지극히 자연스럽게 시작되는 휴식 시간이었다.

미리 정해둔 휴식이 아닌 거기엔 원래대로라면 약간의 죄책감을 느낄 수 있지만, 어쩔 수 없다는 상황이 뒷받침해주기 때문에 타키나의 마음도 편할 수 있다.

컵을 한 손에 감싸듯 쥐자 온기가 따뜻하게 전해졌고, 갓 내린 커피는 마음을 편하게 만들어줬다.

잔 끝에 입술을 대고 한 모금 마시자 뜨거운 커피가 혀를 춤추게 하고 코로 들어온 향기는 목으로 미끄러져 내려간다.

은은한 산미에서 시작해 쌉쌀한 맛, 하지만 그 이상 가는 향기, 그리고 마지막으로 약간의 달콤한 맛이 입안에 퍼진다.

컵을 뗀 입에서 후, 학 한숨이 새어나왔다.

커피는 마시기 전부터 그 맛이 시작되며 마신 후의 한숨까지를 포함하는 것이다—라는 문장을 이 가게에 처음 왔을 때 잡지인가 어디선가에서 봤던 것도 같다.

그때는 무슨 소릴 하는지 전혀 이해하지 못했는데 지금이라면 그 말이 무슨 의미인지 안다.

원두를 볶은, 가슴이 후련해지는 향으로 가득 차는 곳은 오래된 민가를 연상케 하는 역사가 느껴지는 목재 건물 점포.

스테인드글라스로 꾸민 창을 통과해 부드럽고 따뜻하게 가게 안을 비추는 오후의 햇살.

고급 명품은 아니지만 엄선해 고른 컵과 소서가 내는 작은 소리마저 기분 좋게 들렸다.

거기서 마시는 커피 또한 너무 무겁지도, 가볍지도, 그리고 무엇보다 너무 새콤하지도 않다. 적당히 쌉쌀하면서도 은은한 단맛이 느껴진다.

그리고 너무 뜨겁지도 미지근하지도 않은 절묘한 온도… 그건 맛있다는 말을 자연스럽게 떠오르게 만든다.

입으로 새어 나오는 촉촉하게 젖은 한숨은 몸에 쌓여 있던 스트레스의 잔재일까.

마시기 전부터 이미 '맛있다'가 시작된다.

그리고 목으로 삼킨 뒤에도 커피의 마법은 풀리지 않는다.

은은하고 따뜻한 은근한 행복.

스며들 듯 계속 이어지는 그것에 타키나의 눈은 절로 감겼다.

'근무 중'에서 불과 몇 초 만에 '휴식'으로 전환되어 버린다…. 좋은 커피에는 그런 힘이 있는 것이다.

카운터 안에서 주방 작업을 하는 미카의 인기척과 소리. 눈을 뜰 필요도 없이 그 느낌만으로도 그가 얼마나 깔끔하게 일하고 있는지 알 수 있었다.

세련된 움직임이란 기분 좋은 것이다.

이대로 시간을 잊고 꿈속으로 들어가버릴 것 같은 그런….

"그래서 얼마나 놀랐는지 몰라—!!"

…그런 타키나의 좋은 기분을 웃음 섞인 커다란 목소리가 부숴버린다.

—치사토도?

—당연하지! 아니, 안 그러겠어? 3시간이 넘는 영화니까 그냥 쉽게 보는 영화보다 준비를 하게 되잖아? 그런데 중간에 커다랗게 '인터벌—!!'이라고 뜨면 뭐야, 진짜? 이 영화 중간에 휴식 시간 있어? 그럼 이 참에 화장실 갔다 올까, 이렇게 되지 않느냐고요!

—맞아, 맞아. 그렇지.

—너무하지 않니, 2초밖에 안 되는데 말이야.

―맞아, 맞아! 그런데 난 자리에서 몸을 일으킨 데다 화장실 스위치까지 켜져서 아, 진짜! 아아, 진짜 뭐야!! 이 모드라서… 갈 수밖에 없었다고…! 니시키기 치사토, 영화 마니아 인생을 걸어온 지 어언 십여 년… 영화관에서 중간에 화장실에 가는 굴욕을 오랜만에 떠올리게 됐다니까!

타키나가 눈을 뜨고 쳐다보니… 한쪽에 마련된 좌식 테이블에서 단골손님 셋과 큰소리로 대화를 나누는 니시키기 치사토가 보였다.

―아, 근데 그 영화 외국이, 아니라 본국 영화관에선 인터벌 시간 제대로 준다던데요.

―뭐어! 뭐야, 치사해!

―이게 일본 영화관의 방식이냐고 누가 뭐라고 해주면 좋겠다.

―하지만 영화관은 회전수가 중요하다니까….

평소에 무슨 일을 하는지 알 수 없는 초로의 고토, 작가인 요네오카, 여대생인 키타무라, 이렇게 세 명의 단골과 섞여 게으름을 부리고 있는 니시키기 치사토의 모습은 점원이라기보다는 손님… 아니, 오히려 손님 세 명이 치사토를 상대하는 것처럼 보일 정도였다.

슬슬 주의를 줘야 하나.

자신의 느긋한 커피 타임을 방해받은 원한을 가슴에 품은 채 지켜보고 있자니, 그 시선을 느낀 치사토가 갑자기 고개를 돌렸다.

"타키나도 이리로 와―. 대화에 끼고 싶어서 그러지―?"

"아뇨. 그리고 난 영화관 안 가요."

타키나의 말을 들은 순간, 치사토의 시간이 멈췄다.

눈을 크게 뜨고 반쯤 입을 벌린 채 미동도 하지 않는다. 비둘기가 콩알탄에 맞은 것 같은 모습이란 표현을 타키나가 막 떠올리는 순간 치사토가 움직였다.

타키나를 쳐다보며 무서운 속도로 좌식 테이블—그리고 바닥을 두 손발로 기듯이 이동해 다가오더니 카운터석에 앉아 있는 타키나의 몸을 기어오르듯 발목, 무릎, 허리, 그리고 어깨를 덥석덥석 움켜쥐며 얼굴을 바짝 들이댔다.

그건 마치 좀비 영화와 같은 모습이었는데, 그 섬뜩함에 타키나의 등골이 오싹, 하고 반응을 보였다. 손에 총을 쥐고 있었다면 반사적으로 들이댔을 거다.

"왜?!"

치사토는 '말도 안 돼, 그런 일은 있을 수 없어' 라는 얼굴로 타키나를 쳐다보면서 그 어깨를 격렬하게 흔들어댔다. 마치 통조림 안에 남은 마지막 사탕을 꺼낼 때처럼.

카운터 안쪽 주방에서 "…치사토" 하고 기가 막힌다는 듯이 타이르는 미카의 목소리가 들렸지만, 그녀의 귀에는 전해지지 않았다.

이대로 있다간 뇌가 버터가 될 것 같아 타키나는 치사토의 손목을 잡아 더 이상 못 흔들게 막았다.

"……오히려 왜 지금 이 흐름에서 왜? 라는 질문을 하는지 묻고 싶군요."

"그야, 아니… 그거야… 타키나, 여기 어딘지 알아?"

"카페 리코리코죠."

"맞아! 하지만 이건 지명에 대한 질문이었는데!"

"도쿄요."

"아냐! 아니, 맞긴 한데! 그게 아니라 조금 더 좁은 범위로."

"스미다구 긴시초역에서 북쪽으로 조금 더 이동한 곳… 이요?"

"대충 맞아! 그럼 타키나는 왜 지금 여기에 있는 거지?"

"쿠스노키 사령관이 '가라'고 해서요."

"으음—, 이렇게 나오는구나."

치사토가 바란 답이 아니었던 것 같다는 것은 타키나도 알 수 있었다.

"도대체 무슨 말을 하고 싶은 거죠?"

"아니, 그러니까 말이야, 타키나 씨. 당신은 지금요, 굉장히 축복받은 환경에 있는 거거든요. 멋진 카페에서 귀여운 유니폼을 입고 있고, 또 친절하고 같이 있으면 너무너무 즐거운 미소녀 선배도 있고—."

"어머, 불렀어?"

가게 안쪽에서 오늘 오후 근무인 나카하라 미즈키가 '기다렸다'는 듯이 나타났다.

"미소녀!!"

뭐래, 여자는 몇 살을 먹든 소녀거든, 하고 미즈키가 불만스럽다는 듯 입술을 삐죽거리며… 정말로 안으로 들어갔다. 부른 건 아니지만 타키나로선 제대로 일해주었으면 하는 입장이기 때문에 빨리 가게로 나와주길 바랐다.

"어, 그러니까 뭐더라… 아, 나였지. 그래! 미소녀 선배가 있고 맛있는 밥도 먹을 수 있고, 기분 좋게 일도 할 수 있고—."

"난 좀 더 열심히 일하고 싶습니다만."

"알았어, 그 부분은 검토할게! 뭐하면 오늘 청소 당번도 맡길게!"

"그게 아니라요."

"알아! 나도 아는데, 지금은 그게 중요한 게 아니라! 아무튼 지금 한 말에 더해서 여기, 봐봐, 알겠어? 최고의 입지 중 한 곳에서 생활하고 있단 말이야!"

"맛있는 식당이 많다는 거요?"

"왜 그쪽으로 흐르는 건데?!"

치사토가 하늘을 쳐다본다.

시끄럽다고 불평하며 가게 안쪽에서 새롭게 쿠루미가 등장했다.

이 시간대에 쿠루미는 자다 깼는지 하품을 했다. 옆구리에 노트북을 끼고서 타키나와는 반대편 카운터 구석 자리에 자리를 잡는다.

"대화 흐름상 영화관에 가까운 입지다, 그 말을 듣고 싶은 거겠지, 치사토는."

"맞아! 그거예요! 잘 아네, 쿠루미! 장하다!"

"자는 내 귀에까지 말소리가 다 들렸거든."

준비하고 있었다는 듯이 미카가 쿠루미에게 따뜻한 코코아를 건넸고, 그녀는 그걸 당연하게 받아 들고 한 모금 들이켰다. 후우, 따뜻한 한숨이 작은 입에서 새어나온다.

"이제 일어난 거야? 조금 있으면 해가 질 시간인데."

"태양 따위에 내 생활 리듬을 구속받고 싶지 않아."

그런 두 사람의 대화를 타키나가 바라보고 있는데 날 무시하지 말라는 듯이 치사토가 자기 얼굴을 사이에 들이밀었다. 타키나의 시야는 온통 그녀의 커다란 눈동자로 가득 찼다.

"타키나, 너 왜 여기서 살아?"

"그러니까…."

"영화관이 가까우니까 그런 거지?!"

"아닌데요."

"전철도 안 타고 편하게 걸어갈 수 있는 거리에 영화관이 있다니… 인생의 슈퍼 어드밴티지잖아! 퀄리티 오브 라이프 대폭등! 인데……
왜?!"

"글쎄요, 왤까요…."

"그거 아니에요? 영화는 잘 안 보는 타입?"

키타무라가 조심스레 끼어들어 왔고, 타키나는 가로막는 치사토의 얼굴을 옆으로 밀치고서 그녀를 보며 대답했다.

"아뇨, 치사토가 블루레이 같은 걸 자주 떠넘겨서 다양하게 보고는 있어요."

치사토도 키타무라 쪽으로 몸을 돌리더니 힘차게 손을 들었다.

"보여주고 있습니다!"

"그럼 영화관에 안 가는 건 다른 이유가 있어선가?"

작가인 요네오카다. 치사토도 그 질문에 대한 답이 궁금한지 타키나를 되돌아본다.

"글쎄요… 일단 비싸요."

치사토가 "뭐…!" 하고 뭔가 소리를 지르려다가 꾹 참고 자제했다.

타키나는 계속 말을 이어나갔다.

"그리고 영화는 대개 120분 전후쯤 하잖아요. 그건 좋은데 일찍 들어가서 자리에 앉아야 하고, 시작하는가 싶어도 처음에 나오는 건 광고죠. 게다가 영화관 안을 이동하는 시간 등을 고려하면 대충 잡아도 플러스 40분. 그러면 타이밍에 따라선 반나절 가까이 시간을 보내게 되겠죠."

"…너는 왜 '2천 엔도 안 되는 돈으로 반나절이나 즐길 수 있다니, 신난다!'라는 발상을 하지 못하는 거니…."

"어차피 금방 OTT에 나오고, 그게 아니면 디스크를 택배로 렌탈해서 보는 게 영화를 볼 때 제일 효율이—."

"이해를 못 하고 있네! 타키나는 아무것도 몰라!! 에잇, 제길, 치사토님이 가르쳐주겠어!! 가자, 지금 당장 극장에 가는 거야!!"

"치사토, 가게는 어쩌고?"

치사토가 소란 떠는 게 재미있는지 고토가 웃으며 묻는다.

"셀프야, 셀프! 마음껏 마시고 있어!"

그러면 안 되지, 하고 노트북을 조작하는 쿠루미가 중얼거렸지만, 치사토의 귀에는 들리지 않는 것 같았다.

타키나는 치사토에게 팔을 잡힌 채 가게 밖으로 끌려나갔고… 그대로 다시 안으로 끌려 들어왔다.

아무리 치사토라도 무모한 짓이라는 건 알았겠지. 가게 유니폼 차림인 데다 지갑도 없으니 말이다.

무엇보다 극장에 도착했을 때 때마침 영화가 시작되는 것도 아니다.

쿠루미가 코웃음을 쳤다.

"빨리도 돌아왔네. 재미있었어?"

"시끄러워—! 쿠루미! 자리 예약해줘! 시간 맞는 애로!"

"그런 소리 할 줄 알고 찾아보던 참이야. …지금 가면 이동시간을 더하면…『스페이스 추신구라』랑 『파렴치재팬 더 무비』 두 개인데. …제목이 뭐 이래…."

"으음, 둘 다 본 건데…."

"이런 미친 제목을 봤다고? 무슨 일이 있어야 이런 걸 볼 생각이 드니?"

치사토는 타키나 옆을 떠나 쿠루미의 노트북을 들여다봤다.

"아, 맞다.『황금의 四十九일』이란 영화 지금 하지 않던가?"

"시간이 조금 늦어도 괜찮으면… 응, 있네. 밤이야. 21시에 시작하네."

21시라면 가게 영업 마친 뒤에 갈 수 있겠군. 그거라면 가도 괜찮겠다고 타키나도 생각했다.

"그럼 그거! 예약! 두 자리!"

—딸랑딸랑, 가게 문에 달아둔 카우벨이 울린다. 손님이다.

타키나는 자리에서 일어나 "어서 오세요" 하고 웃으며 맞이했다.

"…아, 안 되겠는데, 치사토. 심야 상영이야. 23시 이후에 끝나면 미성년은 안 된다고 써 있어."

"사복 입고 가면 되잖아. 들키겠냐고."

흠! 음흠! 방금 들어온 남자 손님이 보란 듯이 헛기침을 한다.

그제야 치사토는 손님이 온 걸 알아차렸는지 그쪽을 쳐다보았고… 그리고 '으엑' 하는 표정을 지었다.

"아무래도 그건 간과할 수 없겠는데."

방금 가게 안으로 들어온 것은 40대 후반의 남자―형사인 아베다. 그는 쓴웃음을 지으며 머리를 긁적였다.

"아베 씨?! 여기 왜 있어?!"

"커피 한잔하려고… 오면 안 됐나?"

"아니, 안 되는 건 아닌데… 그게 그러니까… 타이밍이 좀… 아아, 진짜….."

"하하하하. 영화 말이지? 무리해서 심야 상영으로 안 봐도 내일 보면 되잖아."

"영화는 보고 싶어졌을 때 바로 봐야 하거든요~. 인생은 언제 무슨 일이 일어날지 모르는 거니까 볼 수 있을 때 봐야 한다고요~."

불만 만점으로 툴툴대는 치사토를 대하며 아베는 카운터석에 앉아 아이스커피를 주문했다. 미카가 준비에 들어갔다.

"그거 봐요, 그런 점도 영화관의 불편한 점이잖아요. 자기 상황에 맞힐 수 없으니까."

"아냐, 타키나. 알겠어? 물론 스트리밍되는 영화를 태블릿으로 보는 건 편하긴 하지. 남는 시간을 때울 수 있는 것도 좋을 수 있고. 하지만 그렇지가 않아. 그건 그것대로 좋긴 한데… 뭐라고 하지."

“치사토도 빈 시간에 스마트폰으로 영화 보잖아요.”

“응. …아— … 그런데 영화 내용하곤 별개로 뭐든 자기 사정에 편한 것만 보면 감동이 아무래도 약해진달까, 고마움이 없어진달까 말이지…….”

그거네, 하고 요네오카가 이해한다는 표정을 지었다.

“맞춰주기만 하는 여자는 노는 상대는 되어도 진정한 연애 상대는 되지 않는 거랑 같은 건가.”

“딱 적절한 표현이지만 요네오카 씨는 저속하니까 감점. 인간적으로 말이에요.”

“뭐야?!”

키타무라와 고토가 소리 내어 웃는다.

“어쨌든 오늘은 어렵겠네요. 치사토, 포기하세요.”

“쳇… 그럼 내일 어때, 쿠루미?”

“알아, 알아. …오, 잘됐네. 이 영화 긴시초에선 내일이 마지막 상영이래. 17시 30분 딱 한 번이야.”

“위험했다! 자리 잡아줘!”

“오케이—.”

“타키나랑 갈 거니까 두 자리! 한가운데에서 살짝 앞쪽 자리로. 거기가 제일 좋거든. 아, 그리고 나 회원 카드 있으니까 그걸로 해줘. 번호는 그러니까—.”

“…귀찮아. 치사토, 컴퓨터 빌려줄테니까 직접 예약해.”

그 말에 치사토가 꾹꾹 노트북 키보드를 누르기 시작했다.

타키나는 그 모습을 지켜보며 작게 한숨을 내쉬었다. 아무래도 자신의 내일 스케줄은 강제적으로 정해진 것 같다. 불합리하단 생각도 들었다.

무엇보다 내일도 가게—일을 해야 하는데. 타키나는 미카를 슬쩍 쳐다보았다. 아이스커피를 아베 앞에 내려놓던 미카가 어쩔 수 없는 일 아니냐는 듯이 쓴웃음을 짓고 있었다.

미카는 늘 치사토에게 약하다.

아니, 그뿐만이 아니다. 치사토의 자유분방한 삶을 흐뭇하게 지켜보게 되는 단골손님도… 모두 치사토에게 약하다.

타키나는 피로감을 느끼며 다시 카운터석에 앉아 조금 식어버린 자신의 커피를 입으로 가져갔다.

이 가게에서 씁쓸한 건 커피뿐이다.

●

그 '영화관이 가까이에 있는 생활은 훌륭하다'는 프레젠테이션으로부터 만 하루에 접어들려는 15시 반. 영화 시작까진 앞으로 2시간.

오늘은 단골손님도 없고 좌식 테이블에 쿠루미가 누워 노트북을 만지작거리고 있었고, 미카는 이때를 놓치지 않고 주방 청소를, 미즈키는 언제나 그렇듯 카운터석에서 웨딩 잡지를 뒤적거리고 있었고… 타키나는 치사토의 맹공을 견뎌내고 있었다.

그러니까… 영화에는 두 종류가 있다, 예고편을 보는 게 좋은 영화와 보지 않는 게 좋은 영화다, 관객만 부르면 그만이라고 스포일링을 해대는 예고편을 트는 일본의 배급사도 있다, 이건 좋게 볼 수 없다. 심한 건 라스트 신이 태연히 들어가 있기도 하다… 운운.

또는… 출연자를 보고 영화를 선택하는 것도 무시할 수 없는 행동이다, 특히 외국의 유명 배우는 각본의 완성도와 감독의 실력을 보고 출연을 결정하는 사람도 적잖으니까 그 사람을 퀄리티의 지표로 삼을 수 있다… 운운.

타키나는 묵묵히 테이블들을 닦고 있었는데 치사토는 그 옆에 찰싹 붙어서 끝없이 수다를 떨고 있었다.

아침부터 계속 이런 상태였기에 타키나도 조금은 질려 있었다. 완전히 배후령 수준이다.

"그래서 있지, 영화의 더빙파와 자막파는 말이야, 일종의 종교 전쟁 같은 거라 예부터 피로 피를 씻는 정말이지 격렬한 싸움이―."

"이제 충분히 알았으니까 치사토도 일을 좀 하지 그래요."

"일이라 봤자 손님도 없는데 할 게 뭐가 있어~."

그건 그렇지만 타키나처럼 청소를 하든 커피 내리는 공부를 하든… 뭔가 할 게 있을 텐데.

"아, 맞다. 이따 영화, 미즈키 씨는? 뭐하면 같이…."

성가셔진 타키나는 반강제로 미즈키 쪽으로 화제를 돌려보았지만… 그녀는 웨딩 잡지에서 눈을 떼지도 않았다.

"뭐? 영화? 영화관에서? 그런 건 남자랑 가는 거지."

편견이야! 치사토가 비난의 목소리를 높이며 미즈키 쪽으로 가는 걸 보고 타키나는 조금 안도했다.

타키나는 좌식 자리에 앉아 있는 쿠루미를 보았다. 쿠루미는? 하고 시선만으로 물어본다.

"난 아웃도어 취미는 없어."

영화관에 가는 걸 아웃도어라고 표현하는 사람은 세상에 그리 흔치 않겠지만… 그녀가 무슨 말을 하고 싶은지는 대충 이해가 됐다.

가게 전화가 울린다. 미카가 손을 닦으며 주방에서 나왔다.

"아, 그럼 점장님은 이따 영화…."

"가게를 봐야 해서."

고맙다고 부드럽게 웃으며 초대해준 것에 사의를 표하며 미카는 수화기를 들었다.

그 몇 초 후, 그의 표정이 흐려졌다.

"…알았어. 잠시만 기다려줘. …치사토, 일이다. 나갈 준비 해라."

"응? 조장네? 원두 챙길까?"

"아니야. …DA에서 온 연락이다."

미카가 수화기를 내밀자 치사토의 얼굴이 흐려졌다.

"지금 치사토 씨는 자리에 없습니다. 삐 소리가 난 후에….

"이야기라도 좀 들어봐."

"에이, 그치만 시간이… 에이―."

치사토는 수화기를 받아 들고 귀에 가져다 댔다. 타키나도 그 옆에 귀를 붙였다.

『치사토냐?』

쿠스노키 사령관의 목소리였다.

"저어~ 죄송한데요, 이제 영화관에 갈 거라….

『일 의뢰다. 별로 힘든 내용은 아니야.』

"저기요, 쿠스노키 씨…? 제 말 듣고 있어요? 저 지금….

『데이터는 방금 보냈다. 확인해라. 타깃은―.』

주절거리는 치사토의 말을 들은 척도 안 하다니 역시 쿠스노키 사령관이라고 타키나는 생각했다. 치사토에게 약한 사람들만 보다 보니 이런 자세를 보이는 사람이 때론 든든하게 느껴질 정도다.

그런 그녀의 의뢰는 조금 특이한 내용이었다.

서드 리코리스가 대상에게 지근거리에서 두 발을 발사했지만 치명상을 입히지 못했다는 것이다.

제거하지 못한 그 대상은 아시아 모국의 산업 스파이였다. 국익으로 연결되는 정보 자료 및 호신용 수준이라곤 해도 총기를 소지한 채 도주 중이라고 했다.

『깔끔하게 자결해주면 좋겠지만 우린 적의 양심에 기대할 만큼 나태하지 않아. 우리도 손을 써야지.』

"그 실패한 애한테 추격을 맡기면 되잖아요."

『상대는 군 특수부대 출신이야. 부상을 입었다곤 해도 일을 크게 벌일지도 모르는 상대는 서드에겐 너무 버겁지.』

리코리스는 누구도 경계하지 않는 소녀의 모습을 최대한으로 이용한 암살 업무를 주로 하고 있으며, 정면으로 붙는 전투는 본래의 영역을 일탈한 것이라 할 수 있었다.

물론 '만에 하나'나 '피치 못할 상황'을 상정한 다양한 전투 훈련도 하고는 있지만, 그래도 그것을 주로 해온 전직 군인 남자를 상대로 정면으로 붙는 건 숙련도도, 장비도, 기초 신체 능력 면으로 봐서도 리코리스에겐 불리하다 할 수 있었다.

특히 그것이 서드라면 상당히 버거운 일일 것이다.

『어차피 넌 '클리너'를 써서 놔줄 생각이겠지만, 그것도 이 상황에선 어쩔 수 없지. 녀석이 갖고 있는 자료와 총기 회수를 조건으로 클리너 요금도 경비에 포함해 청구해도 좋다.』

"어머, 웬일이람."

『우리 입장에선 궁지에 몰린 흉악범이 총을 휴대한 채 거리를 배회하는 상황이 못마땅하거든.』

DA는 살인을 주로 하지만 그건 수단일 뿐이며, 최종적으로 지향하는 것은 이 나라의 평화이자 모두가 평화롭다고 생각할 수 있는 국가다.

그러니까 중범죄가 발생한다는 것, 발생했다는 정보가 세간에 알려지는 것 자체를 좋아하지 않는다.

그래서 쿠스노키는 양보한 것이다. 자칫 큰 사건을 일으킬 우려를 남기느니 양보하는 게 낫다고.

"아아… 그래요, 그건 알겠는데요. 그런데 말이죠? 우린 이제 영화를—."

『놓친 건 8분 전, 장소는 스미다구 요코가와다.』

그 단어를 들은 순간 치사토의 눈이 크게 벌어졌다.

카페 리코리코에서 엎어지면 코 닿을 거리였다. 그러니까 이 가게 근처를 무슨 일을 저질러도 이상하지 않을 놈이 배회하고 있었다.

단골손님이 이곳을 향해 걸어오고 있을지도 모르는 그 거리를.

학교를 마친 아이들이 친구와 놀고 있을지도 모르는 그 거리를.

모든 사람이 당연한 일상을 구가하고 있는… 그런 거리를.

『치사토.』

"아악, 진짜! 알았어요! 하면 될 거 아냐, 하면!"

치사토의 그 목소리에 모두가 움직이기 시작했다.

미즈키는 가게 문에 걸려 있는 'OPEN' 태그를 뒤집어 'CLOSE'로 돌려놓았고.

쿠루미는 자리에서 일어나 낮은 탁자 위에 노트북을 세팅하고 빠르게 키패드를 두드렸다. 쿠스노키가 보낸 데이터를 확인하곤 시내의 감시 카메라 등의 영상을 자체 AI를 돌려 조사에 들어갔다.

미카는 스마트폰으로 어딘가에… 아마 카페 리코리코의 이면에 있는 진짜 모습을 알고 있을 이웃 주민과 정보를 공유하고 있을 거다. 경고와 정보 수집을 위해서.

그리고 전화를 끊은 치사토는 타키나와 함께 탈의실로 뛰어 들어가 카페 리코리코의 전통 복식 유니폼에서 교복처럼 생긴 리코리스 제복으로 재빨리 갈아입었다. 마지막으로 총, 예비 탄창, 기타 물품들이 담겨 있는 사첼백을 짊어졌다.

타키나는 트윈테일로 묶어두었던 긴 검은 머리를 풀고서 애용하는 총을 꺼내 상태를 확인했다. 탄창을 장전하고 슬라이드를 당겨 약실에 초탄을 집어넣는다. 그리고 마지막 마무리 확인으로 슬라이드를 살짝 당겨 이젝션 포트에서 초탄이 잘 장전되어 있는지 확인한 뒤 가방에 넣었다. 치사토도 마찬가지였다.

"1시간 안에 결판을 내자, 타키나."

"네, 퇴근 시간이 되면 성가셔지니까. 혼잡한 사람들 사이에 섞이면 찾아도 체포하기 어렵―."

"그게 아니라! 영·화!!"

"…아, 네."

탈의실에서 나오자 가게 안이 살짝 어두워져 있었고, 쿠루미가 모은 정보를 벽에 소형 영사기로 투영하고 있었다.

지도가 있고, 거기엔 현장이 된 장소, 도주 방향이 표시되었으며, 그 옆으로 타깃의 얼굴, 복장 이미지 데이터… 등등이 차례로 표시되었다.

작전―즉 서드의 암살 과정에서 이미 DA가 드론을 띄웠기 때문에 계속 추격했는데 2분 전에 건물 안으로 들어간 이후 대상을 놓친 상황이었다.

군의 특수부대 출신이라면 드론 또는 위성을 경계하는 훈련은 받았을 것이다.

경과 시간을 볼 때 이미 그 건물에서 탈출했을 가능성이 높았다.

타키나는 쓸쓸하게 말했다.

"…귀찮네요. 1시간 안에 끝나면 좋겠는데."

"끝내야지, 반드시! 오늘이 상영 마지막 날이란 말이야!"

쿠루미가 "아아, 찾았다" 라고 컴퓨터를 조작하며 중얼거린다.

"치사토, 안심해도 되겠어."

"응?"

"지금 다크웹에 있는 영화 전문 게시판에 불법 업로드된 『황금의 四十九일』 데이터를 찾았거든. 이제 이걸 받아서―."

"없애버려!! 그런 사이트도 올린 녀석도 모조리 체포해!! 불법인 걸 알면서 받는 것도 범죄야!! 안 돼! 절대로!!"

"…아, 알았어."

"아, 진짜 완전 짜증 나―! …그런데 쿠루미? 타깃의 정보는 이게 다야? 그럼 가자, 타키나! 시간 없으니까 나눠서 찾아보자!"

말이 끝나기 무섭게 치사토는 가게를 뛰쳐나갔다.

평소에 일도 이 정도로 집중해서 해주면 좋겠다고 생각하며 타키나는 그녀의 뒤를 쫓았다.

●

의뢰는 무사히 끝났다.

가벼운 총격전이 있긴 했지만 리코리코 입장에선 통상 영업 업무 수준의 난이도였고, 굳이 따지자면 편한 일이었다고 해도 좋을 정도였다.

시간제한이 없었다면 말이다.

원래대로라면 이런 작업은 쿠루미, 미즈키, 미카의 백업을 받으면서 타깃을 탐색, 발견 후 확보 가능한 곳으로 유도하거나 스스로 이동할 때까지 대기하다가 타키나와 치사토 두 사람이 실력 행사를… 하는 흐름인데, 이번엔 술래잡기나 숨바꼭질이라도 하는 것처럼 무모한 탐색이 되었다.

그리고 발견 즉시 강제로 때려눕힌 뒤 클리너가 도착할 때까지 자료와 총기를 확보—한다는 명목의 노상강도 짓을 벌인 뒤, 뜯어낸 것들을 모조리 봉투에 담아 DA 본부에 있는 쿠스노키 앞으로 편의점에서 택배로 발송했다.

실오라기 하나 걸치지 못한 모습이 되어버린 타깃 본인은 치료 후 박스테이프로 둘둘 감아 구속해 거리의 경관을 지켰고, 그 후에 도착한 클리너에게 넘겼다.

정말 정신없고 무리한, 아니 무모한 처리 방식이었다.

하지만 그렇게 했어도 시간은 이미 17시를 넘어서고 있었다.

"좋았어, 서두르면 충분해!"

약간의 모순이 섞인 외침과 함께 치사토가 달린다. 타키나도 그 옆에서 뛰었다.

상영 시간은 17시 반, 입장 시작은 아마도 10분 전… 요코가와라면 걸어서 가도 늦지 않는다. 하지만 혹시나 모를 트러블 등에 대비해 약간의 시간 여유는 있어서 나쁠 건 없었다.

그렇다면 역시 뛰는 게 최선의 선택이었다.

두 사람이 향한 곳은 카페 리코리코 바로 옆에 있는 쇼핑몰 '오리나스'였다. 영화관은 이 건물 4층에 있었다.

건물 안에선 뛸 수 없기 때문에 두 사람은 빠른 걸음으로 전진했다.

오리나스 4층이라면 에스컬레이터보다 엘리베이터가 더 빠르다. 그걸 경험으로 알고 있었기 때문에 치사토는 엘리베이터를 향해 직진했다.

두 개의 엘리베이터는 현재 2층과 3층에 정지 중. 게다가 둘 다 위로 올라가고 있었다. 이렇게 되면 에스컬레이터 이용도 고려해야 한다.

치사토는 그 가느다란 턱에 손가락을 대고 옆에 선 타키나를 예리한 눈으로 응시했다.

"타키나, 시간을 효과적으로 활용해야지."

"화장실 말이군요."

"예스!"

영화 상영 중간에 화장실을 가는 일만큼 영화광이 눈물을 흘릴 비극은 없다. 치사토는 그렇게 말하곤 엘리베이터 옆에 있는 화장실로 가는 통로로 빠르게 향했다.

그리고 얼마 뒤, 때마침 도착한 엘리베이터를 타고 두 사람은 곧장 4층으로 올라갔다.

엘리베이터에서 내리면 1분도 안 되는 거리에 영화관 입구가 있다. 치사토는 예약해 둔 표를 확보하기 위해 신속하게 발권기로 향했다. 타키나도 무심히 그 뒤를 따랐다.

"오늘은 있지~ 타키나에게 영화관이 얼마나 멋진 곳인지 가르쳐주기 위해서라도 팝콘과 음료를 사줄 거야."

"이런 데는 좀 비싸지 않나요?"

"뭘 모르네―타키나. 영화관의 팝콘이 얼마나 묘미인데. 전통이 있다고. 말하자면 대중탕에서 마시는 병 우유랄까! 겨울에 야외에서 먹는 컵라면! 테마파크에서 먹는 추로스 같은 거야!"

치사토는 그것들을 일일이 먹는 연기, 즉 손짓발짓을 섞어가며 의기양양하게 말했다.

"하나도 경험해본 적 없지만 치사토가 무슨 말을 하려는지는 알겠어요. 특수한 상황에서 겪는 체험의 부가가치 같은 건가요."

"그렇게 표현할 수 있나. 그런데 아아, 타키나는 경험해본 적 없구나―. 그럼 다음에 같이 해보자. 먼저 대중탕부터 가볼까. …그래서 팝콘 말인데."

"아, 아직 안 끝났군요."

영화관에서 먹기에 어울리느냐를 묻는다면 굳이 따지자면 어울리지 않는 것이 팝콘이다. 그나마 감자칩 같은 것보다야 낫겠지만 먹을 때 아작바작하는 소리도 나고 그릇 안에서 뒤적거리는 소리도 크고 냄새도 난다.

하지만 영화, 그리고 영화관이라는 문화의 역사상 이것들은 끊으려야 끊을 수 없는 관계라고 치사토는 말했다. …발권 작업하던 손을 멈추고서.

그녀는 한참을 떠들었지만, 결국 간단히 말하자면 세계 공황 와중에 팝콘은 싸고 맛있고 대중에게 사랑받으며 길에서도 팔았기 때문에 영화관에 가지고 들어갈 수 있었다고 했다.

게다가 예전의 관객들은 불만이 있으면 먹던 것을 스크린으로 던지는 일이 많았는데, 그런 가운데 팝콘은 아무리 힘주어 던져도 스크린까지 닿지 않거나, 닿는다 해도 스크린에 대미지를 주지 않는다… 는 점에서 영화관에서 좋아했다고 한다.

하지만 그게 어느새 '영화에는 팝콘'이라는 조합이 상식이 되어 사람들에게 각인되었고, 팝콘이 없는 영화관은 물론 맛없는 팝콘밖에 없는 영화관은 관객이 적어지는 등, 이젠 끊으려야 끊을 수 없는 관계가 되었다… 는 것이다.

"대충 알았으니까 어서 발권하세요."

"에이, 아직 안 끝났는데…. 영화관 입장에서 음식물 수익이 얼마나 중요한지―. 그리고 아, 또…."

"현대에도 팝콘은 매우 중요하죠, 네, 잘 알았습니다. 그럼 어서 발권하세요."

"너무 차가운 거 아냐?"

"여기서 뭘 더 하라고요. 빨리 표 뽑죠."

"네, 네. 그럼 번호를… 어? 음―… 어라? …앗."

타키나가 치사토의 파트너가 된 지 오래되지는 않았다.

하지만 그래도 지금 치사토의 "앗"이 상당히 위험한 때에 내는 "앗"이라는 건 쉽게 알 수 있었다.

"왜 그래요, 치사토?"

치사토가 발권기 앞에서 꼼짝을 안 했다.

"…타키나, 지금 몇 시지?"

"지금 17시 20분이요. 슬슬 문을 열 때가 된 것 같은데요. 팝콘을 사려면 서둘러야… 치사토?"

"…사고 쳤어."

"날짜를 잘못… 아니, 오늘이 마지막 날이었잖아요? 그러면….'

"영화관이… 여기가 아냐."

"네?"

"다른 데! 남쪽 입구에 있는 거야!!"

긴시초에는 사실 영화관이 2개가 있다.

둘 다 같은 시네마 콤플렉스로, 같은 예약 사이트를 이용하기 때문에… 이번과 같은 비극이 종종 발생하곤 한다.

그렇다. 『황금의 四十九일』은 다른 쪽 영화관에서 상영하고 있었던 것이다.

일반적인 시내의 영화관이라면 그래도 문제되진 않는다. 건물을 잘못 찾아온 걸 알면 바로 이동하면 되니까. 대개는 인접해 있어 연결 통로가 있거나, 그렇지 않더라도 맞은편 건물인 경우가 많다.

하지만 긴시초의 영화관은 그렇게 만만한 구조가 아니었다.

영화관이 있는 쇼핑몰 오리나스는 긴시초의 북쪽, 또 다른 영화관은 라쿠텐치라는 다른 쇼핑몰에 입점해 있는데, 그건 긴시초역 남쪽에 자리해 있다.

이 두 건물 사이에는 커다란 긴시 공원이 존재하는데… 이해하기 쉽게 말하자면 두 사람이 있는 건물에서 약 700미터나 떨어져 있다.

타키나도 그제야 위기 상황임을 이해할 수 있었다. 거리도 그렇지만 역 앞은 사람이 많아서 이동하는 데 시간이 걸리는 데다 긴시초역 남쪽과 북쪽을 연결하는 보도는 선로 아래를 통과하기 때문에 매우 좁다.

"이래선 상영 전에 도착하긴 어렵겠는데요. 중간 입장은 몇 분까지 허용이—."

타키나가 결론을 내리려는데 그 손을 치사토가 움켜쥐었다.

"가자, 파트너!"

"네… 네엣?!"

치사토에게 이끌려 영화관을 나왔다. 방금 타고 올라온 엘리베이터 버튼을 연타하자 곧 문이 열렸다.

"치사토, 아무래도 이젠…."

"포기하지 마!"

"시작하기 전에 선전도 할 거고."

"그걸 보는 것도 영화의 재미야!"

"…나중에 유튜브에서 보면 되잖아요."

"영화관에서 보는 게 묘미란 말이야! 대음량! 대박력! 최고! 와우—!"

일개 예고편에 대음량과 대박력을 요구하는 것도 문제가 아닐까, 타키나는 생각했다.

"…그런가요."

"그렇습니다. 자, 1층, 가자. 최단 루트! 공원 가로지르기!"

손을 잡은 채… 아니, 잡힌 채 타키나는 치사토에게 이끌려 비정상적으로 빠른 걸음으로 오리나스를 나섰다.

그리고 긴시 공원으로 들어서자마자 손을 놓더니 치사토가 전력으로 달리기 시작한다. 그야말로 단거리 경주가 연상되는 속도였다.

긴시 공원에는 스미다 체육관이 인접해 있는 데다 테니스코트와 야구장 같은 시설이 있어서 공원 안에서 운동하는 사람도 적잖은데… 교복과 비슷한 리코리스 유니폼 차림으로 치맛자락을 펄럭이며 육상 선수 못잖은 속도로 달리는 어린 여자애는 좀처럼 보기 드문 모습일 것이다.

두 사람은 월등하게 맹렬한 속도로 공원을, 중간에 산책 중인 대형견에게 손을 흔들어 인사도 하며 빠져나갔고, 역 앞 도로도 돌파한 뒤 또 다른 영화관이 자리한 쇼핑몰로 돌입했다. 때마침 1층에 도착해 있던 엘리베이터에 올라타 6층으로 향한다.

타키나도 조금 숨이 흐트러져 있었다. 치사토의 다리가 상당히 빠른 편이라 뒤떨어지지 않기 위해 전력 질주를 해도 조금 부족한 정도였다. 게다가 치사토는 조금도 숨이 흐트러지지 않은 상태였다.

일과 전혀 상관없는 이런 때에 타키나는 치사토의 실력의 한 단면을 보게 된 기분이었다.

"앞으로 2분….

치사토의 미간에 주름이 잡힌다.

"아직 늦지 않았어…!"

"그렇게 무섭게 말할 건 없지 않나요."

"타키나, 아직도 그런 물러터진 소리를 하고 있네…. 알겠어? 영화관에서 보는 영화란 건 말이지—."

"도착했어요, 치사토."

"얘긴 나중에 하자고!"

치사토는 엘리베이터 문이 열리자마자 튀어나가 바로 발권을 마치고 극장 안으로… 들어가지 않고 카운터에 줄을 섰다.

"아, 치사토…?"

"팝콘하고 음료!"

사기로 정한 이상 절대로 포기할 생각이 없나 보다.

그녀는 점원에게 신속하게 '페어 세트'란 것을 주문했다. 음료가 2개에 2종류의 맛이 담긴 커다란 팝콘 세트가 나왔다.

"일단 콜라랑 우롱차로 선택했으니까 좋아하는 걸로 골라. 그리고 팝콘은 캐러멜하고 솔트. 같이 먹자. 아, 솔트긴 한데 여기에선 버터 소스를 뿌려주거든. 최고지?"

"네, 네. 알았습니다. 알았으니까 어서 가죠."

커다란 팝콘 안에서 은은하게 달콤한 캐러멜과 버터의 향이 섞여 흘러나온다.

매우 매혹적이었다. 마치 인간이 원하는 모든 것이 그곳에 존재하는 것 같은 향이었다.

팝콘의 향긋한 향을 맡으며 두 사람은 빠르게 극장 안으로 들어갔다.

이미 조명은 꺼진 상태라 어둡긴 했지만, 아직 시작되진 않은 것 같았다. 이웃 동네인 카메이도의 결혼식장 광고가 흘러나오고 있었다.

"타키나, 알겠어? 극장에 들어온 순간 일상생활에선 경험할 수 없는, 완벽한 방음 설비에서만 느낄 수 있는 정적이… 뭐, 지금은 아니지만."

"대음량으로 광고가 나오고 있죠."

"아무튼 좋은 음향 환경이라고. 우리가 내는 소리만 들리는 건 굉장히 특별한 느낌이고 또 완전히 비일상~ 이란 느낌이잖아."

확실히 그렇긴 하다. 귀가 조금 위화감을 느끼는 것도 절대 부정적이지 않은 이 느낌….

몇몇 관객들이 내는 작은 대화 소리와 팝콘을 먹는 소리, 음료 속 얼음이 울리는 경쾌한 소리….

그것들이 강조되듯 귀에 들리는 건 확실히 다른 곳에서 좀처럼 하기 힘든 경험이다.

"그리고, 그리고 있지, 뭐니 뭐니 해도 좌석! 오직 영화를 보기 위해서만 마련된 좌석은 좀 설레는 느낌 들지 않아? 봐봐, 저기 우리의…… 응?"

치사토가 가리킨 곳에 익숙한 얼굴이 앉아 있었다.

"너희, 늦었다?"

미즈키, 미카, 그리고 쿠루미, 이렇게 세 사람이 치사토와 타키나의 한 줄 뒤에 나란히 앉아 있었다.

"어? 왜?! 미즈키는 남자랑 가는 거 아니면 안 간다고….."

미즈키는 맥주를 한 손에 들고서 "아, 그게 있지~" 하며 웃었다.

"TV를 보다 보니까 지금 내 최애인 미남 배우가 이 영화가 재미있다고 그러더라고—. 어디서 운명적으로 만났을 때 얘기 나눌 화젯거리가 필요하잖아? 그래서—."

"…그렇게 만날 확률은 절망적으로 낮을 것 같네요."

"타키나, 입 다물어. 기적을 믿지 못하면 소녀로 끝난 거거든."

타키나는 미즈키를 상대하고 싶지 않았기 때문에 쿠루미 쪽을 쳐다보았다.

"나? 인터넷상에 있는 이 작품의 불법 업로드 파일은 낮에 다 없애버렸거든. 지금 보려면 영화관에 오는 수밖에 없어서 그래."

"아, 해줬구나. 고마워♡"

치사토가 윙크를 하며 타키나와 함께 자리에 앉았지만… 그녀는 곧 작은 어린애처럼 좌석에 무릎을 세우고 서서 뒤로 몸을 돌렸다.

쿠루미가 말을 이어나갔다.

"『황금의 四十九일』이 스플래터 영화란 걸 알았으면 벌써 봤을 텐데. 제목을 봐선 그런 계열이란 걸 짐작하기 어렵잖아. 무슨 국내 영화나 우울한 영화인 줄 알았다고."

훗훗훗… 치사토가 거만하게 웃는다.

"쿠루미도 이 제목의 트릭을 알아차리지 못했구나."

"죽은 줄 알았던 녀석이 49일에 성불할 때까지 사람을 죽이고 다니는 얘기, 딱 제목 그대로지? 트릭이랄 게 뭐가…."

"뭘 모르네―. 제목의 후반부를 잘 보라고. 아라비아 숫자인 49가 아니라 한자로 四, 十, 九로 쓴 것에 주목하시라!"

쿠루미는 허공을 응시하며 잠시 생각에 잠기더니 "아아" 하고 소리를 냈다.

"四+九구나. 그러면 13, 그리고 황금은 『13일의 금요일』의 오마주 타이틀인 거네."

"정답! 일본 스타일의 제이슨인 거지."

아아, 그런 거구나. 이야기를 듣고만 있던 타키나도 이해했다.

"그런데 선생님은?"

"혼자 따돌리면 슬프잖아."

제일 귀여운 이유라는 생각에 타키나는 혼자 미소 지었다.

스크린에서 흘러나오던 광고가 일단락되고 신작 소개로 넘어갔다. 타키나는 뒤에 앉은 어른들과 계속 수다를 떨려는 치사토의 등을 툭툭 두드렸다.

"치사토, 신작 광고 나와요."

"아차차. 황금의 …어?! 저게 신작이 나온다고?! 진짜?!"

쉬잇, 어른들의 주의에 치사토는 황급히 두 손으로 입을 가리며 자리에 깊이 앉았다.

"시끄럽게 떠들고 싶으면 집에서 보는 게 좋지 않겠어요?"

"해외에선 영화관에서도 떠들면서 보는 게 기본인 거 몰라?"

"여긴 일본입니다."

"그렇네."

"그리고 우린 해외에 나가기가 쉽지 않답니다."

"언젠가 같이 가자. 그리고 시끄럽게 떠들면서 영화를 보는 거야. 재미있을걸."

"저기요…. 결국 치사토는 영화관에서 시끄럽게 떠들면서 보고 싶은 건가요, 아니면 조용히 집중해서 보고 싶은 건가요?"

"둘 다. 재미있는 건 전부 다. 그러니까 집에서 보는 것도 좋아해."

욕심도 많고 사치도 좋아하고 제멋대로에…. 어떻게 보면 어린애 같은데 문득문득 달관한 견해를 보여주기도 한다….

여전히 특이한 사람이야. 그게 니시키기 치사토라고 타키나는 생각했다.

"자, 이제 곧 시작하는데… 타키나, 음향에 좌석에 팝콘… 영화관의 장점이 다양하게 존재하는데 없어선 안 되는 게 하나 더 있거든."

"대형 스크린?"

"…아아, 너무 당연해서 잊고 있었네. 그것도 있고. 음, 하지만, 하나 더, 가장 큰 게 있어. 그건 말이야… 이 시간. 생각해 보라고. '영화관에서 영화를 보는 2시간'은 '오직 영화만을 보기 위한 2시간'이거든. 이건 요즘 시대엔 굉장한 사치라는 생각 들지 않아?"

듣고 보니 현대인에게 단 한 가지 일에 2시간을 집중한다는 건 좀처럼 없는 일일지도 모르겠다.

화장실에 다녀와 전화기를 끄고 아무도 방해하지 않을 것이 보장되는 2시간…. 확실히 사치스럽다고 할 수 있었다.

"그러니까 영화관에서 보는 영화는 기억에 남는 거고, 집에서 보는 것보다 훨씬 재미있게 느껴지는 거지. 그런 특별한 환경에서 사이 좋은 누군가와 함께 본다면 훨씬 더 즐거워져서 엄청 좋은 기억이 되지 않겠어? 다 끝난 뒤에 카페나 레스토랑에서 신나게 감상을 떠드는 것도 재미있고."

"그런가요."

"그렇습니다. 다 보고 나면 이해하게 될 거야. 기대하라고. …오, 이 신작 영화 재미있어 보인다. …다음 달이라고? 타키나, 저것도 보러 오자."

"난 아까 나온 영화 예고가 더 재미있어 보이던데요."

"그럼 둘 다!"

"…뭐, 아무래도 상관없습니다만."

가볍게, 그리고 당연하게 타키나는 대답했다.

그 사실에 놀란 타키나는 동요를 감추기 위해 황급히 음료의 빨대를 입에 갖다 댔다. 콜라였다.

카페 리코리코에 있는 사람도, 그곳을 찾아오는 사람도 모두 치사토에게 무르다. 그건 틀림없는 사실이지만… 어쩌면 자기도 어느새 그중 한 명이 되어버린 건지도 모르겠다고, 타키나는 새삼스레 그런 생각이 들었다.

생각해 보면 리코리코에서 커피를 마시고 있을 때… 이미 '이 가게에서 쓴 건…'이라고 말했었다.

나도 가게 안에 있는 가게의 한 사람이었는데…

"오, 시작한다."

예고가 끝나고 본편이 시작되기 직전의 정적 속에서 치사토가 가슴

앞에 손을 모아 작게 박수 치는 모습을 곁눈질로 보았다.

어둠 속인데도 마치 치사토에게만 조명이 비추는 것처럼 타키나의 눈에는 그녀가 생글생글 웃는 얼굴이 선명히 보였다.

그렇게 웃던 그녀가 갑자기 자신을―치사토를 응시하고 있던 타키나 쪽으로 고개를 돌린다.

"시작해."

여름의 해바라기 같은 미소를 마주하면 인간은 자연스레 웃음이 나오는 법인가 보다.

동요를 애써 누르며 타키나도 살짝 미소 지었다.

"…네."

그러고서 두 사람은 함께 앞을 보았다.

이야기가, 시작된다.

■ 제1화 『Safety Work』

성가신 일이란 종종 폐점 시간 직전에 찾아오는 법이다.

세계가 어둠의 장막에 뒤덮인 지 얼마쯤 지났을까. 카페 리코리코도 폐점 준비에 들어갈 무렵… 그녀는 찾아왔다.

문에 달린 카우벨을 딸랑딸랑 울리며 들어온 것은 얇은 파카를 걸친 여성—이토. 단골인 삼십 대 전후의 여성 만화가다.

타키나는 "어서 오세요" 라고 인사하며 슬쩍 시계를 보았다.

폐점 31분 전.

다른 가게와 마찬가지로 카페 리코리코도 30분 전이 라스트 오더다. 폐점 후 보드 게임 모임이 있을 때는 당연히 깐깐하게 따지지 않게 되지만, 오늘 밤엔 그런 예정도 없다.

앞에 걸린 'OPEN' 간판을 뒤집어놓진 않았지만 그래도 타키나는 카운터 안에 있던 미카의 얼굴을 확인했다. 그는 살짝 고개를 끄덕였다.

"어서 오세요."

이토는 늘 좌식 테이블에 앉는데 그 자리가 채워져 있을 땐 중2층의 테이블석을 선택한다.

왜냐하면 그녀에게 카페란 곳은 작업실의 연장선상에 있는 장소라서 기본적으로 노트와 펜 같은 도구, 또는 액정 태블릿을 가져와 작업을 하기 때문에 넓은 탁상 공간이 필요하기 때문이다.

하지만 오늘 밤의 그녀는 카운터석에 앉았다. 가만히 보니 심지어 빈 손이기까지 했다.

타키나는 메뉴판을 내밀며 은근슬쩍 이토의 안색을 살폈는데… 확연히 초췌해 있었다.

만화 제작에 지쳐서 순수하게 쉬러 찾아온 건지도 모르겠다.

"죄송하지만 라스트 오더인데 괜찮으실까요?"

이토는 살짝 고개를 끄덕였지만 메뉴판을 보려고 하지 않았다.

그 모습에 "저어…" 하고 타키나가 말을 걸려는데 가게 안쪽에서 치사토가 고개를 내밀었다.

"앗! 이토 선생님! 리코리코에 잘 오셨어요! 이 시간에 웬일이래요! 뭐야, 뭐야, 아, 작업이 안 풀려서 그래요—?"

손님이 들어온 기척에 치사토가 뒤에서 나오더니 심심해 죽으려는 개처럼 이토에게 다가갔다.

그 잔뜩 흥분한 모습은 존재할 리 없는 꼬리가 흔들리는 것처럼 보일 정도였다.

"…작업… 그래, 작업…."

치사토도 이토가 이상하단 걸 눈치챈 것 같았지만, 여전한 얼굴로 그녀의 뒤로 돌아가선 등을 주무르기 시작했다.

"아아, 왜 이렇게 딱딱해! 손님~ 일이 많으신가 봐요~."

"…많기는 한데."

전혀 받아주지 않는 이토의 모습에 중증이라고 생각했는지 치사토는 슬쩍 타키나를 보며 도움을 청했다.

자세한 상황을 모르는 이상, 방법은 없었다. 그렇다면 할 일은 하나뿐.

타키나는 메뉴판을 펼쳐 이토에게 보여주었다.

"이토 선생님, 뭘 시키시겠어요?"

순간, 타키나는 생각했다.

심신이 피폐해졌을 때 카페인 보급용 커피도 좋지만 단 것도 꼭 추천하고 싶은 대상이다.

지금 보유한 달콤한 것을 중에 걸맞은 걸 고른다면… 그거지.

기간 한정, 지금 이 시기의 카페 리코리코에선 맛볼 수 있는 신작 스위트인 그것밖에 없다.

"아, 지금 추천드릴 만한 건—."

"일을 부탁하고 싶어."

단골이라고 해도 그 대다수가 그렇듯 이토도 치사토와 타키나의 표면적인 모습밖에 모른다.

그러니까 당연히 일이라고 하면 카페와 관련된 것… 일 텐데 그녀의 무거운 말투, 카운터 위에 고정되어 있는 날카로운 시선… 그런 평소에는 볼 수 없던 모습에 타키나는 순간적으로 긴장했다.

그런 점에 있어서 치사토는 역시 대단했다. 어깨를 주무르는 손가락은 흐트러지지 않았고, 생글생글 웃는 얼굴도 마찬가지였다.

"일이요? 좋죠— 어떤 주문이든 말씀만 하세요♪"

"치사토…, 총 다룰 줄 알아?"

그 말엔 치사토도 손을 멈추고 표정을 굳혔다.

"저…, 이토 선생님, 그게 무슨…?"

"만화 모델이 되어 달라는 얘기겠지."

어느새 가게로 나온 쿠루미가 바보 멍청이를 보는 눈으로 말했다. 옆구리에 낀 노트북을 보니 좌식 테이블에서 작업하려고 밖으로 나온 것 같았다.

하지만 치사토도, 이토도, 쿠루미에겐 눈길도 주지 않은 채 심각한 얼굴로 대화를 이어나갔다.

"치사토는 살인을 생업으로 하는 여고생 스위퍼야."

"살인?! 아니, 저기, 그건 무슨, 그런 건 난…."

"제발, 이젠 부탁할 사람이 없어. 총으로 모 재벌의 딸을 죽여줘."

"…무리야, 선생님. 나는…."

"…마음씨가 곱구나, 치사토는. 하지만… 그런 너라서 더욱 부탁하고 싶은 거야."

"선생님…."

"만화 얘기겠지?!"

"그렇게 흘러가는 분위기였잖아♡"

치사토가 "왜 그래—" 하고 웃으며 쿠루미를 쳐다보았다.

쿠루미는 투덜거리더니 좌식 자리에 엎드려 노트북을 펼쳤다.

"만화 모델이 되어달라는 말이군요, 이토 선생님? 아무 문제 없어요—."

"응…, 만화 얘기야. 모델이 되어달라기보다는 이미 내 마음대로 모델로 써버려서 사후 허락으로 무릎 꿇고서라도 허락을 받아내려고 한 거긴 한데."

매우 억지스러운 제안이었다. 보통은 사전에 허가를 받지 않나.

타키나는 그렇게 생각했지만, 만화 업계란 곳은 다른가, 생각을 고쳐먹었다.

자기 상식이 꼭 세계의 상식인 법은 없다. DA를 떠나 이 카페 리코리코에 온 뒤로 그걸 여실히 깨닫게 되었다.

며칠 전에 일어난 남성 속옷 건도 그랬다. 세간에 침투할 수 있도록 충분한 훈련을 받았다고 생각했는데, 막상 직접 생활하게 되니 너무나 모르는 것들이 많았다.

사복을 입고 거리를 돌아다니고, 자신의 판단으로 가게를 선택하고, 스스로 상품을 사고, 그리고 현기증이 날 정도로 많은 지방과 당질이 들어간 크림 가득한 팬케이크를 봄바람을 맞으며 먹는… 그런 기분 좋은 일들은 DA에 있을 땐 상상도 못 했던 것들이었다.

치사토가 퍼스트 리코리스 중에서도 사상 최강으로 여겨지는 이유는 그런 걸 많이 알고, 경험하고, 실천하고 있는 점에도 있는지도 모르겠다.

그렇다면 쿠스노키 사령관이 카페 리코리코에서 니시키기 치사토에게 배우라고 한 건 어쩌면—.

"…그리고 타키나도 필요해."

"아, 네! …저도, 요?"

갑자기 자기 이름이 나와 타키나는 반사적으로 등을 곧게 폈다.

"타키나는 모 재벌집 아가씨야. 하지만 여고생이면서 그 재벌의 이면의 업무 중 하나를 담당하고 있는, 어둠의 사회에선 모르는 사람이 없는 존재… 통칭 미드나이트 프린세스지."

"…절망적으로 촌스러운 이름이네…."

그런가요? 타키나는 쿠루미를 쳐다보았다. 타키나는 딱히 촌스럽다는 인상이 없었으니까.

"타키나가… 미드나이트 프린세스라. 그래도 뭐, 속세와 동떨어진 멋진 분위기, 스타일리시한 눈가, 누가 봐도 쿨 뷰티… 듣고 보니 어둠의 사회에 정통한 아가씨라 해도…."

치사토가 흐음, 그녀의 가는 턱을 손으로 짚으며 타키나를 이리저리 살펴보았다.

타키나는 무표정하게 시선을 돌렸다.

"하지만 이 업무 의뢰엔 문제가 좀 있어. 그걸 감안해줬으면 하는데."

"뭔데요?"

"마감이 오늘 밤이야."

이토를 제외한 모든 사람이 가게 안에 걸린 시계를 보았다.

타키나는 만화 일이 어떤 건지 잘 모른다. 하지만 치사토의 표정을 봐선 상당히 절망적인 상황이라는 걸 대충 눈치챌 수 있었다.

"어, 선생님…? 오늘 밤이 마감인데 지금 모델 의뢰를 한다는 게 무슨 상황인가요…? 아, 알았다. 일러스트?"

"36페이지짜리 마감."

무겁고 씁쓸한 침묵이 가게 안을 지배했다.

움직이는 것은 그 작업량이 얼마나 엄청난지 몰라 모두의 얼굴을 멀뚱히 쳐다보는 타키나 한 명뿐이었다.

기가 막힌다는 듯이 쿠루미가 일어나 책상다리를 했다.

"아무리 생각해도 물리적인 한계를 넘은 것 같은데."

"괜찮아. 펜 터치는 거의 다 끝났고 배경도 준비되어 있거든. 이제 결정적 장면의 여주인공들만 있으면 돼. …그런데 표정이랑 구도랑, 그런 매력을 도저히 결정을 못 내리겠어서… 그러니까!"

"타고난 매력이 철철 넘치는 아름다운 우리가 모델이 되어 그 부분을 보완하는 거구나!"

"그런 거지!"

"맡겨 주십시오!"

"고마워!"

타키나는 뭘 하려는 건지 전혀 이해하지 못하고 있었지만, 일은 치사토가 수락했고, 자신도 함께해야 한다는 것 정도는 파악할 수 있었다.

아침까지 걸리는 게 확정인지 두 사람이 가게 유니폼에서 리코리스 제복으로 갈아입은 뒤에도 치사토는 외박 세트를 준비하기 위해 가게 안쪽에서 분주히 움직였다.

먼저 가게로 나오자 이토가 절을 했다.

"고마워… 정말 고마워…."

그런 그녀에게 미카가 커피와 다과를 건넸다.

"그럼 치사토가 준비를 마칠 때까지 이거라도 드세요."

접시에 담긴 건… 타키나의 생각과 똑같은 그거였다.

"이건…?"

이토의 앞에 물수건을 내려놓으며 타키나가 의문에 답했다.

"자몽 찹쌀떡이에요. 안엔 통팥 소가 들어 있어서 피로가 풀릴 거예요."

유분에 의지하지 않는 일본 전통의 통팥 소를 넣은 다과는 흡수도 잘 되고 그 재료인 팥 껍질에는 비타민 B1이 풍부하다.

비타민 B1은 당질을 부드럽게 에너지로 변환하는 작용을 하며 근육 등의 회복에도 도움을 주기 때문에 어깨 결림에도 효과가 있다고 여겨진다. 당연히 껍질을 제거한 팥소는 효과가 없다. 통팥 소인 게 포인트다.

거기에 더해 본 작품의 꽃인 자몽에는 구연산이 들어 있는데 이것도 피로에 효과적이다.

안성맞춤인 디저트라 할 수 있었다.

"자몽… 찹쌀떡… 이게?"

이토가 망설이는 것도 이해는 됐다. 평범한 찹쌀떡과 달리 이 자몽 찹쌀떡은 초승달 모양이니까.

왜냐하면 자몽을 찹쌀떡에 넣으려고 하면 두껍게 썰어서 한입 크기의 작은 찹쌀떡으로 빚거나 썬 자몽을 여러 개 뭉쳐 크게 싸는 수밖에 없다.

전자의 경우 팥소와 반죽, 자몽의 비율이 약간 언밸런스해진다. 후자의 경우엔 먹을 때 흘러내리거나 과즙이 새어나오기 쉽다.

그런 고민 끝에 도달한 것이 이 초승달 모양이다.

자몽의 과피, 그리고 그 안에 있는 얇은 막까지 벗긴 다음 알맹이만 꺼내 통팥 소와 함께 찹쌀 반죽으로 감싼 이 다과는 카페 리코리코의 자신작이었다.

"타키나도 먹어. 이건 쿠루미에게 주고."

미카는 커피와 함께 접시에 담은 자몽 찹쌀떡을 두 세트 내주었다. 딸기 찹쌀떡보다 유통기한이 더 짧은 음식이라 남기느니 먹는 게 낫기 때문에서일 거다.

그걸 쟁반에 담아 좌식 자리로 갔다.

그때 시야 한쪽 구석에 보이는 초승달 찹쌀떡을 덥석 물고 눈을 휘둥그레 뜨는 이토의 얼굴에 타키나는 조금 기분이 좋아졌다.

"…어, 이게 뭐야, 맛있잖아…."

자몽 준비는 아침에 타키나가 했다. 그래서 더욱 기쁨이 컸다.

쿠루미와 함께 좌식 테이블에서 한숨을 돌리려고 커피를 마셨다.

지금부터 밤을 새워야 한다면 이 한 잔은 고마웠다.

그런 다음 타키나는 찹쌀떡으로 손을 뻗었다. 싸는 데 실패한 건 아침에 먹었지만 제대로 완성된 걸 먹는 건 이게 처음이었다.

두세 입 정도의 손가락 세 개로 잡기 딱 좋은 사이즈.

표면에 얇게 녹말가루를 두른 찹쌀떡은 갓난아기의 뺨처럼 부드러웠다.

모양이 망가지지 않게 조심스레 집어 들었지만, 안에 넣은 자몽이 모양을 잡아주고 있어서 생각보다 모양은 쉽게 흐트러지지 않았다.

가는 끝부분부터 입에 넣기 때문에 이 모양은 일반적인 찹쌀떡에 비해 훨씬 먹기 편하다. 그래서 '덥석 베어물기'보다는 좀 더 우아하게 밀어 넣듯이 입으로 가져갈 수 있다.

타키나가 리코리코로 좌천된 지 얼마 되지는 않았지만, 그래도 미카라는 남자가 매우 섬세하다는 건 잘 알고 있었다.

덩치도 크고 근육질에 상당한 수라장을 경험해 왔을 것이 느껴지는 태도의 남자지만 그 작업 태도—특히 과자를 만드는 일에 있어서는 매우 섬세하다.

맛, 커피와의 궁합은 물론, 먹는 데 스트레스를 받지 않도록 배려하는 것까지 느껴졌다.

이번의 이 디저트도 바로 그랬다. 입을 크게 벌릴 필요 없이 가볍게 입에 넣을 수 있다.

곱게 화장한 사람도 이 정도라면 편하게 맛을 음미할 수 있을 거다.

"잘 먹겠습니다."

초승달 찹쌀떡을 오른손에 잡고 왼손으로 떨어질지 모르는 가루를 받치며 입으로 가져간다.

혀, 그리고 입술에 닿는 약간의 가루 느낌.

먹기에 죄책감이 들 만큼 곱고 부드러운 반죽에 이가 닿는다.

반죽 너머에 대기하고 있던 촉촉한 통팥 소. 거기에 갑자기 탄력 있는 것—자몽이 나타난다.

여기에 '에잇' 하고 이를 밀어 넣으면 손쉽게, 그리고 기분 좋게 물어 뜯을 수 있다.

타키나는 입술에 가루가 묻는 걸 느끼고 단정히 모은 손끝으로 입가를 가리며 씹기 시작했다.

그러자 기운찬, 탱글탱글한 자몽 알갱이가 터지며 풍부한 과즙이 입안에 확 퍼졌다.

신선한 향과 함께 느껴지는 새콤한 맛. 생명력이 느껴지는 자몽의 단단한 살.

거기에 섞이는 통팥 소의 섬세한 식감.

그 모든 것들이 입안에서 요란하게 춤을 춘다.

그리고 나타나는, 감귤계 특유의 상쾌한 단맛과 통팥 소의 힘찬 단맛… 이중 구조의 달콤함이다.

뒤섞여 탁해지지도, 싸우지도 않고 서로의 매력을 한층 더 돋보이게 해주는 것들.

입이 빌 무렵이면 전통 과자를 먹을 때 흔히 느끼는 텁텁함은 찾아볼 수도 없다. 마치 과일을 먹는 것 같은 느낌마저 들었다.

전통 과자만으론 얻기 힘든 상쾌함과 주시함, 과일만으론 얻기 힘든 든든한 만족감…. 상반되는 그 둘을 한입 가득 채웠을 때 느껴지는 몸도 마음도 충족되는 기쁨이 이 찹쌀떡에는 존재했다.

하지만 아직 끝이 아니다. 미카의 고안은 여기서 끝나지 않는다.

감귤계를 찹쌀떡에 넣을 때면 기본적으로 흰 소를 사용한다.

잘랐을 때 세련된 생김새, 과일의 맛을 방해하지 않고 단맛을 받쳐주기 위해서… 등등의 이유가 있는데 미카는 굳이 이 초승달 모양에는 통팥 소를 사용했다.

그에 대한 답은 커피를 한 모금 마시면 알 수 있다.

그렇다, 감귤계와 흰 소의 찹쌀떡은 차와 잘 어울리지만, 카페 리코리코의 메인은 커피다. 그렇기 때문에 통팥 소를 선택한 것이다.

자몽의 상큼함과 담백한 흰 소는 커피에 눌린다. 그래서 달고 찰기 있는 통팥 소를 선택해 커피와 어깨를 나란히 하는 힘을 더해준 것이다.

미카는 아무 말이 없었지만 타키나는 조금 진한 편인, 산미보다 깊은 맛과 쓸쓸한 맛이 강한 커피가 여기에 특별히 더 잘 어울린다고 느꼈다.

"음, 맛있네."

쿠루미가 한 입에 반 정도를 베어 물고 우물우물 씹고 있다. 씹을 때

마다 그녀의 뺨이 꿈틀꿈틀 움직이는 모습은 아무리 봐도 질리지 않았다.

저녁을 먹기 전이기도 해서 타키나도 쿠루미도 금방 떡을 해치웠다.

조금 더 먹고 싶기도 했지만 재고는 없다. 그리고 무엇보다—.

"오래 기다렸습니다—!! 이제 가죠—!!"

—시끄러운 애가 돌아와 버렸다.

타키나는 한숨을 쉬며 자리에서 일어났다.

"갈까요, 이토 선생님?"

응, 하고 자리에서 일어난 이토의 얼굴은 가게에 들어올 때보다 조금 나아진 것처럼 보였다.

●

이토의 작업실 겸 주거 공간은 카페 리코리코에서 10분쯤 걸어가야 했다.

다다미방의 2LDK다. 아파트 외관은 낡아 보였지만, 방은 지저분하다는 인상은 없었다.

다만 비좁게 보이긴 했다.

현관 앞에는 종이 상자에 넣은 책과 뭔가가 쌓여 있었고, 벽의 대부분이 책장으로 가려져 있어서 그럴 것이다.

안쪽 방에는 체어 매트가 깔린 작업용 데스크가 있었고, 데스크톱 컴퓨터 모니터, 키보드, 그리고 액정 태블릿이 그 위에 자리를 잡고 있었다.

치사토가 그걸 신기한 구경을 하듯 살펴보았다.

"이토 선생님은 디지털 작화 작업을 하네요? 전에 가게에서 종이에

다 그리지 않았었나요?"

"구분해서 둘 다 써. 풀 디지털 작업을 할 만한 기술도 없긴 하지만 아날로그 일변도는 이제 힘들어서. 톤도 옛날만큼 구하기 어렵기도 하고. 캐릭터 펜 터치까지는 아날로그로 하고 배경이랑 결합해서 디지털로 마무리하지."

헤에, 치사토는 들뜬 얼굴로 이야기를 듣고 있었지만, 만화에 대한 기초 지식이 없는 타키나 입장에선 도무지 이해가 안 되는 소리들이었다. 그래서 방 한쪽 구석에 얌전히 서 있었다.

하지만 치사토가 몸을 앞으로 내밀며 적극적인 자세를 취하고 이토의 말문이 터지려고 하자, 단호하게 나설 수밖에 없었다.

"슬슬 작업 이야기를 할까요?"

두 사람이 깜짝 놀라 타키나를 쳐다보았다.

"미안—! 오랜만에 사람하고 이야기를 해서 흥분해버렸네! …그리고 치사토가 얘길 너무 잘 받아줘서 재미있어서 그만."

"아, 뭐야, 말 왜 이렇게 잘해♡ 그런데 이토 선생님은 만화가인데 사교성이 있네요. 얘기도 잘 하고."

"에이, 뭘—♡ 근데 내향적이거나 아싸 기질인 만화가는 생각보다 많지 않다고."

"어, 진짜요?!"

"나처럼 혼자 작업하는 일개 만화가는 몰라도 인기 만화가는 어시스턴트를 여러 명 쓰기도 하니까. 아무래도 사교성이—."

"시간 없지 않나요?"

타키나의 목소리가 거칠어졌다.

그러자 이토는 바닥 위에 정좌하고 앉아 고개를 숙이며 말했다. 네, 죄송합니다, 라고.

그 뒤에서 치사토도 정좌하고 앉아 반성하는 표정을 지었지만, 타키나는 그 점은 무시했다.

"그래서요? 우리가 뭘 하면 되나요?"

"캐릭터 모델이 되어줬으면 좋겠습니다. 아니, 캐릭터 모델로 이미 써버렸으니까 그리기 힘든 신의 포즈를 잡아주면 그걸 사진으로 찍고 싶어요."

"…왜 경어를 쓰죠?"

"그냥…."

"그래서요? 어떤 포즈죠?"

"서로 총을 들고, 이렇게… 아, 잠깐만, 지금 러프랑 모델건 가져올게!"

이토가 재빨리 자리를 뜨자 허리에 손을 짚고 선 타키나와 무릎 꿇고 고개를 숙인 치사토만 그 자리에 남았다.

"치사토."

"네."

"놀러 온 거 아니에요. 일할 때 놀지 마세요."

"네, 죄송합니다."

기다렸지—하며 이토가 벽장에서 두 자루의 총을 가져왔다. 한 자루는 모델을 알 수 없는 소형 5연발 리볼버였다.

다른 한 자루는 AK(어설트 라이플)—그것도 폴리머로 만든 멋들어진 핸드 가드와 그립, 탄창에 신축 스톡, 여기에 다트사이트를 탑재한 데다 차징, 핸들까지 대형화한, 모더나이징된 택티컬 커스텀 AK였다.

이토가 AK의 핸드 가드를 잡은 건 그렇다 치더라도, 리볼버 그립을 쥐고 방아쇠에 손가락을 걸고 있는 건… 타키나 눈에 무척 거슬렸다.

하고 싶은 말이 있지만 애써 참았다. 여기서 시끄럽게 떠들다간 귀찮아지니까.

하지만 이거 있지, 하고 리볼버를 치사토에게 건넸을 때 총구가 그녀를 조준하려고 했을 때만큼은 이토의 손을 누르기 위해 반사적으로 몸이 움직였다.

하지만 타키나보다 치사토가 더 빨랐다.

"내가 리볼버군요—."

치사토는 이토의 손을 쥐듯 잡고 리볼버에 손을 대고서 총구를 겨누기 전에 빼앗아 들었다. 그것도 매우 자연스럽게.

사람에게 총구를 겨눈다—훈련이라면 바로 교관한테 두드려 맞거나 총을 들이대며 손을 내리라는 소리를 들을 행위였다. 혹은 총에 맞아도 뭐라 할 수 없는 행위다.

평화로운 일본에서 안면이 있는 상대가 가져온 자칭 모델건이라 해도 전장에서 악의를 가진 사람이 든 총기와 똑같은 인식으로 대응하는 것이 상식이다.

총이 없는 나라는 이 세상에 존재하지 않고, 장난감과 진짜 총을 착각한 사고는 과거에 수도 없이 많이 있었다. 한 번의 사소한 실수가 돌이킬 수 없는 사태를 초래하는 것이 바로 총이란 물건이다.

총구에서는 끊임없이 살인 빔이 발사되고 있다고 생각하라, 는 건 총구 관리를 할 때 흔히 듣는 말이기도 하고, 실제로 맞는 말이라고 타키나도 생각했다.

만전을 기해도 폭발이나 오인 사격은 일어날 수 있다. 반대로 잘 손질한 총과 막 개봉해 패키지에서 꺼낸 탄약이라도 불발은 일어날 수 있다. 사람 목숨을 취급하는 것이기 때문에 항상 실수와 불규칙과 트러블을 전제로 생각해야만 한다.

"치사토는 일부러 리볼버를 사용하는 조금 특이한 암살자야."

이토는 방금 자기 손에서 총을 빼앗겼다는 것조차 인식하지 못하고 있었다. 정말로 고도의 기술을 가진 사람이 보이는 그것은 마치 마술과 같으니까.

아픔은커녕 일절 강요하는 느낌을 못 받았기 때문에 이토 입장에선 직접 건네줬다고 생각할지도 몰랐다.

"그리고 타키나는 이 AK."

건네준 AK에는 처음부터 탄창이 꽂혀 있고 조정간이 풀 오토 포지션에 놓여 있는 게 신경 쓰였지만… 새삼스러운 일이다. 아무 말 말아야겠다고 생각하며 타키나는 총을 받아 들었다.

그 AK에는 적당한 무게감에 실총과 같은 질감이 느껴졌다. 하지만 꽂혀 있는 현대식의 멋진 탄창을 뽑아 보니 에어건이라는 걸 바로 알 수 있었다.

분위기는 비슷하지만 차징 핸들을 당겨 이젝션 포트를 열어 안을 들여다보자 실탄은 발사할 수 없는 구조라는 건 확실했다.

치사토도 리볼버 실린더 안의 총알을 빼서 실탄 및 실총이 아닌 걸 확인했다.

하지만 이토와 수다를 떨며 시선을 거의 그녀에게 고정한 채 손끝의 감각만으로 재빨리 확인하는 점은… 정말 대단했다.

이런 일상적인 행동 속에서 자연스레 리코리스의 기능을 반영하는 실력이 치사토는 매우 좋았다. 완전히 자연스럽게 스며들면서도 해야 할 일은 확실하게 해낸다.

평화롭고 평범한 평시에 비일상적인 일을 하는 리코리스로서, 일류라 할 수 있는 태도였다.

이토는 치사토의 확인 동작을 신경도 쓰지 않은 채 만화 설정에 대한 이야기를 늘어놓고 있었다.

"치사토는 작중 이름은 치세라고 하는데, 그 아이는 정의의 여고생 스위퍼야. 어떤 의뢰를 받아 감시가 약한 일본을 거래 장소로 이용하는 무기상인 아지트로 쳐들어가게 되지. 타깃은 두목. 의심되는 남자를 탕, 하고 해치우는데 이 녀석이 진짜 두목이 아닌 것 같아. 그럼 진짜 타깃은 어디로 갔나 찾아보다 보니 어디서 섞여 들어왔는지 알 수 없는 미소녀가 한 명 있는 거야. 납치라도 당했나 싶었던 치세는 할 수 없이 작업을 중단하고 그녀를 놔주려고 했는데… 이거!"

이토는 책상에서 액정 태블릿을 가져와 으스대며 두 사람에게 내밀었다.

그 화면 안의 원고에선 치사토를 모델로 한 치세라는 인물이 복부에 AK 총구가 꽂힌 채 벽에 떠밀려 있었다.

타키나를 닮은 타마키라는 캐릭터는 팔을 구부려 AK 스톡을 옆구리 밑으로 빠지게 짧게 잡고 중심을 낮추고 있었는데… 그 측두부에는 치세의 리볼버가 꽂혀 있는, 그런 상황인 그림이었다.

"서로의 본성과 관계성이 단번에 드러나는 거야! 이 단편에서 제일 중요한 컷이지."

프로 만화가는 참 대단하구나, 타키나는 순수하게 감탄했다.

깨끗이 펜 작업을 하기 전인 러프한 밑그림의 컷뿐인데… 이 컷만으로도 두 사람이 어떻게 생각하고 어떻게 움직였는지 장면의 상황이 여실히 전해졌다.

아마 치세가 방심했을 거다. 타마키한테 "따라와"라고 말하고 등을 보였거나 몸을 돌리려 했겠지.

그 순간, 타마키가 옆에 세워둔 AK와 탄창을 잡고―혹은 처음부터 꽂혀 있었거나―장전, 차징 핸들을 조작해 챔버에 탄약을 밀어 넣었지만, 그때의 소리와 기척으로 치세가 눈치챌 걸 예상해서 총을 조작하며 크게 파고들어 상대의 몸에 총구를 꽂듯이 움직인 거다.

그것도 팔뿐만 아니라 몸째 밀어붙인 점이 제대로였다.

총에는 그 종류와 탄종, 커스텀 등에 따라 적절한 교전 거리가 있는데, 밀착 상태는 모든 총에 가장 불편한 거리다.

당연히 타마키의 AK도 불편하게 느낄 거리였지만, 반쯤 타격 무기로도 쓸 수 있기 때문에 밀착 상태에서도 유효한 거리라 할 수 있었다.

만약 탄창이 비어서 발포하지 못한다 하더라도 이대로 단숨에 찔러 넣듯이 전력을 실어 꽂으면 치세의 몸에 큰 대미지를 줄 수 있다.

그리고 발포한다 해도 총구를 복부에 갖다 댄 이상 치세가 피하는 것도 불가능하다. 찔러도 되고 쏴도 되는 상황인 것이다. 대상을 마음대로 요리할 수 있는 최고의 흐름이었다.

하지만 공격을 눈치챈 치세는 AK의 총구가 복부에 꽂힌 상황에서도 타마키의 측두부에 리볼버를 들이대어 더 이상의 공격을 막아냈다…는 구도였다.

현실에서라면 거기서 멈추지 않고 AK는 밀착 상태이거나 그 이하에서 풀 오토를 발사할 거고, 그 충격으로 리볼버의 총구도 상대의 머리를 겨누기 어려워질 거다.

하지만 그래도 만에 하나를 고려한다면 멈출 가능성도 있었다.

이 시점에서 죽을 수는 없는 임무… 아니, 작중의 설정을 고려한다면 이 정도 조무래기와 무승부에 빠지는 위험부담은 조금도 감수하고 싶지 않다는 미드나이트 프린세스의 입장을 감안한 정지 상황일 수도 있었다.

그렇다면 더욱 이 컷 하나에 작품 전체가 담겨 있다고 할 수 있을 것이다. 이토가 중요하다고 말한 것도 이해가 됐다.

치세가 프로 스위퍼인데 장탄 수가 적고 재장전도 느리며 솔직히 실전에 맞지 않는 리볼버를 굳이 선택하는 것에 위화감이 들긴 했지만, 어쩌면 이 장면을 만들기 위해 일부러 그런 위화감을 이토가 감내한 것인지도 몰랐다.

머리는 총이 꽂힐 만큼 부드럽진 않지만 반사적으로 총구를 들이댄 거라면 오토매틱은 사격이 안 되니까 절대로 그렇게 안 되게 배려한 거다… 라고 보는 건 지나친 생각일까.

하지만 오토매틱이라도 치사토가 애용하는 총처럼 컴펜세이터의 스탠드 오프 디바이스를 제거하면 갖다 붙이는 게 문제는 없어진다.

단순히 거기까지 생각하지 않았던가, 아니면….

"…여기가 좀 애매해."

그런가요? 타키나는 고개를 갸웃거렸다.

"상황은 잘 전해지는데요."

"고마워, 타키나. 하지만 전하기만 하는 게 아니라 박력이 필요하거든…. 그러니까 두 사람이 자세를 잡아주면 다양한 각도에서 촬영해서 그걸 가지고 작화 작업을… 하고 싶어."

"…그렇구나."

만화란 건 심오한 거구나. 타키나는 그렇게 생각하며… 빠르게 움직였다.

치사토를 향해 크게 파고들며 AK의 차징 핸들을 조작해 몸통째 치사토에게 부딪히듯 접근해 총구를 그녀의 복부에 밀어 넣었다.

치사토의 등에 책장이 부딪혀 둔탁한 소리와 먼지가 피어오른다.

타키나는 완전히 치사토의 허를 찔렀다고 생각했는데… 역시 상대는 만만치 않았다.

만화처럼 타키나의 측두부에 리볼버 총구를 들이대고 있었다.

"…촬영 안 해도 돼요?"

눈을 휘둥그레 뜬 채 굳어 있는 이토에게 타키나가 말했다.

이토는 퍼뜩 정신을 차리고서 황급히 스마트폰을 꺼냈지만, 촬영하기 직전에 비로소 냉정을 되찾았는지 치사토를 쳐다보았다.

"치, 치사토, 괜찮아…? 지금 타키나 공격이 제법…."

"괜찮아요. 책장 먼지가 더 거슬리는데. 나중에 청소하죠."

실제로 괜찮을 거다. 타키나는 반쯤 진지하게 기습한 거였지만 치사토는 완벽하게 총구가 옷에 닿은 것과 동시에 스스로 몸을 숙여 책장에 몸을 부딪쳤다.

하지만 두 사람이 밀착 상태였기 때문에 이토의 눈엔 치사토가 타키나에게 밀려 날아간 것처럼 보였을 거다.

사실 치사토는 대미지가 없는 정도가 아니라 굳이 속담으로 비유할 것도 없이 말 그대로 호박에 말뚝 박는 것과 같은 느낌밖에 없었을 거고, 오히려 타키나가 균형을 잃을 뻔한 상황이었다.

힘주어 균형을 잡고 있을 뿐이지 여기서부터 진지하게 밀고 들어가거나 발포해서 AK의 와일드한 반동을 억제하기엔 중심 위치가 적잖이 좋지 않았다.

만약 이게 실전이었다면 치사토는 AK 총구를 아슬아슬하게 피한 다음 타키나의 정수기를 날려버렸을 거다.

실제로 지금 치사토의 반응 속도로 보자면 옆으로 슬쩍 피하는 것도 가능했을 거다.

만화와 같은 포즈를 취하기 위해 그녀는 스스로 책장에 등을 부딪힌 게 분명했다.

"…제법이네요, 치사토."

"그치?"

"그거야! 그렇게 서로 거만하게 굽어보는 치사토인 치세! 쳇 하고 올려다보는 타키나인 타마키! 바로 그 표정을 원했다고! 최고다!"

찰칵찰칵, 스마트폰으로 사진을 찍으며 이토가 두 사람 주위를 빙글 빙글 돈다.

"…아, 치사토, 작화에서 수정해도 되긴 하는데 총을 좀 더 이렇게."

이토의 지적에 타키나는 곁눈질로 치사토의 리볼버를 쥔 오른손을 보고 신음을 터트릴 뻔했다.

리볼버 방아쇠는 이미 당겨져 있었다.

다만 격철은 엄지로 누르고 있다. 이 상태에선 당연히 총알은 발사 되지 않는데… 조금이라도 엄지에서 힘이 빠지거나 충격으로 손가락이 틀어지면 자연스레 총알은 발사될 거다. 한편 소형 리볼버이기 때문에 검지는 단단히 방아쇠를 감싸고 있어 웬만한 충격으로는 방아쇠에서 손가락이 떨어지지 않을 거다.

그러니까 만약 타키나가 이 상태에서 AK를 쏘면 그 충격으로 리볼 버의 격철을 잡고 있는 치사토의 엄지만 풀려 자연스레 리볼버가 불을 뿜게 되는 거다.

쏘면 맞는 상태로 만들면서 타키나가 이 상황을 적확하게 이해하고 움직임을 멈춰줄 거라는 가능성에 치사토가 기대하고 있는 것 같기도 했다.

뭐니 해도 이 동작 하나로 타키나의 기습에 필사적으로 팽팽한 상황 으로 몰고 갔다는 인상은 지우고 무승부가 될 텐데 그래도 괜찮아? 라 는 치사토의 능숙함이 느껴졌다.

"훗훗훗, 사실 이건 말이죠―."

치사토가 그 손가락의 의미를 설명하자 이토는 감탄한 다음 "그게 더 좋은데!" 라며 흥분하기 시작했다.

한편 단순한 연기, 만화 모델, 장난감 총을 이용한 놀이 같은 거라고 이해하고 있으면서도 명확하게 치사토의 실력이 자기보다 위란 사실에 타키나는 분하지 않을 수가 없었다.

치사토의 아이디어는 채용됐고, 손을 위로 올린 컷을 추가함으로써 서로의 감정과 역량이 더욱 잘 드러나도록 조정하더니 이토가 흥분해 말했다.

"기왕에 자세 잡은 거 그대로 있어줘. 사진만 찍어도 되지만 가볍게 러프만 잡을게, 부탁해."

노트에 빠르게 펜을 움직이는 소리.

분한 타키나는 여유롭게 웃고 있는 치사토와 위아래에서 서로를 잠시 응시했다.

"선생님. 그런데 이 얘기 어떻게 되나요?"

그건 있지, 하고 펜을 멈추지 않고 이토는 이야기를 해주었다.

서로를 겨눈 총구를 고정한 채 서서히 거리를 벌리던 치세와 타마키는 진짜로 서로를 죽이려 들지만… 경찰이 쳐들어오고 만다. 정체를 들키고 싶지 않은 건 둘 다 마찬가지였기 때문에 두 사람은 불타는 건물 속에서 자기소개를 주고받은 뒤 다시 붙을 것을 약속하고 헤어지게 된다.

그 후에 치세는 최근에 다니기 시작한 고등학교의 학생회장이 타마키라는 것을 알게 된다.

서로 놀라면서도 학교 내에서는 죽이지 않기로 신사 협정이 아닌 숙녀 협정을 맺으며 위험한 학교 생활이 막을 올리게 된다… 는 흐름이었다.

"단편치곤 뒤가 기대되는 흐름이네요?"

"역시 치사토는 뭘 안다니까. …이 단편이 호평을 받으면 연재할 수 있게 될지도 모른대!"

“오오~!”

이토의 말에 따르면 그 후에 서로를 감시하기 위해 치세가 학생회에 입후보하거나 타마키가 그걸 추천하는 등, 같이 있는 시간이 길어지면서 주위 사람들은 두 사람이 절친이라고 인식하게 된다.

밤에는 서로의 사명을 위해 격렬하게 싸우며 적당히 좋은 관계를 이루게 될 무렵 공통의 적이 등장해 ‘이 순간만’ 함께 싸울 것을 구상하게 되는 상황까지 벌어진다.

“오오, 서로를 죽이려 들던 라이벌과의 버디! 뜨거운 전개네요!”

“그래! 뜨거운 전개야!!”

“그거, 그거죠. 그 다음 전개에선 관계가 너무 깊어져 라이벌을 내버려두면 죽는 상황에 빠지게 됐을 때 저 녀석을 죽이는 건 나다, 뭐 이런 말을 하면서 살려주는 거!”

“맞아!! 도와달란 말 안 했다고 허세를 부리는 정통파 전개!!”

“그거지—!!”

치사토와 이토가 무척 흥분한다. 그러는 사이에 데생도 일단락되어 두 사람의 포즈 연출은 끝이 났다.

“너무 방해하면 그러니까 치사토 갈까요?”

“에이, 기껏 외박 세트도 챙겨왔는데? …아, 방 청소해주자.”

뭐, 청소라면 괜찮겠지, 야식도 하나 만들어두는 것도 좋을 것 같고.

타키나도 그렇게 받아들이고 책상 앞에 앉은 이토를 방해하지 않게 조심해서 방 정리에 나섰다. 일단 조금 전까지 사용한 총부터.

장전해 둔 상태로는 불안하니까 탄창을 뽑았다.

“그나저나 왜 이 AK일까요?”

“응? 무슨 말이야?”

역시 신경이 쓰이는지 리볼버에서 탄약을 빼고 있던 치사토가 고개를 들었다.

"이건 어둠의 무기상인 이야기잖아요?"

맞아, 라고 답하는 이토.

"조금 전의 설명에 따르면 내가 사용하는 AK도 상품 중 하나였던 것 같은데요."

"응. 컨테이너 안에 들어 있던 총 샘플로 놔둔 한 자루였지."

"그럼 모더나이징된 건 위화감이 있는 것 같은데요."

이토의 펜이 멈췄다.

의자를 휙 돌려 그녀가 타키나를 쳐다본다.

"…타키나, 자세히 설명해볼래?"

한두 자루를 밀매하는 거라면 어려울 게 없다. 아마도 도난품일 거고. 하지만 대량으로 밀매하게 됐을 때의 샘플이 이 AK라면 위화감이 들 수밖에 없는 것이다.

여러 자루의 총기를 밀매할 때의 공급원은 군에서의 유출, 분쟁 또는 전쟁 지역에서 회수된 것, 손버릇 나쁜 총기 제조사에서 빼낸 것, 어둠의 총기 제조공장 생산품… 등을 떠올릴 수 있다.

하지만 그 어디에서도 군이 비용이 드는 모더나이징된 AK를 대량 출하하진 않는다. 무엇보다 어둠의 무기상인, 즉 완전히 비합법적인 상대와 교섭하려는 구매자라면 한 자루, 한 자루에 그렇게 높은 질을 요구할 리는 없다.

그들에겐 많은 화력을 손에 넣는 게 제일 과제이기 때문에 멋이나 사용상의 편리함, 확장성을 높이기 위한 커스텀 같은 걸 원하지 않는다.

결국 커스텀이란 사용자의 고집과 필요에 따라 성능이 요구될 때가 되어서야 고려되는 부분이기 때문에 통상적으로 매입 단계에서부터 그런 건 딱히 생각하지 않는다.

약간 어폐가 있어 보이지만, 시골 학교의 수업 풍경에 학생이 앉아 있는 의자가 게이밍 체어인 것과 비슷한 상황이다.

절대로 불가능한 건 아니지만 있으면 위화감이 들고 왜? 라는 의문이 떠오른다.

"그러니까 안 되는 건 아니거든요. 단지 평범한 AK가 아니라는 거에 위화감이 드는 것뿐이에요."

"…그렇다면 지금 이대로는 안 된다는 말이지?"

아니, 그게 아니라— 하고 치사토가 끼어들었다.

"하지만 그런 것도 있잖아요! 작가가 보여주고 싶었구나— 이런 거 좋아하는구나— 뭐 그런 거! 그리고 아… 왜! 그게 메인 역사 자료인 것도 아니니까 소소한 실수 정도는… 아."

실수라는 단어에 이토가 떨떠름한 표정을 짓는 걸 치사토는 놓치지 않았다.

두 눈을 감고 '사고 쳤네' 하고 입술만 움직여 표현한다.

"…실수… 그래, 실수지. 이런 실수는 인터넷에서 까이는 타입의 실수… 분명히 불타오를 내용이야!! 아아, 지인을 통해서 겨우 빌려왔는데 이게 뭐람—!!"

이토가 머리를 감싸 쥐며 소리를 질렀다.

"괘, 괜찮아요! 타키나, 그치?! 신경 안 써도 되지!"

"신경 쓰이는데요."

"아악, 진짜—!!"

"아직 그리지 않았으니까 문제 될 거 없잖아요."

"…그, 그래… 맞네, 그렇네! 아직 그리기 전이라 다행이라고 생각해야겠지!!"

"진짜? 아, 다행이다! 다 잘 수습되겠네!! 타키나— 다행이다, 그치

―. 순간 어떻게 되는 줄 알았―."

"그럼 그 위화감이 안 드는 AK를 어디서 구해와야겠네."

응? 치사토가 딱딱하게 웃으며 이토를 보았다.

"나, 총은 모델이 없으면 못 그리거든."

"인터넷에서 사진을… 잔뜩…?"

"생각처럼 딱 적당한 각도의 사진이 없어. 그리고 들키면 트레이싱이라고 지적해댈 거고… 특히 이번엔 베스트 앵글을 찾았으니까 그게 아니면 싫어."

"…GK는?"

"그런 기술이 어디 있니."

"어, 그럼, 어떻게…."

"모델건이면 돼. 어디서 빌려… 아니, 최악의 경우엔 사도 되고. 앞으로도 자료로 쓸 거니까."

타키나는 방에 있는 시계를 보았다. 치사토와 이토의 대화가 길어진 탓도 있어 이미 적당한 시간―심야라 해도 큰 지장 없는 시간대였다.

"모델건을 이 시간에 살 수 있나요?"

안 되겠지, 타키나의 의문에 이토가 바로 대답했다.

"돈키호테는 어때요? 거긴 밤늦게까지 하잖아요! 긴시초 북쪽출구점이나 옆동네의 카메이도점으로 지금 사러…!"

안 팔아, 라고 이토는 단언했다.

대답하는 모습을 보니 이미 체크를 마친 것 같다. 아니, 어쩌면 동네 주민이니까 만화 작화 자료가 될 만한 건 평소에도 조사를 하고 있는지도 몰랐다.

"그럼 오늘은 그냥 자는 건 어때요?! 과감하게!! 스트레스 해소를 위해 우리랑 파자마 파티를~!!"

"시간 못 지켜…."

"…네…."

억지로 분위기를 띄우려던 치사토가 단 한 마디에 바로 쪼그라들었다. 궁지에 몰린 인간이 하는 말은 강력하다.

"만화 마감은 연장할 수 없나요?"

타키나의 의문에 이토는 어른스러운 얼굴로 훗, 하고 웃었다.

"…조금은 미룰 수 있을지도 모르지. 평소 같았으면 조금 여유를 줄 수 있으니까. 하지만 이번엔 아냐. 이번에… 잡지 간판 작품이 작가가 요통으로 원고 떨어뜨리는 바람에."

"떨어뜨려요?"

"어, 절대로 시간 안에 못 넘기는 상태라고 해야 하나. …그래서 혹시 시간에 맞춰준다면 내 걸 실어주겠다고 그런 거거든. …오늘 밤에 원고를 완성하지 못하면 아마 기다리지 않고 바로 다른 신인 원고를 싣겠지."

"하, 하지만 원고가 재미있으면 기회는 얼마든지…!"

"…그래. 있을 거야. …하지만 잡지는 어려워. 그리고 생활이 좀. 나 지금 연재 하나도 없거든…."

이번이 안 되더라도 내용이 괜찮으면 몇 달 후에는 실어줄지도 모른다. 호평을 받아 연재가 잡히면 기쁜 일이고 이토도 그걸 노리고 있을 거다.

다만 그걸 진지하게 노린다면 당분간은 다른 출판사에 원고를 투고할 수 없게 된다.

기껏해야 소소한 일러스트 작업이나 단행본으론 나오기 힘든—달리 말해 적당한 수입이 안 되는 짧은 단편을 단발로 싣는 게 고작이다. 물론 그걸 실어주지 않을 가능성도 충분히 있다.

그러니까 이번 작품에 진지하게 임할수록 앞으로 몇 달간의 생활이 힘들어진다. 반대로 다음 달 잡지에 실려서 호평을 얻으면 바로 연재 준비에 들어가게 되고, 안 되면 또 다음 작품으로 넘어갈 수 있다. 시간을 낭비하지 않아도 되는 것이다.

그런 설명을 들으니 무슨 말을 해야 좋을지 알 수 없어서 타키나와 치사토는 그저 서로의 얼굴만 쳐다보았다.

"…할 수 있는 데까진 노력해봐야지."

이토는 힘없이 액정 태블릿과 마주했지만, 타키나는 일단 뭘 우선해야 할지 정리하거나 의논해야 하는 게 아닐까 생각했다.

마감에 맞추는 걸 최우선으로 한다면 지금 이대로도 괜찮다. 세간의 비난을 받지 않으려면 마감을 포기하더라도 오소독스한 AK 자료를 구할 때까지 기다렸다가 완성시키는 게 좋다.

지금 이토를 보면 일단 전자를 선택한 것 같은데, 그렇다면 깨끗하게 마음을 정리하고 작업에 임해야 하는데 명확하게 결정을 내리지 못하고 질질 끌고 있다. 적어도 타키나 눈에는 그렇게 보였다.

그러니까 그런 때는 다른 사람과 얘기를 하거나 종이 등에 쓰는 등의 방식으로—아웃풋을 해서 각오를 확정하는 게 좋다고 생각하는데….

타키나가 제언하려는데 치사토의 스마트폰이 울렸다.

"이토 선생님, 잠깐만요~."

치사토의 손짓에 타키나는 재빨리 현관으로 이동해 치사토의 스마트폰에 귀를 갖다 댔다. 연락한 사람은 미카였다. 음량을 낮추며 치사토는 스피커 통화로 전환했다.

『긴급 업무 의뢰다. 어떡할래, 치사토?』

"긴급이라니, 지금 다른 업무 처리 중인데. ……그보다 선생님, 우리 지하 창고에 AK 없었지?"

『있을 리가 없잖아.』

"역시."

『흠, 그나저나 큰일이네. 거절하기 애매한… 아니, 받고 싶은 의뢰였는데 말이야.』

타키나와 치사토는 서로를 쳐다보았다.

미카답지 않게 시원스럽지 않은 말투였다.

그리고 그렇게 말한다는 건 DA가 아니라 카페 리코리코의 숨은 얼굴을 알고 있는 지인의 의뢰일 가능성이 높았다.

"…어떤 건데?"

『받아들이게?』

"일단 들어보기나 하자고."

『폭력단 조직의 젊은 남자가 비밀 금고에서 총을 꺼내서 현재 도내를 이동하고 있다는군.』

"아아~ 위험한 내용이네. …그치만 지금 이토 선생님을 혼자 두는 것도 좀 그런데…."

『그러고 보니… 가지고 간 총이 AK47이었을걸.』

치사토! 타키나는 그 말을 듣자마자 소리를 질렀다.

치사토도 타키나를 보고 고개를 끄덕였다.

"일석이조네! 선생님, 그 의뢰 받아줘! …가자, 타키나!"

"네!"

이토에게 AK 작화는 마지막으로 미뤄두라고 한 뒤 두 사람은 밤의 거리로 달려나갔다.

시간이 없었다. 이동하면서 의뢰 내용을 확인했다.

바로 거절하지 않길 잘했다고 치사토가 말했다.

총을 꺼내간 남자는 단호하게 제압해 신병을 인도한 뒤 두 사람은 수확물을 들고 이토의 맨션으로 돌아왔다.

빼앗은 AK는 이즈마쉬제가 아닌 어디선가 부정규적으로 카피한 물건이었다. 제조 번호도 없고 무척 낡았다. 목제 핸드 가드의 열화도 심각했다. 녹을 방지하기 위해서 그랬는지 그리스로 떡칠을 해서 끈적끈적했고…… 그 모든 걸 포함해 지금 이토의 만화에 완벽하게 잘 어울렸다.

하지만 밝은 맨션에 어설트 라이플을 들고 들어가는 건 아무리 생각해도 문제가 있었다.

두 사람은 서둘러 뽑은 탄창을 사첼백의 남는 공간에 쑤셔 넣고 라이플 본체는 맨션 앞에 떨어져 있던 신문지로 둘둘 감아 평소에 갖고 다니는 파라코드로 둘둘 묶어서 쓰레기봉투를 씌우는 것으로 은폐했다.

"…이러면 괜히 더 이상하게 보지 않을까요?"

"여고생이 라이플을 들고 서성일 리가 없잖아, 괜찮을 거야!"

"그 전에 미성년자가 이런 늦은 시간에 돌아다니는 게 더 수상하지 않나요."

"굳이 따지자면 이제 새벽 아닌가? 오히려 건전해 보이겠지!"

"아침 연습이라 이겁니까. …이런 커다란 쓰레기 같은 걸 들고 하는 아침 연습은 뭘까요?"

"뭔가 있겠지. 아무튼 가자. 이토 선생님이 기다리고 있겠다."

이토의 집은 4층이다. 손에 든 게 아무래도 그런 거라 엘리베이터에서 다른 사람과 마주치면 불편했기에 두 사람은 계단을 이용했다.

현관은 잠겨 있지 않았기 때문에 치사토는 문을 힘껏 열어젖혔다.

"오—래 기다리셨습니다—! AK 한 자루, 나왔습니다!!"

"치사토, 시간을 생각해요. 이웃에 민폐라고요."

현관에서 보이는 작업 책상에 엎드려 잠들어 있던 이토가 벌떡 고개를 들었다.

뒤를 돌아본 그녀의 뺨에는 액정 태블릿 모서리로 짐작되는 자국이 찍혀 있었고, 눈 밑은 시커멨다. 뺨에 난 자국은 그렇다 치더라도 몇 시간 전까지만 해도 눈 밑이 저렇게 꺼멓지는 않았는데… 아니, 어쩌면 어젠 눈가만 화장으로 가렸던 건지도 모르지. 그리고 지금 정신을 차리기 위해 세수를 해서 시커먼 눈가가 드러난 거고.

이토는 치사토오~ 하고 집을 지키던 강아지처럼 달려왔다.

그런 그녀에게 물건을 건네자 정말로 강아지가 간식 봉투를 열 듯이 쓰레기봉투, 신문지를 찢고 안에서 AK를 꺼냈다.

"우와아! 영화에서 자주 보는 타입의 오래된 AK다! …기름이 엄청 묻었는데… 공업 기계 같은 냄새가…."

"아—, 어—… 응! 아는 총기 마니아한테 빌려온 엄청 리얼한 거거든! 냄새까지 신경 쓴 거야! …아무튼 그래."

"그렇구나. …어? 탄창은?"

타키나는 치사토가 등에 멘 사첼백에서 탄창을 꺼냈다. 그리고 이토가 못 보게 치사토를 방패 삼아 안에 든 라이플 총알을 재빨리 제거했다. 요행히도 세 발밖에 안 남아 있었다.

"여기요."

"고마워—! 우와, 역시 오래된 탄창은 투박하구나. 생각보다 가볍네 …?"

"안에 탄약이 안 들어 있으니까요. 지금 무게는 100그램 정도일 거예요. 총알의 종류에 따라 다르지만 30발 풀 로드하면 대충 600그램이

—왜요?"

치사토가 옆구리를 쿡쿡 찌른다. 고개를 돌려 보자 그녀는 찌른 손가락을 그대로 얼굴 앞으로 가져간 상태였다.

쉿—. 입 다물어, 라는 사인으로 보였다.

그런 두 사람의 대화보다 이토는 AK에 정신이 팔려 있었다. 그녀는 타키나에게 다시 포즈를 잡아달라 요청한 뒤 곧장 스마트폰으로 촬영에 들어갔고, 작업을 마친 뒤 바로 책상 앞에 앉았다.

후우, 이토의 뒷모습을 지켜보며 치사토는 허리를 짚고서 한숨을 돌렸다.

"한 건 해결… 인가. 정확하겐 두 건이네."

"그러게요. …그럼 야식을 준비할까요?"

"좋아! 아, 그런데 이토 선생님이 한계인 것 같으니까…."

알아요, 하며 타키나는 미소 지었다.

"위에 편한 요리를!" "스태미나 요리를!"

…응? 타키나와 치사토는 서로를 쳐다본 채 그대로 굳었다.

"…이봐요, 타키나 씨? 대체 무슨 소릴 하는 거야? 지금 이토 선생님은 지쳐 있다고… 그러니까 영양분이 필요해!"

"그렇네요. 치사토는 그 나약해진 사람에게 뭘 먹일 생각인 거죠?"

"곱빼기! 고기! 어, 그리고 마늘, 생강을 가득 넣어서? 그리고 또 비타민을 위해 과일에 크림을 잔뜩 올린 디저트!"

"그 정도면 폭력이죠."

"뭐야?!"

"지친 사람에겐 흡수가 잘 되는 부드러운 음식을 먹여야 하거든요."

"호오, 어떤 거?"

그 말에 타키나는 턱을 짚으며 잠깐 생각에 잠겼다.

"예를 들면… 으음… 죽?"

"네, 안 됩니다! 그런 병원식 같은 거론 전혀, 네버, 절대, 안 돼, 부족해, 에너지가, 힘이."

"그럼 치사토의 부드러움과는 거리가 먼 선택이 뭐가 좋죠?"

"일단 이토 선생님을 보라고. 의욕에 활활 불타고 있잖아. 이런 때는 부드럽게 감싸주는 타입의 요리가 아니라 힘내라—하고 등을 밀어주는 게 좋다고."

"방금 치사토가 말한 메뉴는 따귀를 때리는 꼴이거든요."

"타키나 건 무의미하거든!"

치사토의 말투에 타키나도 울컥했다.

반박하려는데 어느새 두 사람 옆에 이토가 서 있는 걸 깨닫고 바로 입을 다물었다.

"치사토, 타키나, 신경 써주는 건 고마운데… 일단 조용히 해줄래. 시간을 생각해야지."

네, 하고 두 사람은 합창했다.

이토가 다시 의자에 앉는 걸 지켜본 뒤 두 사람은 서로를 쳐다보았다.

"그럼 둘이 같이 요리해서 승부하자."

"바라던 바예요."

"좋았어, 각오하라고. 이토 선생님이 타키나가 만든 거 안 먹으면 내가 대신 먹어줄게."

"…아아, 뭐, 그래요, 남겨서 버리는 것보다는, 네, 그게 낫겠네요."

순간 치사토가 무슨 소릴 하는지 이해가 안 됐지만 잠시 생각한 뒤 수긍했다.

그렇다면, 타키나는 생각했다.

승부에는 확실히 이기겠지만 그렇게 되면 치사토가 만든 폭력적인 요리를 내가 먹게 된다.

일을 마친 뒤라곤 해도 상당히 하드한 야식이었다.

"자, 그럼 뭘 만들까. 이토 선생님, 냉장고 좀 쓴다―?"

"있는 거 맘대로 써도 돼―."

"마음대로 쓸게요―. …어, 뭐야…."

치사토가 연 냉장고 안에는 식재료라 부를 만한 것이 거의 없었다.

조미료는 풍부했지만 그 외엔 요구르트, 낫토, 김치, 치즈와 같은 게 들어 있는 게 고작이었다. 발효식품을 좋아하나.

굳이 식재료라고 분류할 만한 거라곤 계란 정도였다.

참고로 냉장고 옆에 있는 수납장을 열자 안에는 즉석밥과 컵라면, 봉지라면과 파스타가 대량으로 들어 있었다.

제대로 된 요리를 만들 수 없을 만큼 만화가란 직업이 가혹한 건지, 이토가 그런 사람이라 그런 건진 알 수 없었지만 뭐가 됐든 이건 너무 심한데… 하고 두 사람은 말을 잃었다.

"이래서야 계란죽밖에 만들지 못하잖아요?"

"그러게…. 하지만 계란죽을 즉석밥으로 만들 수 있나?"

잠깐 생각해 보았지만, 신기하게도 즉석밥을 죽으로 끓이는 데 거부감이 들었다.

왜 그럴까? 생각해봐도 모르겠다.

"그냥 낫토밥이나 계란밥으로 가야 하나."

"…요리라고 부를 수 없는 라인이네요. 특히 즉석밥이라니."

"혼자 할 수 있잖아."

"장을 봐올까요? 이 근처라면 조금만 가면 24시간 슈퍼가 있을 거예요."

"그건… 좀 그런데."

이런 때—이벤트 때의 치사토는 대개 적극적이다.

하지만 리코리스로서 한바탕 힘을 쓰고 난 뒤의 시간이라 요리 승부보다는 피로와 졸음이 더 앞설 수 있는 상황이었다.

"나, 하나 만들게요."

"오, 그래? 뭐 만들 수 있겠어?"

"간단한 거지만요."

"그래. 그럼 부탁할게! 나는… 어, 방 청소라도 할까."

"너무 시끄럽게 굴면 안 돼요."

"나도 알거든요."

그렇게 두 사람은 서로에게 등을 돌렸다. 타키나는 팔을 걷어붙이고 갖고 있던 머리끈으로 머리를 묶은 뒤 손을 씻었다.

일단 냉장고에서 계란을 3개 꺼내어 조금 전에 선반 안쪽에서 슬쩍 봤던 질냄비를 버너에 올렸다.

나베야키우동을 만들기에 딱 적당한 1인용 냄비다. 거기에 물을 붓고 불을 켰다.

물이 끓는 동안 꺼내둔 계란 3개를 볼에 깨어 넣은 뒤 거품기로 마구 섞었다. 거품기 와이어 부분이 실리콘으로 덮인 타입이라 소리를 신경 쓰지 않고 타키나는 전력을 다했다.

중간에 질냄비 물이 끓기 시작해 불을 줄인 뒤 과립 육수를 적당량 넣었다. 사실은 가츠오부시를 넣어 육수를 내고 싶었지만 이 환경에선 이게 한계였다.

그다음에 간장을 살짝 따른 뒤 그라인더에 담긴 후추가 있어 그것도 조금….

국물은 이 정도면 되겠지. 간을 보니 생각보다 나쁘지 않았다.

그리고 다시 거품기로. 섞고 또 섞어서 공기를 넣어주자 마침내 폭신한 크림 상태가 되었고, 거기에 비밀 조미료로 설탕을 한 자밤 넣고 다시 거품기를 돌렸다.

질냄비 불을 중불로 올렸다. 일반 냄비와 달리 질냄비는 화력의 영향을 바로 받지 않기 때문에 잠시 기다린다. 그러는 사이에도 거품기는 가동.

드디어 국물이 끓을 것 같은 분위기를 잡자, 타키나는 입을 열었다.

"야식 곧 되는데 가져가도 돼요?"

네ー, 하고 대답하는 두 개의 목소리. 그 소리를 들은 뒤 타키나는 질냄비에 크림 상태의 계란을 조심스레 흘려 넣었다. 그리고 다 넣고 난 뒤 불을 끄고 뚜껑을 덮는다.

재빨리 국자, 그릇 3개, 그리고 나무 숟가락이 있기에 그걸 쟁반에 담고 마지막으로 냄비받침… 이 없어서 소형 나무 도마를 대신 놓고 그 위에 질냄비를 올렸다.

"다 됐어요ー… 뭐 하는 거예요?"

응? 하고 고개를 든 치사토는 이토의 침대에 누워 만화책에 푹 빠져 있었다.

"치사토, 청소는?"

"…청소하면 왜 책을 읽게 되는 걸까?"

"농땡이 부렸군요."

"노, 농땡이 부린 게 아니라~ 바닥에 떨어진 책을 책장에 꽂으려고 했는데~… 읽어 버렸네."

에헷, 하고 웃으며 둘러대는 치사토에게 핀잔을 주고 싶었지만, 그러다간 애써 만든 요리가 망가질 거다. 이 요리는 심플하기 때문에 섬세하니까.

알았어요, 말하고서 타키나는 낮은 탁자에 쟁반을 놓았다. 이토와 치사토가 자리에 앉길 기다렸다가 냄비 뚜껑을 열자… 김과 함께 두 사람의 새된 탄성이 터졌다.

질냄비를 가득 채운 폭신한 구름 같은 계란, 은은한 가다랑어 육수의 김 속에 계란의 은은한 향기.

생긴 걸로 흥미를 끌고 향으로 공복을 일깨우고 맛으로 위로하는… 그런 음식이었다.

타키나가 봐도 생각보다 잘 만들었다.

자랑스러워하며 각자에게 그릇을 나눠주었다.

"폭신폭신 계란이에요."

"응, 진짜 폭신폭신하네! 타키나, 이거 무슨 요리야?"

"폭신폭신 계란이요."

"응, 그러니까 그건 알았으니까 이름이….”

"그러니까 폭신폭신 계란이라고요."

"응, 폭신폭신해, 폭신폭신. 그건 확실하네. 그러니까 이름….”

"그러니까….”

"치사토, 혹시 이 요리 이름이 '폭신폭신 계란'이 아닐까?"

"아, 그런 거였어?"

"…그런 거예요. 이 대화는 뭐죠?"

말이 통하는지 안 통하는지 애매모호한 대화다. 치사토하곤 이런 경우가 자주 있었다.

"에도 시대부터 있었던 요리예요. 교토에 있을 때 배웠거든요."

교양 학과의 일환으로 시즈오카 출신의 교원이 충동적으로 가르쳐준 것이었다. 사실 직접 만든 건 처음이었지만 다행히도 자료로 본 사진과 크게 다르지 않았다.

세 사람은 "잘 먹겠습니다" 하고 합창하고 앞다투어 숟가락과 그릇을 들었다.

나무 숟가락을 노란 구름 같은 계란에 꽂자 푸시식, 하는 감촉이. 숟가락이 가라앉고 잘라내듯이 떠낸다.

입가로 가져갈 때 감도는 향기—화학조미료로 낸 육수로는 도저히 느껴지지 않았다.

여전히 뜨거운 요리에 후후, 숨을 불어 식힌 뒤 조심스레 입안으로.

입술을 통과해 혀에 올리자 그것은 따뜻한 거품이었다.

조금 진한 육수의 풍미를 느끼며 씹으니 푸슬푸슬 계란이 흩어지고, 그 달콤함과 감칠맛이 서서히 입안으로 퍼진다.

깊은 맛과 따뜻한 차분함이 느껴지는 그런 맛.

국물에 넣은 소량의 후추가 방자하게 흩어지는 걸 막고 단단히 마지막을 장식한다.

그래서 온화함 속에 깔끔한 기품이 있었다.

그게 좋았다.

"우와?! 이게 뭐야, 처음 맛보는 식감이다! 타키나, 이거, 맛있어!"

"부드러운 맛이네—. 술술 넘어가."

자연스레 으쓱대려는 표정을 애써 다잡았다. 이 요리를 가지고 그런 표정을 짓는 건 너무 경박할 것 같으니까.

그래서 "그런가요, 다행이네요" 하고 타키나는 냉정하게 짧은 대답으로 응수했다.

"이거 그거네. 맛의 방향성은 자완무시인데… 전혀 다른 요리처럼 느껴져."

치사토 말대로였다. 육수와 계란물이 베이스라 먹고 나면 그 차이는 거의 없을 것이다.

하지만 탱글탱글한 자완무시와 그 식감은 천양지차이고, 맛도 사실 많이 다르다.

육수와 계란의 풍미는 폭신폭신 계란 쪽이 더 완전히 일체화하지 않은 만큼 각자의 맛을 느끼기 쉽고… 무엇보다 독특함이 숟가락을 쥔 손을 자연스레 움직이게 만든다.

"정말 힘들 때는 이런 게 더 좋을지도 모르겠다. 자완무시는 건더기가 없으면 허전하지만 이건 이것만으로 좋으니까."

"거품 내는 데 손이 가긴 하지만요."

아아, 이토가 눈썹으로 팔자를 그리며 미소 짓는다.

"하지만 조금 요령이 필요해요. 계란에 설탕을 아주 조금 넣거든요. 그러면 거품이 더 잘 나니까 편해져요."

그게 비밀 조미료, 설탕의 비밀스러운 효과다.

설탕 덕분에 계란에 약간의 점도가 생겨 거품을 안정되게 만들어준다. 처음부터 넣으면 신기하게 거품이 잘 안 나니까 거품이 어느 정도 생긴 뒤에 넣는 게 요령 중의 요령이라고 배웠다.

그런 이야기를 하다 보니 어느새 냄비는 깨끗하게 비었다.

당연히 배가 든든해지는 요리는 아니기 때문에 다들 허전함을 느끼는 것 같았지만… 세 사람 모두 야식의 리스크는 잘 알고 있기 때문에 군말하는 사람은 없었다.

심야의 폭식은 여러 의미에서 위험하다.

특히 젊은 여성에겐.

"잘 먹었습니다―. 맛있었어―. 고마워, 타키나."

"뭘요."

"치사토도 고마워."

"천만에요―."

"…치사토는 뭐 한 게 있었나요?"

"그야… 가혹한 작업장에 꽃을 곁들인 거랄까?"

"누워서 만화 본 게 다잖아요."

치사토가 토라진다. 이토가 웃는다.

"좋은 콤비네."

"그런가요?"

"그럼. 궁합은 성격이 정반대인 편이 의외로 잘 맞기도 하거든."

치사토를 보았다. 무슨 영문인지 우쭐대며 윙크를 날린다. 타키나는 무시했다.

"모델건도 고마워."

이토가 작업 책상 위에 놔둔 AK를 갖고 돌아왔다.

"자료, 도움이 됐나요?"

"물론이지! 덕분에 작업이 술술 풀리네."

"다행이에요."

"그 결정적 장면 작화 작업은 거의 다 됐으니까 이제 다른 소소한 장면의 AK를 수정하면… 대충 완성이야."

"오오~ 역시 이토 선생님이야, 멋ㅡ."

탕, 이토의 AK가 불을 뿜었다.

충격으로 이토의 손에서 AK가 날아가 바닥을 굴렀고, 세 사람의 눈은 동그래졌다.

ㅡ폭발이다.

귀가 울리는 걸 느끼며 AK에서 발사된 탄환의 행방을 살펴보니… 액정 태블릿이 파편을 흩날리며 책상에서 떨어져 하늘하늘 연기를 토해내고 있었다.

"…저기, 지금, 장난감 AK가 탕… 내 태블, 파괴… 어? 원고 데이터

… 저기에만… 어?”

치사토가 움직였다.

망연자실한 이토의 허리를 왼손으로 받치고 그녀의 눈에 오른손을 대고 그대로 밀 듯이 바닥에 눕히고서 타키나에게 눈짓했다.

타키나도 그 신호를 받고 자리에서 일어나 이토의 두 다리를 잡아 겨드랑이 아래쪽을 잡은 치사토와 함께 그녀를 침대로 옮겼다.

“치사토, 저기, 내 원고….”

“이토 선생님? 모두 다 꿈이야. 응, 꿈, 꿈, 꿈… 아아, 기분 좋아진다. 괜찮아. 다 괜찮아. 알았지? 그러니까 자, 그대로 눈을 감고….”

이토가 눈을 뜨려고 하자 치사토가 다시 손을 댔고, 그대로 다른 손으로 가슴 주변을 부드럽게 톡톡 두드렸다. 그러자 “으음—” 하고 이토가 잠에 빠지는 숨소리를 내는 게 들렸다.

치사토가 후우, 숨을 내쉬며 이마를 훔친다.

“미션 컴플리트.”

“어디가요?! 컴플리트하긴 뭘 해요! 왜 총알을 안 뺐어요?!”

“아니, 그치만—. …타키나가 뺀 줄 알았단 말이야—.”

생각해 보니 치사토가 신문지를 줍는 동안 타키나가 탄창을 제거했었다. 그리고 신문지를 끌어안은 치사토가 내놓으라고 해서 총 본체를 건넸고, 타키나는 제거한 탄창을 치사토의 사첼백에 넣었….

그러니까 총 본체를 발탄 작업 중간에 건네준 바람에 서로 상대방이 했을 거라 생각했던 거다.

하지만 탄창을 뽑은 단계에서 타키나가 차징 핸들을 당겨 약실을 비워둬야 했다. 아무리 서둘러 작업했다곤 해도 말이다.

전투 중도 아닌데 안전을 확인하지 않은 총을 건넨다는 건 상식적으로는 칭찬받을 일이 아니다. 조정간이 안전장치에 있었다 해도 말이다.

게다가 총의 행방이 초보자인 이토라는 전제에서 생각한다면… 이건 완전히 타키나의 실수다.

그 사실을 자각하자마자 자연스레 입에서 사죄의 말이 새어 나왔다.

"…죄송합니다."

"아, 아니, 받았을 때 나도 확인 안 했으니까 내 실수이기도… 아—… 뭐! 그래도 다친 사람 없어서 다행이지 뭐! 응! 문제는 이제 어떻게 하느냐인데…."

두 사람은 구멍이 뚫린 액정 태블릿을 만져 보았다. 선원이 켜지지 않는 데다 벽에 구멍도 뚫려 있었다.

벽에 난 구멍에 펜을 꽂아보니 탄두는 아파트 철골인가에 부딪혀 멈춘 덕에 관통은 안 한 것 같았다. 하지만 지금 그 사실에 안심하고 있을 때가 아니었다.

"…치사토, 어떡하죠?"

"어떡하긴 뭘 어떡해."

치사토는 스마트폰을 꺼내 어딘가에 전화를 걸었다.

"아— 여보세요, 여보세요? 카페 리코리코의 메카닉 담당, 자네가 할 일이 있다. 준비하고 기다리고 있어."

●

치사토의 옆구리에 안긴 쿠루미가 이토의 집을 찾은 것은 전화를 건 지 20분 후의 일이었다.

쿠루미는 귀찮다는 얼굴로 액정 태블릿을 집어 들었다.

"이런 시간에 미안해요."

"오히려 지금이 내 주요 활동 시간이라 그건 문제 없어. 그런데 난 사이버가 전문이지 메카닉은 아니라고.”

“그게 그거 아냐—?”

치사토가 또 그런 소리 한다는 듯이 손을 흔들며 말했다.

“자동차 제조와 운전을 같은 기술이라고 생각한다면 그렇겠지.”

아무 말도 할 수 없었다.

“그럼 손을 쓸 수 없단 말인가요?”

“아니, 데이터 추출하는 건 돼. 옆면과 뒷면 커버, 그리고 전원 주변만 죽은 거라 내부의 SSD는 무사하니까. 사실 이 정도면 안의 기반도 무사하니까 조금만 손보면 켜질 것 같은데. …잠깐만 있어봐.”

쿠루미는 방을 뒤져 벽장에서 구형 컴퓨터를 찾아내 분해하기 시작했다. 날아간 배선과 뭔가를 응급 이식하는 거라고 했다.

전문이 아니라면서도 공구를 꼼꼼히 챙겨온 건 역시 대단하다고 타키나는 감탄했다.

그로부터 불과 15분도 지나지 않아 액정 태블릿은 켜졌다.

확인한다며 쿠루미는 당연하다는 듯이 보안을 풀었고 만에 하나를 위해 재빨리 내부 데이터를 자기 노트북으로 복사하기 시작했다.

“됐다, 이제 이토 선생님을 깨워서 작업 마무리만 하면 끝이네!”

“치사토, 이제 새벽이에요. 서둘러야 합니다.”

“나도 알아. …선생님, 이토 선생님? 일어나요, 아침이에요! 마감날 아침!”

치사토는 이토의 뺨을 찰싹찰싹 때렸지만 잠에 빠진 그녀의 숨소리는 흐트러지지 않았다.

“…효과가 없잖아요.”

“죽은 것처럼 자네….”

“아까 재울 때 치사토가 연수라도 쳤어요?”

"그럴 리가 있냐. 까딱 잘못하면 죽을 수 있는데. …이토 선생님! 마감! 어서, 마감해요오!!"

침대에 누운 이토는 여전히 잠에 빠져 있었다. 리코리코에 오기 전 단계에 며칠이나 잠을 안 잔 상태였을까.

타키나는 할 수 없이 이토의 다리를 잡고 이불이라도 벗기듯 침대에서 끌어내렸다.

"우와, 타키나 대담하네!"

"어쩔 수 없잖아요."

아무리 깊은 잠이라도 인간은 낙하와 같은 감각이나 자세가 크게 변화하면 본능적으로 깨어나기 마련이다.

"으으… 지금, 몇 시야…?"

"새벽이에요, 이토 선생님. 자, 이제 아침, 아침이라고요!"

"…으음—…."

"…안 통하네요…."

"야, 내가 출장까지 나와줬는데 내 노고를 헛되이 하지 말라고."

"헹가래 치듯 머리 위까지 들었다가 떨어뜨릴까요?"

"그러다 죽어!"

"그럼 어떡하죠?"

치사토가 팔짱을 꼬고 미간을 찌푸렸다.

"아아, 진짜— 할 수 없지. …잠깐만 있어봐."

치사토가 스마트폰을 들어 어딘가에 전화를 걸었다.

"아, 선생님? 응, 아직 이토 선생님네 집. 그래서… 부탁 좀 할게! 엄청 진한 커피를 타줘! 정신 번쩍 들 만한 걸로! …응, 음, 음, 아, 진짜, 다행이다, 부탁해!"

통화를 마친 치사토는 이마를 훔쳤다.

"미션 컴플리트."

"아니, 아직 위기에서 벗어나지 않았거든요. 그리고 점장님, 아직 가게에 있었대요?"

"으음, 심야에 우리 일이 있었잖아. 그래서 기다리고 있었던 거 아닐까?"

하여간 걱정도 많은 사람이다. 아니, 과보호한다고 해야 하나.

타키나 일행은 이토의 집에 숙박 세트까지 준비해서 왔기 때문에 가게에서 기다릴 것이라고는.

하지만… 치사토는 미카가 가게에서 기다리고 있을 거라고 확신하고서 전화를 걸었을 것이다.

마치 가족 같았다. 부모의 대가 없는 사랑과 그게 있을 거라 무조건적으로 믿는 아이 같은… 타키나는 두 사람의 관계성에 대한 생각에 빠질 뻔했지만, 가만히 따져 보면 아까 쿠루미를 데리고 오기 위해 치사토는 가게로 돌아갔었다. 그때 미카가 아직 있는 걸 확인했을 거다.

진상을 알게 되니 결국 그런 거였구나, 하는 생각이 들었다.

그로부터 얼마 지나 보온병에 특제 커피를 담은 미카가 찾아왔다.

치사토가 바로 이토를 두들겨 깨워 의식이 몽롱한 그녀의 코를 잡고 벌어진 입에 재빨리 그걸 쏟아부었다.

"…마치 고문하는 것 같은 모습이네요."

미카는 뜻밖이라는 얼굴로 타키나를 보았다.

"맛은 확실하다."

"그게 문제일까요?"

아니지, 라고 쿠루미가 투덜댄다.

타키나도 부디 커피의 힘으로 정신을 차려 주길 기대했는데… 이토는 다행히 잠에서 깨어났다.

맛이 아니라 온도 때문이었지만.

이토는 "앗뜨거?!" 하고 소리치며 버둥거리다가 각성했다.

아마 입안은 화끈거리겠지.

타키나에게는 미카의 쓸쓸한 표정이 인상적이었지만, 이번엔 어쩔 수 없었다. 각성이라는 목적을 위해 커피는 희생이 되었다.

…뭐, 이럴 거면 그냥 끓인 물을 써도 됐지 않나, 뒤늦게나마 그런 생각도 들었다.

어쨌든 이토는 겨우 잠에서 깨어났고, 반파된 액정 태블릿으로 작업을 재개했다.

일단 이토에겐 꿈을 꿨다고 믿게 만든 뒤 현실에선 무거운 금속제 AK 모델건을 떨어뜨린 바람에 액정 모니터가 깨져서 그 충격으로 이토가 쓰러졌다… 는 설정으로 잡았다.

"이토 선생님, 파이팅! 파이팅~! 플레이, 플레이, 이·토! 플레이플레이 이토! 플레이플레이 이토~!"

치사토가 벽장에서 찾은 확성기를 두 손으로 잡고 흔들었고 그 옆에서 쿠루미도 확성기를 쥐고 "오~" 소리를 내고 있었다.

이 정도쯤 되니 응원이 아닌 방해를 하는 것 같았지만 이토는 아무 말도 없었기에 타키나도 입을 다물고 미카와 함께 낮은 탁자에 앉았다.

"큭… 이렇게 응원까지 해주는데 시간을 안 지킬 수 없지… 힘을 내자… 하지만 시간이… 크윽!"

"마감이 정확하게 몇 신데요?"

타키나는 시계를 보았다.

이미 시각은 오전 9시 반, 일반 회사라면 슬슬 업무에 들어가도 이상하지 않을 시간대였다.

"어젯밤… 인데 정확하겐 오늘 담당 편집자가 출근할 때까지야. 지금까지 경험에서 봤을 때 10시쯤일 거야."

중역 출근이군, 이라 말하는 미카.

출판 업계는 다 그렇대요, 선생님, 이라고 말하는 치사토.

"정말 손이 가네. 담당 편집자는 뭐로 출근하는데?"

쿠루미가 공구와 함께 갖고 온 노트북을 켰다.

"어…? 차 타고 출근할 건데… 왜, 쿠루미?"

쿠루미는 담당 편집자의 이름과 휴대전화 번호를 물은 뒤 노트북을 빠르게 두드렸다.

"손 멈추지 말고 작업을 계속해. …흐음, 확인했다. 오늘은 전철 타고 출근하게 해줘야겠군."

더는 말이 없었지만, 쿠루미는 차를 해킹하려는 걸 거다. 상식적으로 생각하면 불가능한 일이지만, 그녀라면 손쉽게 해낼 것 같았다.

이제 좀 더 시간을 벌었다.

"어디 보자, 그럼 다들 마실 커피라도 타올까?"

"가게로 돌아가게요?"

"실은 이런 일도 있지 않을까 싶어서 도구와 원두 가루를 챙겨왔지."

역시 선생님이야~, 치사토가 환성을 지른다.

"이런 응원에 힘을 내야지!"

치사토의 말에 이어 "오—" 하고 쿠루미가 키보드를 두드리며 말했다.

"그야말로 카페 리코리코의 총력전이네요."

타키나의 감상에 멤버 전원이 "음" 하고 고개를 끄덕였다.

그런데, 하고 쿠루미가 고개를 갸웃거린다.

"…이거 보수는 어떻게 되는 거야?"

쿠루미의 머리를 치사토가 통통 두드린다.

"멋 모르는 소리는 하지 말기. 이건 돕는 거라고."

패밀리 레스토랑 점심 메뉴 정도는 얻어 먹을 수 있겠지, 라고 미카가 작게 속삭였다.

"좀… 힘든 일이었네요. 수지도 안 맞고. 이러면 평범한 리코리스 일이 훨씬 더—."

하지만, 하고 치사토가 웃으며 타키나를 쳐다본다.

"뭐가 더 재미있지?"

재미 여부로 일을 하는 건 아니다. 그 정도는 타키나도 안다.

하지만….

"…힘든 건 이쪽이네요."

"즐거운 걸 물었잖아—."

"모르겠어요."

"자기 일인데 모르긴 뭘 몰라—."

그로부터 1시간 후, 원고는 완성되었다.

차가 고장 났다고 슬퍼하는 담당 편집자에게 막 완성된 따끈따끈한 원고를 무사히 제출하게 되었다.

일동은 기뻐했고, 아무래도 힘들어서 보수는 다음에 받기로 한 뒤 일단 해산하기로 했다.

그리고 바로 그 무렵.

카페 리코리코에서는 미즈키의 지옥의 1인 영업이 시작되고 있었는데… 그건 또 다른 이야기이다.

■ 제2화 『Dog』

─너는 개다.

같은 조직의 사람은 그런 말로 미즈카와 코우스케를 표현했다. 이유는 모르겠다.

소위 한구레(주1)나 불량 등과 관계가 있지도 않으면서 야쿠자 같은 걸 동경하지도 않고 업계에 들어오게 된 경위를 말하는 건지도 모르겠다.

조금 독특한 방식으로 싸웠더니 한 야쿠자가 그걸 보고 타일렀고, 그대로 그의 사제로 들어가게 된 거였는데… 그게 마치 들개를 거둬들인 것 같은 흐름이었다는 건 미즈카와 자신도 모르는 바는 아니었다.

적어도 겉모습에서 하는 말은 아닐 것이다. 그래도 야쿠자인데 학생들이 쓸 법한 싸구려 안경을 쓴, 위압감이라고는 찾아볼 수 없는 지적인 중성적인 얼굴, 거기에 마르고 길쭉한 체형에 구부정한 등을 가진 22세의 남자. 외모에서 개가 연상될 요소는 없었다.

개라는 표현을 비난으로 보는 나라도 있다지만, 이곳은 일본이다. 그렇게까지 나쁜 이미지는 아니었다. '개다'라고 하면 '그런가' 하고 잠깐 생각하는 게 전부다.

어쩌면 그런 모습을 개라고 표현한 건지도 모르겠다.

모르겠다.

모르는 건 생각하지 않는다, 그게 미즈카와의 삶의 방식이기도 했다.

어려운 걸 끙끙대며 고민하느니 눈앞에 닥친, 해야 할 일을 처리한다. 그런 행동을 할 줄 아는 남자였다.

그래서 그것도 미즈카와에겐 자연스러운 흐름에 불과했다.

타이르고, 소리치고, 화내고… 그리고 완력을 써서라도 말리려 했던

주1) 한구레 : 폭력단에 소속되지 않고 범죄를 저지르는 무리. 대개 그 지역의 선후배 관계로 이어진 것이 특징이다.

조직원 15명, 막아선 그들 모두를 미즈카와는 특수 경봉 하나로 혼내 주고 있었다.

미안하다는 생각은 했다. 그들이 자신을 위해서, 조직을 위해서 이러는 거라는 건 미즈카와도 알고 있다. 겁먹은 무사안일주의에 지배된 쓰레기들이라 해도 말이다.

하지만 그걸로 미즈카와를 막을 수는 없다.

"실례합니다."

안에서 답하길 기다리지도 않고 미즈카와는 문을 밀어젖혔다.

바닥에 깔린 이불 위에 몸을 일으켜 앉은 칠십 대쯤 되어 보이는 민머리 노인이 있었다. 조장―두목이다. 손에는 칼이 있었지만 칼집에 꽂혀 있었다.

몇 초, 서로를 주시했다.

벽에 걸린 시계 진자가 내는 소리가 무척 크게 들린다. 슬쩍 눈길을 주자 오후 11시가 지나고 있었다. …여유가 별로 없다.

미즈카와는 두목의 옆에 무릎을 꿇었다.

"아시겠지만, 가겠습니다. 보옥을 가지러 왔습니다."

두목은 한숨과 함께 이불 아래에서 다리를 빼낸 다음 칼을 두고 양반다리를 하고 앉더니 미즈카와를 똑바로 마주했다.

과거엔 무투파였다고 들었지만, 미즈카와의 눈앞에 있는 자는 병원에 매일 진열되는 죽음을 앞둔 노인들과 크게 다른 게 없어 보였다. 말라비틀어진 고목 같다는 표현이 지겹도록 잘 어울렸다.

지난 몇 년간 심장병을 앓고 있다고 들었는데 그 때문인지도 몰랐다.

"꼭 가야겠나?"

"가지 않을 이유가 없어서요."

"꼭 가지고 가야겠나?"

"그게 제 방식입니다."

그랬지, 하고 두목은 팔짱을 꼬고 천장을 올려다보았다.

"그래, 그게 너지, 미즈카와. …특이한 들개가 있다, 재미있는 녀석이다, 우리 파수견으로 삼고 싶다… 오카다가 그러면서 데리고 왔었는데."

6년 전 이야기다. 미즈카와가 조직에 들어왔을 때였다.

미즈카와의 싸우는 방식은 주먹질이 아니었다. '살인'이었다.

총을 쓰지도 않고, 고함을 지르지도 않고, 허세를 부리지도 않고, 맨손으로 죽이러 간다.

죽이지 못하면 평생 회복되지 않는 상처를 입히려 든다. 안구를 으깨고, 코와 귀를 베고, 손가락을 물어뜯고, 불알을 터트리고… 그게 미즈카와의 방식이었다.

십 대 후반에 부쩍 키가 크기 전까지 미즈카와가 거친 세상을 헤쳐나가기 위해서는 그런 방법밖에 없었던 것이다.

결론을 따지며 싸우는 건 장난이다. 강자나 바보가 하는 방식이라고 생각한다.

그래서 첫수에 모든 걸 건다, 그런 방식이 되었다. 그리고 그건 지금도 변함이 없었다.

그래서 온 것이다. 두목의 저택으로 쳐들어와 형님이든 부하들이든 뭐든 방해하는 모두를 쳐내고 첫수에 걸기 위해서 온 것이다.

"그게 이렇게 되다니. 아니, 이렇게 되는 거겠지."

"네."

"하지만 난 널 막아야 한다."

"그렇겠죠. 조직의 앞날을 위해서도. …시간은 별로 없지만 절연을 해주십시오."

“그게 무슨 의미가 있나. 그걸 가져가면 조직은 끝이야.”

“…죄송합니다. 모두 형님을 위해섭니다.”

“형님, 형님. 넌 오카다 그 바보를 참 잘 따른다니까. 그건 좋아. …하지만 조금 더 현명하게 굴어야지.”

“형님이 돌아가신 것도 잊고 오락실에서 계속 경호원 일을 하는 게 현명한 행동 같지는 않습니다.”

오락실이란 조직이 경영하는 불법 카지노를 말한다. 그곳은 오카다가 관리하고 있었다.

미즈카와는 그 나약해 보이는 외모 때문도 있어 경호원으로는 도움이 안 되고 죽 잡무만 맡아 왔었다. 하지만 어느 때 심한 사기를 친 손님의 손가락 네 개를 그 자리에서 가차 없이 잘라버린 사건을 저지른 덕분에 이름을 알리게 되었다.

특히 옆이 우연히도 병원이었던 것까지 더해져 너무 잘 잘라 날아간 네 개의 손가락이 수술을 통해 깨끗이 접합되었다는 마무리까지 더해져 이야기는 더욱 널리 퍼졌다.

이 일로 그가 있기만 해도 손님은 물론이고 딜러까지 사기를 칠 생각을 잃게 되는 효과를 가져왔다. 조직의 이익이니 뭐니, 그런 건 미즈카와는 모르는 일이다. 단지 자신이 해야 할 일을 해낼 뿐. 그런 남자라는 건 잘 알려져 있었다.

그래서 불법이지만 공평한 신기한 카지노라고 평판이 나게 되었다.

“그래, 넌 들개에서 파수견이 됐지. 하지만 조직의 파수견은 아니야. 오카다의 파수견이지. …알고는 있었다만.”

“그냥 더러운 개일 뿐입니다. 파수견 같은 귀엽고 멋들어진 개가 아니에요.”

“오카다는 널 귀여워했잖아.”

"뭐… 그랬죠."

오카다와는 6년 전에 처음 알게 되었다.

음험하고 나약한 일본인인 줄 알고 덮친 외국 마피아 4명, 이들에게 반격하는 십 대 소년 미즈카와를 오카다가 발견한 것이 모든 일의 시작이었다.

시체 처리를 맡아주고 만약을 대비해 보름이나 신병을 숨겨준 은혜, 그걸 갚기 위해서 미즈카와는 오카다의 사제가 되었다.

그러니까 야쿠자 세계에 동경을 갖고 있었던 것도, 조직에 어떤 생각이 있었던 것도 아니었다.

모든 것은 오직 오카다를 위해서였다.

오카다가 기뻐할 일이라면 뭐든지 했다.

오카다가 싫어하는 일은 모두 다 없앴다.

그래서 오카다는 미즈카와를 귀여워했다.

그렇게 예쁨을 받으며 오카다를 위해서 계속 일할 생각이었다.

모든 건 자연스러운 흐름이라고 미즈카와 자신은 생각했다.

"오카다가 당한 건 반은 사고야. 상대 조직하곤 지금 얘기 중이다. …뭐, 그렇게 말해도 막을 순 없겠지."

"네. 두목이 움직여주고 있는 건 알고 있습니다. 하지만 그게 의미 있는 것 같지는 않습니다."

영역 문제로 다툼이 있었다. 상대가 위협으로 단도를 꺼낸 순간과 오카다가 몸을 날린 타이밍이 겹친 바람에 사고가 일어났다.

오카다는 손이 먼저 나가는 타입이라 영리하게 싸우질 못한다. 몸이 먼저 움직인다. 그렇기 때문에 흉기가 그곳에 있으면 자진해서 칼을 맞으러 가는 꼴이 된다는 건 미즈카와도 알고 있었다.

하지만 상대의 살의가 없었다곤 볼 수 없었다. 흉기를 꺼낸 이상 상대와 자신 둘 중 하나가 죽을 때까지 붙을 각오였을 거다. 만약 그게 덩치 좋은 오카다가 주먹을 휘두른 것에 대한 두려움에서 꺼낸 것이라 해도 말이다.

무엇보다 어떤 경위가 있었든 당했다는 사실은 달라지지 않는다.

그럼 해야 할 일을 해야지.

"오카다의 마지막 말은 들었냐?"

"돌아오면 라면 먹으러 가자고 했습니다."

"바보야. 그건 네가 마지막으로 들은 오카다의 말이지."

"…그렇네요."

이런 때면 배움이 짧은 티가 난다. 미즈카와는 스스로 한심하게 생각하며 두목에게서 시계 쪽으로 시선을 옮겼다. 이 대화에 긴 시간을 소비하고 싶지 않았다.

미즈카와가 움직였다는 걸 알면 오카다를 죽인 상대—이쥬인도 대책을 세울 것이다. 금고에서 도구를 꺼내는 정도라면 그나마 다행이겠지만, 해외로 도망친다면 쫓아가기란 불가능하다.

"그 녀석은 말이다, 미즈카와, 마지막에 네 이름을 불렀어."

미즈카와가 복수하러 와줄 거다, 뭐 그런 소릴 이쥬인에게 했겠지.

아니면 자신에게 "해치워라"고 명령한 건가.

할 거다. 해주겠어. 누가 뭐라 해도 해내겠다.

"두목, 잡담은 그만하죠. 이제 그만…."

등골이 오싹해진다는 말의 의미를 미즈카와는 그때 처음 알게 되었다.

시선을 시계에서 두목 쪽으로 되돌린 것과 동시에 깨달았다. 양반다리를 하고 있던 두목이 정좌로 자세를 바꾸었다.

단지 그것뿐이었다. 굳이 따지자면 그게 전부였다.

하지만 대개 정좌에서 양반다리로 자세를 푸는 경우는 있어도 그 반대는 없다.

무엇보다 두목이 움직이는 소리도 기척도 없었다는 것이 미즈카와의 본능을 자극했다.

—온다.

그것은 감이었지만 확신이었다.

무릎을 꿇고 있던 미즈카와는 그 자리에서 몸을 날렸다. 그 아래를 예리한 칼날이 지나간다.

정좌 자세에서 발도까지. 무섭도록 빨랐다.

"대개는 서거나 물러서는데."

한쪽 무릎으로 선 두목은 미즈카와에게 칼을 겨누며 천천히 일어섰다.

"무릎을 꿇고 있다가 뛰어오르는 게 말이 되나. 도대체 어떻게 생겨먹은 몸이냐."

미즈카와는 바닥에 떨어지자마자 그 자리에서 다시 몸을 날려 거리를 벌리고선 두목에게 맞추듯 천천히 일어났다. 그때 아직 자기 몸에 다리가 붙어 있다는 게 기적처럼 느껴졌다.

잘려나갔다 해도 이상하지 않았을 텐데. 다리는 물론 목까지도 말이다.

"…왜 죽이지 않으셨습니까?"

미즈카와가 시계를 올려다보는 한순간에 벨 수 있었을 텐데.

하지만 지금 두목의 움직임은 미즈카와가 상황을 눈치챌 때까지 기다린 것 같았다.

"다리를 베어주려고 했지."

겁을 먹고 일어서면 넘어뜨리듯 발을 벨 생각이었나.

발도는 한 손으로 한다. 그것도 정좌 자세에서 한다면 중심이 잡히지 않은 이상 뼈까지 자르긴 어려울 것이다.

"…고맙습니다."

죽이고 싶지 않았다, 는 두목의 친절인가. 아니면 무른 마음인가. 혹은 두려움.

아마 마지막이겠지. 시체를 처리하는 데도 돈이 들고 무엇보다 경찰이 개입해 있는 지금 상황에서 새로운 시체를 만들고 싶지는 않을 것이다.

역사가 있는 조직이긴 해도 조직원이 다른 조직에 살해당하고 미즈카와라는 총알받이가 폭주하기 시작한 이 비상사태에서 두목의 저택을 지키고 있는 게 고작 열 명 남짓한 시점에서 이미 알 수 있듯이 이제는 경찰, 해외 세력에 밀려 과거와 같은 힘은 없었다. 얼마든지 시체를 처리할 수 있었던 과거와는 다른 것이다.

천천히 사라져 가는, 그런 걸 평생 소중히 품에 끼고 있는 게 무슨 의미가 있을까. 그렇다면 차라리 그럴싸하게 산화하는 게 좋지 않을까.

그런 설득도 뇌리를 스쳤지만 미즈카와의 입은 열리지 않았다.

자신을 향한 칼끝이 입을 막고 있는 것도 있었지만, 그보다는 남을 설득하는 건 자신과 맞지 않는 행동이라고 생각했기 때문이다.

어차피 자신은 얌전히 주어진 먹이를 먹고 필요하면 이빨을 들이대는 게 고작인 개다. 말을 하는 건 자신답지 않은 짓이다. 그리고 무엇보다 할 수도 없다.

그렇게 생각하니 초조함이 가라앉고 머리가 맑아지고 칼이 주는 압박감도 더는 느껴지지 않았다.

여기서 죽을 수는 없지만 두목의 가는 팔과 이곳이 실내라는 것을 의식한다면 어떻게든 해결할 수 있을 거란 생각은 들었다.

좁은 실내에서 칼을 휘두르는 건 어려운 일이다. 천장 높이를 볼 때 머리 위로 치켜드는 건 불가능할 것이다. 옆으로 베는 것도 마찬가지고. 자연스레 '찌르기'에 중점을 두고 잘게 쓰는 수밖에 없다. 잘게 쓴다면 힘이 없으면 중상은 입히지 못한다.

그렇다면 두려운 건 찌르기 하나뿐이다. 그리고 그것만 알면 대처할 방법도 있다.

덤빈다 해도 일격. 게다가 치명상도 입히지 못한다. 그와 맞바꿔 자신은 두목을 죽일 수 있을 거다.

무기는 없어도 상관없다. 맨손으로 목을 부러뜨리면 그만이니까.

"…쳇, 먹이라도 줘서 좀 길들여놨어야 했어."

두목이 칼을 바닥에 깊이 꽂더니 손을 떼고 그 자리에 양반다리를 하고 앉았다.

"왜 그러시죠?"

"난 너를 막을 수 없다. 그렇다면 힘을 써봤자 개죽음이나 하는 꼴이잖아."

아무래도 진심인 것 같았다.

미즈카와도 경계를 풀고 머리를 숙였다. 그리고 침실 옆에 있는 바닥을 벗기고 마루청을 발로 부쉈다.

"멍청아! 그 청은 고정 안 된 거야! 손으로 뗄 수 있어!"

이미 일부를 파괴한 뒤였다. 미즈카와는 두목에게 인사하듯 죄송합니다, 하고 고개를 까닥였다.

마루청을 벗기자 그곳엔 대형 금고가 눕힌 상태로 자리해 있었다. 달리 말해 문이 위를 향한 상태로 바닥에 설치되어 있는 것이었다.

잠금 번호도 알고 있다.

"오카다 녀석, 아주 다 떠들어댔구만."

"만에 하나를 위해서 그런 거죠. 그리고 그게 쓸데없는 짓은 아니었네요."

해제. 무거운 문을 들어올리듯 열자 안에는 돈다발과 어려워 보이는 서류 등이 비닐에 밀봉되어 들어 있었지만, 미즈카와는 그런 것들엔 관심도 없었다.

금고 제일 바닥에 있는 게 목표물이었다.

"해체해 놨군요."

"그대로는 금고에 안 들어가니까. 미안한데 조립 방법은 나도 모른다."

"제가 압니다. 걱정 마십시오."

"…쳇."

밀폐된 봉투를 끌어 올리자 건조제와 함께 대량의 라이플 탄환이 들어 있었다. 그리고 분해된 상태의 AK47도.

미즈카와가 아는 한 이 조직에는 이보다 더 센 무기는 없었다. 첫수에 전력을 다하려면 이게 필요했다. AK는 4자루가 각각 포장되어 있었는데 하나면 충분했기에 나머지는 다시 금고에 넣어두었다.

"처분해뒀어야 했어. 요즘 세상에 그런 건 필요 없는데."

"무기가 필요 없는 세상은 없습니다."

미즈카와는 원하던 걸 두 손에 안고 두목에게 인사한 뒤 방을 나섰다.

윗사람에게 머리를 숙이는 걸 가르쳐준 것도 오카다였지, 미즈카와는 그렇게 기억을 떠올렸다.

●

총알은 건조제와 함께 밀봉되어 있었지만 AK 본체는 끈적한 그리스를 잔뜩 바른 상태로 포장되어 있었다.

녹 방지 대책이라 하더라도 너무 심한 수준이었지만, 이걸 세심하게 세척하고 오일을 뿌리며 조립할 여유는 없었다.

대량의 걸레로 박박 닦아낸 다음 조립했다. 다른 총이라면 기껏해야 한 발 발사하면 감지덕지겠지만, AK라면 이런 상태라도 제법 쓸만할 거다.

본체보다 탄창의 그리스를 제거하는 데 힘을 쏟았다. 이것도 안쪽까지 온통 그리스 범벅이었기 때문에 꼼꼼히 닦아내지 않으면 송탄 불량이 생길 게 분명했다.

조립한 후에 시험 삼아 풀 오토로 사격을 해보았다… 문제는 없었다. 총 곳곳에서 열에 녹은 그리스가 터져 나오는 문제 하나가 전부였다.

몇 년 전 해외에서 수업을 들었을 때의 기억에 의지한 건데 생각보다 그럴싸했다.

바보도 다루지 못한다면 군용 총이 아니라는 말을 수업 때 들었던 것 같다. 제대로 된 교육이라곤 받지 못한 채 돈을 벌러 군에 들어오는 자들은 물론이고 오랫동안 힘든 임무를 수행해 오다가 피로가 한계를 넘어선 병사라도 다룰 수 있어야 한다는 것이었다. 지금의 미즈카와에겐 정말 고마운 말이었다.

총은 확보했다, 총알도 나왔다. 풀 오토로 탄창 하나를 비웠다.

다만 정밀도… 라기보다는 조준이 이상했다. 탄착이 왼쪽으로 많이 치우쳐져 있었다. 자세히 보니 프런트의 아이언 사이트가 눈에 띄게 오른쪽으로 기울어져 있었다.

하지만 현재 가진 공구로는 대응할 수 없는 문제라 이것만은 포기할 수밖에 없을 것 같다.

AK는 설계된 지 오래된 총으로 아이언 사이트를 조정하려면 바이스나 클램프처럼 생긴 독자적인 조정 기구가 필요하다.

일반적인 공구로 억지로 하려면 못할 건 없지만, 그러면 미조정이 안 된다. 대충 조정해 그때마다 시험 사격을 한 뒤 오차를 확인하고… 있을 시간은 없었다.

왼쪽으로 치우쳐 있다, 그 점을 머릿속에 넣어두면 어떻게든 되겠지. 그래서 맞히지 못한다면 맞힐 수 있는 거리에서 쏘면 그만이다.

"이제 됐다."

미즈카와는 총알을 장전한 탄창 7개를 숄더백에 넣어 어깨와 목을 통과해 걸었다.

그리고 AK는 탄창에 안 들어간 낱개 총알과 함께 보스턴백에 넣고 이것도 짊어졌다.

AK의 조립과 조정은 조직과 관련이 있는 창고 안에서 이뤄졌다. 하지만 어설트라이플의 풀 오토라 소리는 밖까지 울렸을 거다. 한밤중이라도 신고가 들어갔을 가능성이 있어 문제가 일어나기 전에 미즈카와는 서둘러 차를 타고 자리를 떴다.

스마트폰이 울린다. 오카다가 키우던 정보원이었다.

오카다를 죽인 이쥬인의 위치를 특정할 수 있을 것 같았다. 스피커폰으로 전환해 운전하며 대화했다.

"…긴시초?"

『응, 거기 있는 클럽에서 승리 축하 파티를 즐기고 있다.』

"왜 긴시초야?"

미즈카와가 속한 조직, 그리고 이쥬인의 조직의 영역도 도쿄 서쪽인데 긴시초는 동쪽이다.

『네가 움직이고 있다니까 만약을 대비해 자리를 옮겼겠지.』

"하지만 도내인데?"

『그 조직이 있는 곳이기도 해.』

그 동네에는 유명한 마음씨 좋은 할아버지가 관리하는 조직이 있다.

술보다 커피를 좋아하고 동네 축제가 있을 때면 젊은이들만이 아니라 스스로 직접 노점을 여는 특이한 조장과 그 조직.

업계 분위기에 대해 잘 모르는 미즈카와가 그의 조직을 알고 있는 건 조장의 캐릭터와는 다른 이유 때문이었다.

그 마음씨 좋은 할아버지는 공적 조직과 이어져 있다는 소문이 있었다.

10년 전 주변을 경계로 갑자기 격전이 끊기고 활동이 평온해졌다고 했다.

지금은 경찰은 물론이고 일반인과의 트러블마저 거의 없어졌는데 그래도 망하지 않고 태연히 존재하고 있는 신기한 조직이었다.

그리고 10년 전이라면 구 전파탑의 그 사고가 있던 해다.

반농담으로 그 대사고와 조직이 관계가 있다는 소문까지 돌았고, 거기서 어떤 공적 조직과 연결이 됐다면…. 그런 이야기였다. 어둠의 사회의 도시 전설이다.

그렇게 보면 이쥬인을 습격할 때 가게를 관리하는 양아치가 아니라 무장한 경찰관이 쳐들어올 가능성도 부정할 수 없었다.

하지만 그래도 할 수 있을 거다. 아니, 하지 않아도 상관없다. 이쥬인만 죽인다면 그걸로—.

"정보 제공해줘서 고마워. 그대로 계속 지켜봐줘. 움직임이 있으면 연락 부탁해."

『그래, 나만 믿어. 가게 이름은—.』

차는 길가에 버렸다. 어차피 이제 타고 돌아갈 일은 없으니까.

정보원에게서 들은 가게는 긴시초 남쪽 외곽. 반쯤은 이웃 동네인 스미요시에 속하는 장소에 위치한 건물 8층, 최상층이었다.

건물에 들어가기 전에 주변을 살펴보았지만, 아무 특이한 점 없는, 지극히 평범한 평일 밤의 분위기였다. 과도한 흥분은 물론이고 경찰이든 야쿠자든 잠복하고 있을 때 감도는 그 기분 나쁜 무거운 공기도 느껴지지 않았다.

"…뭐지?"

과할 정도로 평범했다. 너무 평범해서 오히려 위화감이 들었다.

목숨이 위태롭다는 걸 안다면 동원할 수 있는 사람을 모두 긁어모을 것 같은데….

미즈카와는 정보원에게 전화를 걸었다.

『…아아, 이쥬인 녀석은 여전히 가게에 있어. 여자를 옆에 끼고 조용히 마시고 있다.』

"그래. 너도 가게 안이야? …그럼 하나 물어봐도 될까?"

『뭐?』

"너, 날 판 거 아냐?"

『…걱정하지 마. 이쥬인은 있어. 그건 거짓말이 아니다. 조심해, 미즈카와.』

전화는 끊어졌다. 정보원이 평범한 상태가 아니라는 것만은 묘한 침묵으로 알 수 있었다. 그리고 거짓말을 하는 게 아니란 것도.

아마 협박을 받고 있겠지. 나를 이 가게로 유인해 내기 위해서.

그리고 그걸 어떻게든 전하려고 해줬다. 고마울 따름이었다.

"해내겠어."

미즈카와는 보스턴백에서 AK를 뽑아 들고 가방은 그 자리에 그대로 버렸다. 낱개 총알이 안에 들어 있었지만 숄더백 안에 든 7개의 탄창—120발로 총알이 부족해질 일은 없을 것이다.

숄더백에서 탄창 하나를 꺼내 AK에 장전했다. 차징 핸들을 당겼다 놓는다. 초탄을 챔버에 밀어 넣는다.

"갑니다, 형님."

갇히는 걸 방지하기 위해 엘리베이터는 사용하지 않고 건물 비상계단으로 올라갔다.

위층을 경계하면서 움직였지만 딱히 기다리고 있는 상대는 없어 보였고, 별문제 없이 올라갈 수 있었다.

유인당하고 있었다. 그게 여실히 느껴졌다. 하지만 그래서 물러난다고 다음 계획이 있는 것도 아니고, 앞으로 좋은 생각이 떠오를 것 같지도 않았다. 무식한 나는 위험을 감수하고 각오와 총을 안고 쳐들어가는 수밖에 없다. 미즈카와는 그렇게 마음을 정했다.

최상층. 오른손으로 AK를 쥐고 왼손으로 문고리를 돌린다. 문은 잠겨 있지 않았다.

연다. 어두컴컴하다. 잔잔한 음악이 들려온다. 비쌀 것 같은 방향제 냄새.

간다. 발을 내디딘다. 전진한다. AK를 든 손은 풀지 않는다. 스톡을 어깨에 대고 조문 너머로 조성을 오른손으로 들여다보며 왼눈으로 앞쪽 풍경을 넓게 파악한다.

모두 조용하고 원활했다. 왕년의 야쿠자 영화처럼 고함을 지르며 쳐들어가진 않는다. 나는 그렇지 않아. 소리를 지를 필요는 전혀 없었다. 자신을 강하게 보이고 싶은 욕구도 없다. 그런 식으로 만족할 만한 생각은 없었다.

"…너무 조용해."

역시 유인하는 건가. BGM 이외엔 아무 소리도 들리지 않는다. 보통은 손님이나 직원이 있어도 이상하지 않을 곳인데.

이건 미즈카와에게 꼭 불리한 일은 아니었다.

이쥬인의 얼굴은 기억하고 있지만 사람들 속에서 찾아내 조준해 쏘는 건 힘든 일이다. 그렇게 망설이다 선수를 빼앗길 가능성도 있었다. 그래서 닥치는 대로 다 죽일 생각이었는데 그럴 필요는 없을 것 같다.

아무리 미즈카와라도 상관없는 사람까지 대량 살상하길 바라진 않는다.

그 클럽은 한 층을 통째로 쓰는 것 같았는데 그렇게 넓은 건물은 아니었다. 파란 조명이 비추는 바 카운터에 소파 자리가 몇 개 있는 게 전부였다. 그런 가운데 제일 안쪽 자리에 마침내 사람의 형체가 보였다.

"어머나— 이쥬인 씨도 참~."

한눈에도 밤의 여자 같은 복장을 몸에 두른 여자를 곁에 끼고 소파 등받이에 체중을 싣고 있는 남자—양복 차림의 이쥬인. 선글라스를 끼고 있긴 했지만 틀림없었다.

"아, 저 사람 이쥬인 친구—아앗?!"

미즈카와는 망설이지 않았다. 이쥬인인 걸 알면 방아쇠를 당기면 그만이다. 풀 오토. 30구경의 라이플 탄환, 초간 10발의 연사 속도.

이쥬인을 다져놓았다고 생각했다.

하지만 총알은 이쥬인 옆에 탄착한 것을 시작으로 총구가 날뛰어서 위쪽으로 빗나가고 말았다. 사격하며 팔의 힘으로 누르려 했지만 막을 수가 없었다.

조준이 휘어져 있다는 사실을 까맣게 잊고 있었다. 집중해서 너무 정확하게 조준하고 있었다.

그리고 AK를 풀 오토로 쏠 때는 정말 파괴하고 싶은 것의 약간 아래쪽부터 쏘라고 배웠던 것도 잊어버렸다. AK47 및 그 카피 총은 스톡의 모양 때문에 반동으로 위로 튀어 오르기 쉽다.

이쥬인은 옆에 끼고 있던 여자에게 멱살이 잡혀 그대로… 아주 거칠게 바닥에 쓰러졌다. 일어서려고 움직이는 건 여자 혼자였고, 이쥬인은 "히익" 신음하며 몸을 웅크린 채 떨고 있었다.

"대뜸 총질하는 놈이 어디 있어! 야쿠자잖아?! 고함부터 질러야지!!"

이쥬인이 아닌 여자가 소리를 지른다.

뭐, 됐어, 상관없어. 다음엔 놓치지 않아.

AK를 고쳐 잡는데 미즈카와의 옆에서 강한 시선이 느껴졌다. 바 카운터. 그 너머에 어느새 검은 옷을 입은 웨이터… 아니, 웨이터처럼 차려입은 검은 머리의 소녀가 핸드건을 쥐고 있었다.

"제길?!"

총에 맞기 전에 미즈카와도 바닥에 쓰러지듯 몸을 날렸다. 발포한다. 팔을 스친다.

바닥에 떨어지는 것과 동시에 미즈카와는 웨이터 본체가 아닌 그녀의 몸이 있는 카운터를 향해 옆으로 총을 쐈다. 고작 다섯 발이 전부였다. 조금 전에 이쥬인에게 너무 많이 써버린 것이다.

상대도 총을 갖고 있다. 그리고 매우 젊지만 킬러로 보였다. 그 모습으로 볼 때 훈련을 받았을 것이다. 상당한 실력자라고 생각하는 게 좋을 듯했다.

그렇다면 움직임을 멈추면 죽는다. 서로의 모습을 확인할 수 있는 근거리에서의 총격전에선 무엇보다 몸을 움직여야 한다. 특히 적의 수가 많은 경우, 정지해 있으면 포위되어 죽게 된다.

미즈카와는 숄더백에서 새 탄창을 꺼내며 몸을 굴러 소파 뒤로 이동했다.

꺼낸 탄창으로 AK에 꽂아둔 빈 탄창을 퉁겨내고 장전. 차징 핸들을 당겨 탄약을 챔버에 장전한다.

조준은 오른쪽에 치우쳐 있다. 쏠 때는 살짝 아래에서. 머릿속을 필요한 요소를 빠르게 정리해 확인한다.

그리고 조정간을 풀 오토에서 세미 오토로 바꾼다. 풀 오토는 총알이 금방 바닥난다. 재장전하는 간격이 싫었다.

먼저 바 카운터에 있는 웨이터부터 쓰러뜨려야 하나. 어린애다. 하지만 방심해도 될 상대는 아니다. 얼굴을 떠올리면 그렇다는 걸 알 수 있었다.

사람을 향해 발포했는데 표정에는 거부감이나 긴장이라곤 하나도 없었다. 재미없는 픽션물에서 흔히 보는 사이코 같은 미소라도 지었다면 그나마 나았을 것이다.

하지만 그녀는 마치 벽에 붙은 조명 스위치를 켜듯 아무 감정도 없이 방아쇠를 당겼다.

완전히 그것용으로 완성된 모습이었다. 그녀를 무시하고 이쥬인을 죽일 수는 없을 것이다.

"타키나는 안 쏴도 돼. 이 녀석은 내가 상대할게."

이쥬인이 옆에 끼고 있던 여자의 목소리.

저쪽도 그것인가. 하지만 저쪽은 그나마 평범해 보이던데….

"하지만 치사토."

"…한다니까. 그보다 유탄이 위험하니까 저 사람 좀 데리고 가줘."

타키나, 라고 말하는 치사토.

기억력이 좋지 않은 미즈카와는 사람의 이름을 들으면 속으로 복창

하는 버릇이 있다. 이것도 오카다에게 배운 것이었다. 그 정도는 외우는 게 예의라면서.

웨이터… 타키나 쪽으로 AK를 들며 미즈카와는 소파 뒤에서 일어서서 모습을 드러냈다.

타키나도 미즈카와에게 핸드건 총구를 겨누고 있었지만 한 손으로 쥔 러프한 자세였다. 그녀는 다른 손으로 카운터 위를 짚고선 재빨리 뛰어넘었다.

미즈카와의 몸에서 식은땀이 터졌다. 타키나가 카운터를 넘을 때 미즈카와를 응시하는 그녀의 눈동자와 총구는 조금도 흔들리지 않았다. 그게 뭐냐고 묻는다면 딱히 할 말은 없지만 그만큼 그녀가 받아온 훈련의 질과 시간을 떠올리게 했다.

"…넌 뭐야."

타키나는 대답하지 않고 총구를 겨눈 채 주방으로 가더니 구속된 남자를 끌고 나왔다. 그 정보원이었다. 재갈이 채워진 그는 미즈카와를 보자마자 뭔가를 호소하려 했지만 읍~ 읍~ 하는 신음 소리만 새어 나왔다.

정보원은 타키나에게 끌려 엘리베이터로 갔다. 그리고 아래층으로 사라졌다.

미즈카와도 그제야 타키나를 향해 들고 있던 AK를 내렸다.

"자, 그럼 해볼까. 어, 미즈카와 씨… 라고 했던가?"

치사토라 불린 여자는 화려하고 답답해 보이는, 몸매가 그대로 드러나는 얇은 옷에 하이힐을 신고는 있었지만… 타키나와 같은 또래로 보였다. 스무 살 전후, 아니 어쩌면 십 대인지도 몰랐다.

피부가 젊고 화장도 옅은 게 밤이 어울리지 않았다.

그녀는 손에 들고 있던 핸드백에서 총구 주변에 가시가 달린 핸드건을 뽑아 들었다.

“호스티스는 아니라고 생각했다.”

“뭐야, 들켰어?”

“…안 어울려.”

치사토는 울컥하더니 머리카락으로 가려둔 헤드셋에 손을 댔다.

“미즈키, 나 비판받았는데— 코디 실패라고… 뭐~? 그거 미안하게 됐네요. 나도 아직 팽팽한 십 대거든요! 젊거든요!”

“…그 커피를 좋아하는 조장이 키우는 킬러인가?”

“응? 아, 조장? 아냐, 아냐. 그 사람은 그냥 우리 단골이야. …뭐, 그 사람을 통해서 이번 일을 받은 거긴 하지만.”

“킬러는 맞나 보네.”

“안됐지만~ 그것도 틀렸네요.”

그럼 뭐지? 이쥬인을 지키는 이유는? 뭐가 어떻게 된 거지?

여러 사람과 조직, 그 생각이 얽혀 있는 것 같다.

이해가 될 것 같으면서도 모르겠다. 그래서 생각하길 포기했다. 바보가 고민하는 건 쉬는 것과 마찬가지다, 라는 말도 있었던 것 같은데.

…바보가 서투른 고민이었는지도 모르겠다.

“우리 일은 호위. 킬러는 전문이 아냐.”

이쥬인이 돈을 써서 예의 조장에게 중개를 부탁했겠지.

그리고 오카다가 살해당한 직후부터 독자적으로 행동해 온 미즈카와의 위치를 알아내지 못해서 이 여자들은 먼저 자리를 꾸며 기다리는 게 좋다고 판단했을 거고.

“뭐가 됐든 이쥬인 씨를 죽이고 싶으면 우리부터 먼저 해치우라고, 미즈카와 씨.”

“그럴 거다.”

이쥬인을 죽일 수 있으면 내가 어떻게 되든 상관없다. 그러니까 이 말을 무시하고 이쥬인을 노려야 한다는 건 알고 있었다. 하지만 이유는 알 수 없지만 이 여자가 있는 한 저지당하고 말 거란 생각이 들었다.

감이다. 하지만 맞을 것 같기도 했다. 그것도 감이지만.

배움도, 경험도 없는 미즈카와가 의지할 수 있는 건 자신의 타고난 잠재력밖에 없었다. 그중에는 감도 포함되어 있다. 그리고 적어도 그걸로 지금까지 잘 살아왔다.

치사토가 작게 웃는다.

"좋은 대답이야, 충견."

양쪽 모두 총구를 내린 채 가게 중앙에 우뚝 서서 서로를 응시한다.

치사토는 거만하게 웃고 있었다. 승리를 확신하는 도박사와 같은 표정이었다.

두 사람 사이의 거리는 8미터. 약간 핸드건이 유리한 거리였다.

미즈카와는 왼손으로 안경 위치를 고쳤다.

신기하게도 공기가 무겁지 않았다.

미즈카와가 의식적으로 마음을 억누르고 있어서도 그랬지만, 그래도 몸에서 뿜어져 나오는 압박감은 있었다. 그런데 치사토는 그에 대항해 오질 않는다. 그렇다고 해서 압도되는 것도 아니었다. 마치 바람에 흔들리는 풀처럼 받아넘기고 있다… 아니, 받아넘기는 게 아니라 그녀는 아무것도 느끼지 않는 것 같은 감각—해바라기를 진지하게 상대하는 것 같은, 그런 어이없는 상황처럼 느껴졌다.

좋은 기회가 보이지 않았다. 이 녀석은 뭐지? 1초도 안 돼 죽일 것 같단 생각이 드는 한편으로 아무리 해도 죽이지 못할 것 같기도 했다.

치사토가 어쩔 수 없다는 듯이 거만한 웃음을 쓴웃음으로 바꾼다.

그리고 그녀는 그 가녀리고 유연한 몸에 아주 약간의 긴장감을 실었다.

“와.”

치사토의 말을 신호로 양쪽이 움직이기 시작했다.

치사토가 유인한 거라는 건 알았다. 하지만 그저 응시만 하고 있을 생각도 없었다. 여기가 좋아.

미즈카와는 몸을 낮춰 AK를 잡았고, 치사토는 전진했다.

착탄은 왼쪽으로 틀어진다. 그걸 의식하며 쏜다. 맞지 않는다. 너무 오른쪽으로 조준했나. 감각으로 즉시 조정해 다시 한 발, 속사―맞지 않는다. 다시 한 발. 또 한 발. 계속해서 속사한다.

미즈카와의 등에 식은땀이 흐른다.

AK는 맞지 않는다는 말을 하는 사람도 있다. 하지만 대개는 조잡한 카피총이라거나 강선이 없어질 때까지 썼거나, 정비가 불량이라거나와 같이… 본래 AK의 평가와는 다른 부분에 근본적인 원인이 있는 경우가 많다. 미즈카와가 쥐고 있는 그것도 아시아에서 만들어진 카피총이었고, 조립은 거의 초보자가 했다. 게다가 조정도 안 되어 있었다.

하지만 그런 점을 제외하더라도 스톡이 달린 라이플로 몇 미터 앞에 있는 맨 타깃을 빗맞힌다는 건 있을 수 없는 일이었다. 원래대로라면 눈을 감고도 맞힐 수 있는 상황이다.

그런데 치사토에게 총알이 맞질 않는다. 아니, 오히려 걸어 온다. 거리를 좁혀온다.

경악하며 치사토를 응시하다가 진상을 깨달았다.

피하고 있었던 것이다. 아주 살짝 비스듬히 걸으면서 몸까지 살짝 구부리는, 그 정도 동작으로 미즈카와의 총격을 완전히 피하고 있었다.

이런 기가 막힌 일이 가능한가.

“처음 건 솔직히 쫄았어. 네 시선과 총구가 완전히 다른 곳을 향하고 있었거든. 그 AK, 조준이 틀어져 있지?"

치사토는 걸으면서 총을 든다. 자기 얼굴 앞에 총을 눕히듯 쥔다. 양 아치가 허세로 총질을 할 때와는 다른, 그런 자세가 존재한다는 걸 한 눈에 알 수 있는 안정된 자세였다.

"제길!"

맞지 않는 이유는 모르겠다. 하지만 피한다는 건 분명했다. 그렇다면 … 조준해서 맞힐 수 없다면 난사하면 되지.

미즈카와가 AK의 조정간을 풀 오토로 전환… 하는 것과 동시에 치사토가 빠르게 움직였다.

치사토, 발포. 그리고 동시에 몸을 낮춰 바닥을 미끄러지듯 움직여 단숨에 거리를 좁힌다.

미즈카와의 왼쪽 정강이에 충격이 느껴지고, 걷어차인 것처럼 다리가 뒤로 미끄러진다.

무릎을 꿇으면서도 방아쇠를 당긴다. 풀 오토. AK가 종횡무진 날뛰었지만, 이미 치사토는 그 총구 끝에 없었다. 총 아래, 미즈카와의 품에 들어와 있었다.

두 사람의 몸이 밀착하는 거리까지 파고들면서 치사토는 몸을 작게 웅크렸다. 그리고 힘차게 일어서며 날뛰는 미즈카와의 AK를 어깨로 쳐낸다. 천장의 조명, 그리고 샹들리에가 날아간다.

미즈카와의 눈앞에 치사토가 복부 위치에 든 총구가 다가온다. 마치 짐승의 입 같다.

이대로는 죽는다, 물러나도 피해도 그 다음엔 죽는다. 그 상황에서 머리가 생각하기보다 먼저 몸이 본능을 따라 움직였다.

고개를 구부려 총구 앞에서 머리를 치우며 치사토에게 태클을 걸 듯 몸을 날려 그녀의 몸에 미즈카와의 상반신을 부딪힌다.

귓가에서 발포. 뇌까지 손가락을 쑤셔넣은 것 같은 고통과 충격. 하지만 그걸 신경 쓸 여유는 없었다.

"해치운다!"

치사토, 스텝을 밟듯 반보 후퇴. 하지만 아직 미즈카와의 손은 닿을 거리다.

무릎을 꽂으려 든다. 이게 미즈카와의 턱에 박히고 말았다.

미즈카와의 시야가 꺼진다. 하지만 의식은 붙잡을 수 있었다.

앞으로 고꾸라졌지만 쓰러진 충격으로 시야가 돌아왔다. 바닥. 반사적으로 고개를 돌려 위를 살핀다. 치사토의 총구가 자신을 보고 있다.

미즈카와는 AK에서 손을 떼고 몸을 굴렸다—그와 동시에 치사토가 총을 발사한다. 눈앞 바닥에 착탄했지만 빨간 연기 상태의 분말이 피어올랐다.

"뭐야?!"

빨간… 뭐지? 이해가 되지 않았다. 하지만 피했다. 살아 있다. 아직 더 싸울 수 있어.

미즈카와는 소파 뒤로 몸을 날렸다. 그리고 동시에 자신의 왼쪽 다리가 아직 붙어 있다는 사실을 깨달았다.

지독하게 아프긴 해도 출혈도 없었다. 눈앞에 들이댔던 총구로 짐작할 때 상대의 총은 45구경… 정통으로 맞았는데 왜?

어깨에 손을 올린다. 타키나의 탄환이 스친 곳의 겉옷은 찢어지고 살이 파여 있다. 피도 흐르고 있었다.

치사토의 총알만 이상했다.

"실탄이 아냐?!"

"오, 눈치챘어? 정답. 플라스틱 프랜저블탄… 고무탄 같은 거랄까?"

왼쪽 다리의 뼈는 아직 살아 있다. 지독하게 아팠지만 아프기만 하지 움직이긴 한다.

그걸 알자마자 미즈카와는 소파를 힘껏 들어 올려 소리가 나는 위쪽으로 던졌다.

치사토는 피할 줄 알았는데 그 소파 아래를 슬라이딩하듯 빠져나왔다. 예상 밖의 움직임에 AK 쪽으로 몸을 날리려던 미즈카와는 반응이 한 발 느렸다.

치사토는 엉덩이로 미끄러지며 총구를 미즈카와에게 겨눴다.

피할 수 없다—죽는다. 아니, 죽지 않아. 저건 고무탄이다. 그럼 죽지 않아. 아프기만 하지. 즉사가 아니라면—.

미즈카와는 결심했다.

허리 뒤쪽에 차고 있던 특수 경봉을 움켜쥐고 치사토 쪽으로 돌진했다.

복부를 맞는다. 거한에게 걷어차인 것 같은 충격. 하지만 무시했다. 고통이 오기 전에 결판을 내야 한다.

미즈카와는 우렁차게 소리 지르며 경봉을 치켜든다. 아직 수축된 상태였지만 휘두를 때 원심력으로 자연스레 길어질 거다.

때리는 순간까지 수축시켜 뒀다가 첫 일격과 동시에 길이를 늘이는 … 미즈카와의 특기 공격이었다. 그러면 첫 공격이 빨라지고 상대의 거리감을 교란할 수 있는 효과가 있다.

치사토는 발바닥으로 바닥을 힘껏 디디고서 엉덩이를 들어 두 번째 총알을 미즈카와의 명치에 꽂았다. 하지만 이제 경봉의 일격은 막을 수 없다.

치사토가 계속 거리를 좁혀온다. 그 눈에 공포라곤 찾아볼 수 없었다. 전력을 실은 경봉의 진심 어린 일격은 덩치 큰 남자라도 근육과 지방층을 뚫고 들어와 뼈가 부러질 수 있다. 그런데….

타키나도 그렇고 치사토도 그렇고, 이 녀석들은 제정신이 아니다.

다시 품으로 들어온다―그렇게 확신한 미즈카와는 상반신의 휘두르는 힘은 그대로 유지한 채 하반신에만 급브레이크를 걸었다. 몸이 'ㄱ'자로 꺾였지만 가까스로 치사토와의 거리를 유지할 수 있었다.

믿어지지 않게도 치사토가 속도를 높인다. 미즈카와가 필사적으로 지키려고 한 거리가 그로 인해 무너진다.

숨결이 닿을 정도로 가까운 거리에서 치사토가 미즈카와를 보았다.

휘두른 미즈카와의 팔은 허공을 때렸고, 그 팔은 거칠게 치사토를 끌어안듯이 그녀의 등을 감쌌다.

두 사람은 마치 입이라도 맞출 것처럼 서로를 응시했고… 미즈카와의 복부에 치사토의 총구가 파고들었다.

"수고했어."

치사토, 발포.

내장이 짓눌리고 그 충격이 등으로 빠져나간다.

미즈카와의 몸이 살짝 들리고 의식과 몸이 단절되는 감각이 찾아왔다.

무릎을 꿇지도 못한 채 고목이 쓰러지듯 미즈카와는 얼굴부터 바닥으로 떨어졌다.

내장이 미즈카와의 의지와는 상관없이 피를 토해냈다. 거기에 빠질 뻔했지만 몸은 자연스레 고개를 옆으로 돌려 공기를 들이마신다.

의식은 힘겹게 지키고 있었다. 하지만 역시 몸은 말을 듣지 않았고, 내장이 으깨진 것 같은 고통과 구역질, 그리고 숨막힘만이 노도와 같이 밀려왔다.

"끄, 끝났어…?!"

이쥬인이었다. 비틀거리며 조심조심 다가와선 미즈카와를 살펴본다.

"네, 이젠 못 일어날 겁니다."

치사토가 가볍게 대답하더니 헤드셋에 손을 대고 누군가와 이야기를 나누기 시작한다. 백업 멤버 아니면 조금 전의 타키나겠지.

"흥, 오카다가 키우던 총알받이 자식. 꼴 좋다. 그건 사고야. 거래 이야기를 하려고 했는데. …하여간 사람 힘들게 하는 녀석이라니까."

이쥬인이 품에서 단검을 꺼낸다. 검집을 버리자 도신에는 붉은 얼룩이 묻어 있었다. 오카다를 찌른 단검인가.

형님과 같은 칼에 죽다니… 그건 나쁘지 않아. 아니, 오히려 기쁜 일이다.

하지만 이쥬인, 이 녀석을 이대로 살려둘 수만은 없었다.

무슨 일이 있어도.

각오를 다진 순간, 조금 전까지 남의 몸뚱이 같았던 몸의 감각이 맹렬한 고통과 함께 돌아왔다. 손가락이 움직인다.

단도가 가까이 오면 그걸 빼앗아 이쥬인도 길동무로 삼아주겠어. 여차하면 몸에 꽂게 두는 게 더 빼앗기 편할 수도 있지. 좋아, 그래, 그렇게 하자. 미즈카와는 결심했다.

몸이 얼마나 움직일지는 알 수 없었다. 하지만 여기서 움직이지 못한다면 그야말로 쓰레기다. 몸은 움직일 거다. 움직일 수 있다. 어떻게 해서든 움직여야 한다.

할 수 있어. 해낼 수 있다. 모든 건 이 순간을 위해 존재해 왔다.

"미즈카와라고 했던가?"

이쥬인이 멱살을 잡아 강제로 잡아서 무릎을 꿇고 일어서게 만들었다.

단도 끝이 미즈카와의 배를 향해 있다.

"저세상 가서 오카다랑 실컷 사이좋게 놀라고."

미즈카와의 입가에 미소가 그려진다. 몸에 칼을 꽂은 순간 그 팔을 잡고 빼앗아서 이쥬인의 목을 그어주겠어.

"죽―!!"

이쥬인의 목소리는 그 순간 울린 총성에 가려졌다.

미즈카와의 눈앞에서 그의 측두부에 붉은 꽃이 핀 것처럼 보였다― 치사토의 고무탄. 플라스틱 프랜저블탄이었다.

이쥬인의 머리가 직각으로 휘더니 그대로 옆으로, 미즈카와를 길동무 삼아 쓰러진다.

바닥에 쓰러져서도 미즈카와는 이해가 되지 않아 흰 눈을 뜨고 기절한 이쥬인의 얼굴을 보고 있었다.

또각, 또각, 차분한 소리를 내며 치사토가 다가오더니 힐 끝으로 이쥬인을 걷어차 그를 바로 눕힌다. 그런 다음 그 위에 올라타듯 선다.

그리고 조금도 망설이지 않고 발사한다. 이쥬인의 명치에 피어나는 붉은 꽃.

"…왜, 왜…."

미즈카와의 입에서 의문이 소리가 되어 새어나왔다.

치사토는 '뭐가?' 라는 얼굴로 미즈카와를 굽어보았다.

"말했잖아. 우리 일은 호위라고."

슬라이드 오픈한 총을 손에 들고 치사토가 미소 짓는다.

"우리가 받은 의뢰는 미즈카와 코우스케를 지키는 것."

무슨 소리를 하는 건지 처음엔 이해가 되지 않았다.

치사토 말에 따르면 의뢰인은 두목이라고 했다.

미즈카와가 AK를 조립하는 짧은 사이에 모든 일이 꾸며진 것이었다.

그리고 예상한 대로 이동을 계속하던 미즈카와를 억지로 추적해 돌발적인 전투가 벌어지는 건 피하고 싶어서 먼저 이쥬인의 신병을 확보해 정보원을 이용해 미즈카와를 유인한 것이 그 진상이었다,

그리고 새삼 생각해 보면 미즈카와를 개라고 부르는 건 조직 사람들뿐이다. 그리고 치사토는 싸움이 시작되기 직전에 미즈카와를 충견이라고 불렀었다.

알아차릴 기회는 있었던 것이다.

"복수하고 싶은 마음은 이해하는데 살인은 안 돼. 문제가 커지고 미즈카와 씨도 표적이 되잖아. 당신네 조장은 그것만은 피하고 싶었나 보더라고."

지금 조직에 항쟁을 할 만한 여유는 없을 것이다. 무엇보다 갈 날이 머지않은 두목은 평온히 인생을 끝내고 싶을 거다.

"결국… 모두 자기 걱정만 하는… 기회주의자들뿐이야…."

글쎄, 치사토가 과장될 정도로 상냥하게 웃는다.

"형님의 마지막 말은 들었어? '미즈카와를…'이라고 했대."

"나… '를'…?"

"너희 조장이 미즈카와를 말리라고 말하고 싶었던 걸 거라고 그러더라. 사고로 죽는데 자기 목숨을 던져서까지 원수를 갚으려 들진 말라고 말하고 싶었던 거 아닐까?"

"…그게 무슨."

"알 길은 없지. 하지만 그렇게 생각하면 목숨을 걸고 원수를 갚으려는 마음이 조금은 수그러들지 않겠어?"

치사토, 그녀를 부르며 타키나가 등장했다. 어디서 갈아입었는지 교복 차림이다. 웨이터의 검은 복장보다 훨씬 잘 어울렸다.

그녀는 미즈카와가 버린 AK를 주워들었다.

"미즈카와 코우스케의 신병을 확보한 이상 이 일은 끝입니다. 잡담

은 그만—."

치사토는 타키나를 보고 미소 지으며 그 시선만으로 입을 다물게 만들었다.

"…주인이 바라는 건 개의 행복뿐이야. 절대로 자길 위해 죽길 바라지는 않을걸. 그건 보장할게."

그 말만 남긴 뒤 치사토는 손을 흔들어 작별인사를 하며 타키나와 함께 밖으로 나가버렸다.

그 자리에는 바닥에 꽂힌 단검과 남자… 개가 한 마리.

미즈카와는 신음하며 고장 난 꼭두각시 인형처럼 삐걱삐걱 몸을 일으켰다. 확실히 내장과 갈비뼈 몇 대가 나가긴 했지만 움직일 수는 있었다.

바닥을 기어 단검을 향해 손을 뻗어 움켜쥔다.

이제 이걸—.

"…나는 개인가."

개라면 훈련받은 걸 지켜야 한다.

그리고 오카다는 단 한 번도 누구를 죽이는 법을 미즈카와에게 가르쳐준 적이 없었다.

서투른 미즈카와에게 오카다가 가르친 것… 그것은 모두 인간답게 살아가는 방법들이었다.

"난… 어떡하면 좋지."

답해주는 사람은 이제 아무도—.

"…어이, 미즈카와."

고개를 들자 두목이 엘리베이터에서 내리고 있었다. 최근엔 볼 일이 없었던 양복 차림이었다.

"살아 있구나."

“…네.”

두목은 쓰러져 있는 이쥬인을 보곤 망설이지 않고 고간을 짓밟았다. 이쥬인이 소리 없는 비명을 지르며 고간을 움켜쥐고 부들부들 경련한다.

“아까 그 여자애가 한 걸로 치자.”

두목은 씩 웃더니 왔던 길로 돌아간다.

“집에 가자, 미즈카와.”

긴 침묵 끝에 미즈카와는 “네”라고 대답했다.

■ 제3화 『Cough』

토요일, 17시가 지난 카페 리코리코.

카페 입장에선 바쁜 시간이 지난… 그 무렵에 그 일은 일어났다.

아주아주 사소한 사건이라고도 하기도 애매한 그것.

하지만 결정적으로 느껴질 수도 있는 그것.

—콜록.

이노우에 타키나는 별거 아닌 소리를 흘려듣지 않았다.

살짝 물기를 머금은—기침. 그리고 기침 후에 "흠흠" 하고 목을 울리는 소리. 즉, 기관지의 위화감이 있을 때 나는 그것이다.

좀 더 구체적으로 말하자면 감기에 걸렸을 때의 '콜록'이었다.

타키나는 가게 중앙에서 시선을 움직여 그 소리가 난 곳을 찾았다.

몇 안 되는 손님과 점원….

중2층의 테이블석에 있는 커플과 노부부, 주방에서 설거지 중인 미카, 파르페를 장식하고 있는 미즈키.

좌석 테이블에서 단골손님인 작가 요네오카가 노트북이 고장 나 넋이 나가 있는 걸 보다 못해 기계 복구 및 데이터 인양을 해주고 있는 쿠루미, 카운터석에서 커피를 마시고 있는 단골손님인 아베.

그리고… 화장실에 갔다가 안쪽에서 나오고 있는 치사토.

그녀는 오른손으로 목을 감싸 쥐고 '응?' 하는 얼굴로 위를 올려다보고 있었다.

기침을 한 범인은 생각할 것도 없었다.

"어, 치사토, 감기 걸렸어?"

형사인 아베가 커피잔을 한 손에 들고 호탕하게 묻는다.

“아아, 글쎄요? 괜찮은 것 같은데—.”

치사토는 가볍게 말하고서 에헤헤, 웃는다.

“그럼, 그럼. 바보는 감기에 안 걸린다잖아. …자, 기간 한정 키위 파르페 나왔습니다!”

미즈키가 아베에게 파르페를 가져오자 호탕했던 중년의 미소가 소년의 그것으로 바뀐다.

“자기소개하냐, 미즈키.”

쿠루미가 요네오카의 노트북에서 SSD를 빼내며 웃는다.

미즈키가 뭐라고 떠들었지만, 언제나 그렇듯 시끄럽기만 하고 아무 내용도 없는 대화일 게 뻔해서 타키나는 그것들을 무시한 채 치사토에게 다가갔다.

“치사토, 언제부터 그랬어요?”

“언제부터… 음, 오늘 아침에 일어났더니 쪼—끔 위화감이 있긴 한 정도?”

괜찮아? 주방에서 미카가 나왔다.

“야마기시 선생님한테 가볼래? 전화하면 이 시간이라도 받아주실 거야.”

타키나가 모르는 ‘선생님’이 나왔지만, 상황상 단골 의사일 거라 짐작했다.

“에이, 다들 왜 오버하고 그래! 그런 거 아니라니까.”

“그렇지만. …네 경우엔 만에 하나일 수도 있잖아.”

미카는 눈썹으로 팔자를 그리며 난처한 표정을 지었다. 마치 떼를 쓰는 어린아이를 상대하는 것 같은 모습이다.

치사토를 과보호하는 건 여전하다고 타키나는 생각했다.

“괜찮다고. 그리고 오늘 밤엔 게임 모임이잖아! 그러니까….”

"안 되겠네요."

타키나는 두 사람의 대화에 끼어들었다. 뒤에서 치사토의 양쪽 어깨를 잡고 안쪽—종업원이 옷을 갈아입는 로커 룸으로 억지로 밀고 들어갔다.

"치사토, 일단 뒤로 가죠. 방에 이불 깔아줄 테니까 거기 누워 있어요. 자, 어서, 빨리요."

"우왓, 으아아… 괜찮다니까, 타키나, 그렇게 억지로… 저기요, 타키나 씨? 나 괜찮아. 그냥 목이 조금 그런 거뿐이야…."

"안 돼요. 쉬세요."

로커 룸에는 반강제로 끌고 들어갔는데 치사토는 "아항—?" 소리와 함께 뒤를 돌아보며 어깨에 올라가 있던 타키나의 손을 치웠다.

"그렇게 치사토 씨가 걱정이 되시나요?"

우쭐대며 타키나의 코끝을 검지로 '콕' 클릭하는 치사토를 타키나는 차가운 눈으로 쳐다보았다.

"걱정 안 합니다."

"어, 그럼… 뭔데?"

"민폐니까요. 카페 리코리코는 음식점이에요. 컨디션이 안 좋은 종업원을 일하게 둘 수는 없잖아요."

"아, 그런 거…."

"그러니까 뒤에서 쉬고 있어요."

"…네에."

"아니면 집에 갈래요? 혼자 갈 수 있겠어요?"

"그건 좀… 밤에 게임 모임에도 가고 싶은데…"

"그럼 얌전히 쉬어요. 그리고 그 옷도 벗고요."

타키나는 잡다한 것들이 던져져 있는 로커 룸 선반을 뒤졌다.

"외박 세트, 있었죠? 이건가요? 이거 맞네요. …자, 어서 벗고 잠옷으로 갈아입어요. 쉬는 이상 잘 쉬어야죠. 자, 어서."

"…어째 좀 스파르타… 스파르타키나…."

"네?"

"아무것도 아닙니다."

"그럼 어서 옷 갈아입으세요."

타키나의 재촉에 치사토는 서둘러 리코리코의 유니폼을 벗고 외박 세트 안에 있던 잠옷으로 갈아입었다.

그러는 사이에 타키나는 재빨리 가게 안쪽에 있는 방에 이불을 깔았다.

"자, 여기 누우세요. 밤까지 컨디션이 돌아오지 않으면… 아, 치사토, 안색이…."

"어, 왜?"

잠옷을 입고 옆으로 묶은 머리도 풀고서 방으로 들어온 치사토의 얼굴을 타키나가 뚫어져라 쳐다보았다.

이불에 눕기 편하게 화장을 지운 바람에 얼굴이 살짝 붉어 보이긴 하지만….

타키나는 치사토의 이마에 오른손을 대고 왼손으로 자기 이마를 짚었다.

"…열이… 있는 것 같습니다."

"뭐?"

"집에 갈래요?"

"아냐아냐아냐, 너무 걱정하는 거야. 아, 그래, 지금 옷 갈아입는 걸 타키나가 봐서 부끄러워서 체온이!"

"안 봤습니다."

치사토는 "으음—" 하고 고개를 숙이고 팔짱을 꼬고서 잠시 반론할 말을 생각하는 듯했지만… 결국 아무것도 나오지 않았는지 어깨를 축 떨구었다.

"…잠깐 쉬면 나을 거야."

결국 컨디션이 안 좋은 걸 인정했다.

"그럴지도 모르죠. 자, 뭐가 됐든 일단은 누워서 쉬어요."

타키나는 깔아둔 이불 옆에 무릎을 꿇고 앉아 이불을 삼각형이 되게 젖힌 다음 요를 탁탁 두드렸다.

치사토는 거기에 얌전히 누웠다.

"몸이 안 좋아질 만한 거 한 게 있어요?"

치사토에게 이불을 덮어주며 타키나가 물었다.

"딱히 없는데?"

"벌거벗고 잤다든가?"

"섹시해라~."

"뭘 주워 먹었다든가."

"내가 들개냐."

"그리고 보니 들개란 말은 자주 쓰는데 실제로 본 적은 없네요."

"시내엔 있어봤자 길 잃은 개 정도겠지. 들개는 치안 유지와 광견병 대책 때문에 구제됐잖아. 특히 전후에는 더 철저하게."

"길고양이는 많은데요."

"개 차별이야."

"개가 배회하고 다니는 게 더 좋아요?"

"그런 건 아니지만 고양이도 광견병에 걸리잖아."

"아, 그런가요. 개랑 인간만 걸리는 줄 알았네요."

"그치—. 이름 때문에 그렇게 생각하게 된다니까—."

실제론 포유류 전반에 감염되는데 인간의 생활에 가까우며 의도치 않게 상처를 입게 되는—감염되기 쉬운 게 개여서 그런 게 아닐까, 하고 치사토가 설명해주었다.

들고 보니 길고양이는 가까이 와서 손을 물거나 하진 않는다. 오히려 만지려고 하면 도망치는 경우가 일반적이지.

"그래도 들개 구축과 광견병 백신 덕분에 일본은 안전하게 살 수 있게 됐지만 말이야. 인간뿐만 아니라 반려동물인 개도."

"들개 이야기는 그만하죠."

"타키나가 먼저 받아줬잖아."

"얘길 늘린 건 치사토예요."

"해외에선 광견병은 아직도 나쁜 의미로 메이저니까 이건 중요한 이야기라고."

"리코리스는 모두 정기적으로 혼합 백신을 맞고 있잖아요."

일본 국내에서 태어나면 아이는 기본 무료로 맞을 수 있는 백신에 더해 리코리스는 외국에서 온 범죄자와 접촉하는 경우가 적잖기 때문에 어릴 때부터 상당한 수의 백신을 접종받는다.

그로 인해 건강이 안 좋아지는 아이도 적지 않지만 이건 필요한 조치였다.

밀입국하는 사람들이 검역을 통과할 리도 없지만, 리코리스는 근거리에서의 발포를 주로 하기 때문에 아무래도 그들의 피를 몸에 묻히기 쉽기 때문이다.

"아아, 자기만 좋으면 그만이란 생각은 나빠. 감염병은 모두 함께 대처해야 한다고."

"알았으니까 어서 쉬어요."

"네에—. …아, 이불에 누워 자는 거 이틀만이다."

“네?”

“…아, 맞다. 그러고 보니 이틀만이네.”

“그게 무슨 의미죠?”

“아니, 그저께? 일이라고 해야 하나, 아무튼 이토 선생님 때문에 아침… 이 아니라 오후까지 많은 일들이 있었잖아.”

“있었죠. 하지만 그 후엔 각자 집으로 귀가해 휴식… 치사토, 안 쉬었나요?”

치사토는 에헤헷, 하고 누워서 묘한 웃음을 지었다.

“그대로 영화관에 갔어.”

“…그리고요?”

“영화 다 보고 나와서 딱히 생각해 둔 게 없어서 늘 하던 버릇대로 가게로 왔지. 그랬더니 혼자 좀비처럼 가게를 보고 있는 미즈키한테 잡혀서 밤까지 일을 했지 뭐야.”

“…그리고요?”

“아무래도 피곤하더라고. 집에 가서 그대로 옷 벗고 소파에서….”

“벌거벗고 잔 거 맞네요.”

“아니, 하지만 벌거벗은 건 아니었거든… 속옷은….”

“바닥에 떨어진 것도 주워 먹고요?”

“그럴 리가 없잖아.”

이 사람은 정말이지… 기가 막혀 하던 타키나는 문득 섬뜩한 사실을 깨달았다.

타키나는 누워 있는 치사토의 이마에 손을 올리고선 여관 주인이 인사하듯 그녀의 머리카락으로 얼굴을 가까이 가져갔다.

“어, 어?! 어, 타키나?! 뭐, 뭘… 어? 뭐야? 어, 저기, 여보세요?”

타키나는 코를 치사토의 머리카락에 반쯤 묻고선 킁킁 냄새를 맡았다.

"…냄새는 안 나네요."

"모, 목욕은 해!"

"좋은 냄새가 나요."

"…네… 고맙습니다."

만약 이틀 동안, 그것도 총격전에 활극까지 벌였는데 씻지 않았다면 큰일이었다. 다양한 종류의 오염은 물론이고 땀도 흘렸을 테니까 상당히 불결했을 테니까.

가게 입장에서의 문제도 있지만 치사토의 위생상 좋지 않다. 조금 무리해서라도 씻기거나 따뜻한 수건으로 몸을 닦아주기라도 해야겠다…고 생각했지만, 그건 기우였나 보다.

"…응? 치사토?"

치사토의 이마에 대고 있던 손이… 조금씩 뜨거워지는 것 같았다.

타키나는 치사토의 앞머리에서 코를 떼고 이마를 짚었던 손을 치우고선 그 얼굴을 뚫어질 듯 응시했다.

어색한 마음에 시선을 피한 치사토의 얼굴은 분명히 조금 전보다 붉어져 있었다.

"아, 안 되겠네요. 막 열이 나기 시작했었나 봐요. 오늘은 이대로 누워 있어요. 몸이 더 안 좋아질 것 같으면 병원이나 미즈키 씨한테 차로 집까지 바래다주라고 하죠."

"…으, 응."

치사토는 여전히 눈을 감고 고개를 외면하고 있었다.

"왜요?"

"…아무것도 아냐."

"그런가요. 그럼 혹시 모르니까 나중에 체온계를 빌려올 테니까 그

때까지 얌전히 있어요. 아, 마실 것도 가져올게요.”

타키나는 자리에서 일어나 방을 나가 문을 닫으려다 말고 손을 멈췄다.

아직 그리 오래 알고 지낸 사이는 아니었지만 치사토라는 인간을 이미 어느 정도는 이해하고 있었다. 그렇기 때문에 일부러 다짐을 하기로 했다.

“얌전히 있어야 해요. 알았죠?”

얌전히 있는다, 그거야말로 치사토에겐 어려운 일이다.

“네에—.”

“멋대로 돌아다니면 가만 안 둘 거예요.”

타키나는 방문을 닫았다.

그 순간, 문 너머에서 치사토의 목소리가 희미하게 들려왔다.

“…스파르타키나.”

●

치사토를 눕힌 지 약 2시간 후. 그녀의 체온은 서서히 오르고 있었다.

체온계는 37도 9분을 표시.

미열이라고 하기엔 조금 높았지만, 큰 소란을 피울 정도는 아닌, 그런 체온이었다.

타키나 생각으론 악화했다기보다 겨우 쉬게 되어 치사토의 몸이 나쁜 걸 몰아내려고 본격적인 활동에 들어선 것으로 보였다.

“오늘 밤은 이대로 가게에서 자고 가는 게 좋을 것 같네요. 오늘은 늦게까지 사람들도 남아 있을 테니까 그러는 편이 더 안심이 될 거예요."

타키나는 체온계를 치우고서 치사토 이마에 올려둔 수건을 물을 받아둔 세면기에 담갔다.

"어— 게임 모임이—."

"안 됩니다. 피로로 인해 열이 난 거 같지만 만약 나쁜 감기라면 큰일이잖아요. 가게가 팬데믹에 빠질 거예요. …이대로 얌전히 있을 수 있겠어요?"

"…어, 지금 타키나를 보니까 아무래도 그래야 할 것 같네."

지금 타키나는 마스크에 얇은 고무장갑을 착용하고 있었다.

그리고 이불 옆에는 페트병에 담긴 스포츠음료는 물론이고 소독용 알코올 스프레이까지 준비되어 있었다.

그 중장비의 위압감 때문에 치사토도 어리광을 부릴 마음이 안 드는가 보다.

"쳇—."

치사토는 옆에 놔둔 대형 태블릿을 가슴 위에 세우듯 놓고서 스트리밍 영화 일람을 둘러보았다.

쿠루미한테 빌린 태블릿 같았는데 시청하는 서비스 자체는 치사토의 계정으로 보였다. 시청 이력을 보고 알 수 있었다.

"사실은 자는 게 좋은데요."

타키나는 냉수에서 건진 수건을 짜서 치사토의 이마에 살포시 얹었다.

"자든 영화를 보든 뇌와 눈 빼곤 그게 그거잖아."

"면역도 그렇고 여러 가지가 있지 않을까요."

"글쎄—."

"나도 전문가는 아니니까 강하게 말하진 못하겠습니다만."

“그게 그거야. 그렇다면 시간은 효과적으로 활용해야지. …이번엔 뭘 볼까.”

“아까까진 뭘 봤죠?”

“으음, 『컨테이션』이라고 위험한 전염병 때문에 전 세계가 패닉에 빠지는 영화.”

“이 상황에서 왜 그런 걸 보죠….”

“어떻게 보면 최고의 리얼 체험 아냐? 3D나 4D보다 긴장감이!”

“그게 재미있어요?”

“기분은 좀 좋아졌어.”

“그만하시죠.”

“그만하겠습니다. 아, 오랜만에 이거 볼까. 영차. …블루레이로 갖고 있는데 스트리밍으로 보는 이 죄책감….”

“보고 싶을 때 볼 수 있는 게 제일이죠. 뭔데요?”

“『28일 후』라고 좀비 바이러스가 만연하는 작품인데….”

“치사토.”

“안 볼게요옹—.”

결국 치사토가 고른 건 제이슨 스타템 주연의 『아드레날린』이란 작품이었다.

“재미있어요?”

“재미있어—. 바로 텐션 올라가고 힘이 나. 아, 그리고 이 속편은 난 여러 의미에서 ‘크으~’ 싶더라.”

“치사토는 머리숱이 적은 사람이 나오는 영화를 좋아하는군요.”

“그런 페티시즘은 없거든.”

“하지만 전에 억지로… 빌려준 영화 중 3할은 머리숱이 적은 사람이 주인공이었는걸요.”

"그랬나? 액션 영화에 나오는 남자 배우는 아무래도 근육맨이 많으니까 남성 호르몬이 뿜뿜해서 그런가. 그리고 나이를 먹으면 그쪽 사람들은 머리가 많이 벗겨진다니까 그 영향도 있지 않을까?"

"우연인가요."

"그렇습니다. 하지만 확실히 거부감이 없긴 하네."

태블릿 안에서 영화 주인공이 전력을 다해 뛰어나오는 장면에 타키나도 시선을 빼앗기고 말았다. 두 사람은 잠시 동안 말없이 영화를 보았다.

"이거 어떤 영화예요?"

"이상한 독을 맞아서 아드레날린을 방출하지 않으면 죽는 상태가 된 주인공이 활약하는 거야."

"마지막엔 어떻게 되는데요?"

"보면 알아."

"그런 시간이 없으니까 여기까지 하죠. 게임 모임을 대비해서 가벼운 식사 거리를 만들어야 하거든요. 치사토 것도 만들 거니까 안심하세요."

"아, 진짜? 뭔데~?"

"뭘 먹을 수 있을지 내가 물어보고 싶네요. 만들 수 있는 거면 만들어줄게요. 사와도 되고요."

38도가 조금 넘으면 일반적으로는 식욕이 떨어지기 마련이다.

기껏해야 젤리 음료 같은 게 고작이지만, 먹을 수 있다면 제대로 된 걸 먹는 게 좋다. 피로로 인한 감기라면 더욱 그랬다.

치사토는 태블릿을 멈추고 이마에 올려둔 수건을 손으로 잡고 몸을 일으켰다.

수건을 목욕할 때 그러듯 두정부에 올리고선 으음, 하고 팔짱을 꼬

있다. 자기 몸과 상담을 하는가 보다. 잠시 기다렸다.

"…스파이스 카페."

"카페?"

"아, 타키나하곤 아직 안 가봤지. 여기서 동쪽으로 조금만 가면 있는 주택가… 라고 하나? 아무튼 역에서 미묘하게 거리가 있는 엄청 조용한 곳에 세워진 오래된 민가를 개조한 카페가 있거든, 거기서 파는 카레가… 정말 완전 최고야, 최고! 본격적인 스파이스 카레인데 맛도 다양하고 하나같이 다 맛있어! 내 추천은 '새우'랑 '램 키마'. 보통 새우 카레 하면 새우만 들어간 게 다라고 생각하겠지만, 여기 건 달라. 완전 달라! 새우의 맛이 루에 아낌없이 들어간 게 느껴져서 완전 맛있다!! 란 말이 절로 나온다니까! 그리고 램 키마는 맵긴 한데 램의 맛이 가~득 담겨 있는 데다 스파이스가 그 맛을 잘 살려서… 아, 하지만 진짜 추천할 건… 이제 시즌은 끝났지만 겨울 한정으로 나오는 '굴' 카레야. 그거 맛보면 정말 놀랄걸! 카레, 스파이시… 인데 먹으면 포타주처럼 부드러워! 감칠맛의 두께가 어마어마해! 우와, 이게 뭐야, 맛있잖아?! 이런 반응이 절로 나오는 걸쭉한 맛이 몸에 좍! 퍼지거든."

쏟아내듯 말하는 치사토를 타키나는 잠시 차가운 눈으로 쳐다보았다.

"어쨌든 카레는 안 될걸요."

"왜?"

"약해진 몸에는 자극이 너무 세잖아요."

"하지만 스파이스는 한약재잖아, 한약재란 건 몸에 좋은 거지!"

"그런 사고방식은 몸을 망칩니다."

"안 통하네. 그럼 그건 그렇다 치고, 타키나 다음에 같이 먹으러 가자. 런치로. 지금 엄청 먹고 싶어졌어."

"몸이 다 나으면요."

"응! 거긴 있지— 둘이 가야 해. 세 사람 이상 앉을 수 있는 자리가 별로 없거든. 늘 사람들이 줄 서는 가게니까 자리가 딱 맞게 비지도 않고. 무엇보다 카레는 하나나 두 갤 선택할 수 있는데, 아, 이건 런치 얘기야. 아무튼 가면 꼭 두 종류로 골라야 해. 그리고 둘이 나눠먹는 거야. 그러면 한 번에 네 종류의 루를 맛볼 수 있다고!"

"네, 네. 알았어요."

"그리고 밥이 있지— 아차르(주2) 같은 다양한 채소를 곁들여서 주는데 이게 또 만족감이랄까 먹을 때의 행복도를 올려주는 주연 역할을 하거든."

"치사토."

"식후에 나오는 작은 디저트랑 커피도 맛있어."

"알았으니까 이야기는 다음에 해요. 지금 먹을 수 있을 만한 게 있나요? 너무 자극적이지 않은 걸로요."

"어—… 음, 글쎄. 아…."

치사토가 이것저것 고민한다. 그 생각을 뒤따르듯 그녀의 시선이 실내를 이리저리 둘러보다가 벽에 걸려 있던 달력에 도착했다.

"…앗."

"왜요?"

"아니, 하지만 그건… 좀 그런데."

치사토가 팔짱을 꼰 채 고개를 갸웃거렸다.

"타키나한테 부담이 될 거라…."

"번거로운 요리인가요?"

"응. 찰팥밥."

"찹쌀은 소화에 안 좋다고 들었습니다만."

주2) 아차르: 남아시아의 향신료를 넣어 만든 절임음식.

"하지만 기름은 안 쓰잖아."

"뭐, 그렇긴 하죠. 영양가는 높을 테니까. …하지만 지금부터 준비하면 좀 늦어질지도 몰라요."

"아, 그런 게 아니라. 마침 타이밍상 내일구나 싶어서 말해본 거야."

"…그게 무슨 의미죠?"

치사토 말에 따르면 카페 리코리코에서 조금 떨어진 곳에 있는 '반짝반짝 타치바나 상점가'란 곳에 전통 과자 가게가 있는데 거기서 파는 찰팥밥을 먹고 싶다는 것이었다.

"그 정도야 금방 사 올 수 있는데요?"

"그게 아니라. 사실 내일 그 반짝반짝 타치바나 상점가의 아침 시장이 열리거든. 그래서 새벽부터 그 가게에서 갓 찧은 찰팥밥을 파는데 그게 맛있었지―싶어서."

아하, 타키나는 이해했다. 부담을 준다는 건 결국 아침 일찍 일어나서 그걸 사러 갔다 오라고 부탁하긴 미안하단 말이구나.

"그 정도야 상관없어요."

"어, 진짜?! 정말?! 새벽인데?! 신난다!!"

"그건 상관없어요. 다만 저녁은 안 되겠네요."

"하긴, 그렇네. 내일 일이니까."

"그럼… 그렇네요, 우동이라도 끓여 올 테니까 그걸로 어때요?"

우동 면은 냉동 면이 적당히 있었을 테니 육수만 넉넉히 끓이면 게임 모임 참가자들에게도 낼 수 있을 거다.

요리하는 수고도 크지 않고 좋은 생각이었다. 타키나는 그렇게 말하며 자신의 아이디어에 만족했다.

"오― 그거 좋지―."

"기왕 만드는 김에 나베야키우동으로 할까요? 작은 질냄비가 있었잖아요. 계란을 풀어서 뜨끈하게."

"최고야! 그래도 돼? 만들어줄 거야?!"

"그 정도야 어렵지 않아요."

1인용 작은 질냄비는 미즈키가 전에 탕두부를 만들어 먹던 걸 봤기 때문에 적어도 하나는 있을 거다.

치사토는 그렇게 만들어주기로 하고 다른 사람들에겐 적당한 그릇에 담아 주면 되겠지.

"그럼 그때까지 얌전히 있어요."

치사토는 네—, 하고 이불을 잡고서 힘차게 자리에 누웠다.

얼굴은 싱글벙글이다. 그리고 곁눈질로 타키나를 살핀다.

그 모습이 마치 어린아이 같아서 타키나는 자기도 모르게 마스크 아래의 입가에 미소를 그렸다.

치사토가 조금 전까지 두정부에 얹고 있던 수건이 눕는 기세에 날려가 버려 그걸 주워 그녀의 이마에 다시 올려준 뒤 타키나는 자리에서 일어났다.

"고마워, 타키나."

방을 나가려는 타키나에게 치사토가 말했다.

그 말은 조금 낯간지럽게 느껴졌다.

"아직 아무것도 한 게 없는데요. 먹고 맛있으면 그때 말해주세요."

타키나는 방문을 닫고 마스크와 장갑을 벗은 뒤 주방으로 들어갔다.

냉장고 안에 대파도 본 것 같다.

치사토의 우동에는 이걸 약불에 구워서 안을 녹진하게 녹여 올려줘야지.

타키나는 그렇게 하기로 정했다.

●

“어라?”

타키나가 주방에서 냄비를 마주하고 있는데 미즈키가 살펴보러 왔다.

가게는 폐점 시간 직전이었고, 안에는 폐점 후 있을 게임 모임에 참가하려는 단골손님뿐이었기 때문에 심심해서 들어온 것이다.

“타키나가 웬일이야?”

타키나가 평소에 만드는 일본식 육수는 기본적으로 간사이풍이다.

하지만 이번엔 치사토의 나베야키우동에 쓸 예정이라 푹 끓여야 한다. 그렇다면 섬세한 육수보단 힘이 느껴지는 육수가 더 좋다.

그래서 가츠오 육수를 진하게 내서 간장과 소량의 미림, 그리고 거기에 뜨거운 물에 살짝 데쳐 냄새를 제거한 닭고기를 한입 사이즈로 잘라 넣었다.

“아하, 나베야키우동이 메인이구나.”

“네. 하지만 다른 분들은 그릇에 담을 거예요. 우동은 충분하니까 나중에 부탁할게요. 파도 다져 놨어요.”

“오케이.”

“아, 맞다. 확인하고 싶은 게 있었는데.”

타키나는 냉장고에서 아까 발견한 물건을 꺼냈다.

멋들어지게 장식된 카마보코였다.

“이건…?”

“아아, 그거 내 거야. 이타와사 만들어 먹으려고.”

“이타와사요…?”

“술을 안 마시는 어린애라 모르겠네. 카마보코를 얇게 잘라서 회처럼 와사비 간장에 찍어 먹는 거야. 술이랑 잘 어울리지. 특히 청주랑!"

"그렇군요. 이거 써도 돼요? 우동에 올리려고요."

"…그거 비싼 건데."

"안 되나요?"

타키나는 손에 든 카마보코를 보았다.

나베야키우동에 두툼한 새우튀김을 올려 끓이면 푸짐하고 보기에도 좋고 먹으면 맛있을 거다. 하지만 그런 것까지 만들기엔 버겁고, 애초에 몸이 안 좋은 치사토에게 튀김은 안 좋을 것 같아서 넣을 생각이 없었다.

하지만 그러면 고명이 허전해지는 건 피할 수 없다. 그러나 여기에 카마보코를 한두 장 올리면 그나마 좀 괜찮아지지 않을까… 싶었는데.

"그렇게 실망하지 마—. …아아, 그래, 됐어, 좋아, 써."

그 말에 타키나가 고개를 들었다. 미즈키가 손바닥을 쳐내듯 흔들어 댄다.

"써도 돼요!"

"그래, 맘대로 써. 그냥 다른 애들 거에도 다 올려줄래?"

"네, 물론이죠."

그럼 부탁할게! 미즈키는 그렇게 말한 뒤 홀로 돌아갔다.

육수는 완성, 건더기의 핵심인 카마보코도 확보했다. 마지막으로 넣을 계란은 냉장고에. 이제… 또 뭐가 있지. 맞다, 표고버섯이 있었을 텐데.

타키나는 냉장고 채소실에서 생표고버섯을 꺼내 기둥을 떼어내고 갓에 칼집을 냈다. 이걸 물, 미림, 간장, 설탕을 넣은 진한 육수에 넣고 조리면… 간이 밴다.

"이제… 파가 있지."

다른 사람들이 먹을 건 잘게 잘라 놓았지만, 치사토 건 아직이었다.

조금 길게 자른 대파를 난로에 눋도록 천천히, 너무 타지 않게 신경 써주며 굽는다. 살짝 탄 정도라면 맛있지만 너무 태우는 건 좋지 않다.

이제 재료 밑준비는 거의 다 끝났다. 냄비에 예쁘게 담아 끓이기만 하면 된다.

색감도 표고버섯과 카마보코, 계란 노른자가 힘을 써줄 거다.

"그리고 또 뭐가… 아. 하지만 으음…."

타키나는 주방 선반에서 개별 포장되어 있는 떡을 찾아냈다.

하지만 떡은 소화가 잘 안 된다. 그래도 영양가는 있다.

무엇보다 잘게 잘라 바삭하게 구우면 텐푸라를 대신해 식감에 재미를 줄 수 있다. 육수에 적셔 부들부들하게 풀어진 것도 맛있을 거고.

좋았어, 타키나는 결정을 내렸다. 소량만 넣는다면 지금 치사토의 상태라도 괜찮겠지.

도마에 떡을 올리고 식칼을 세워 천천히 체중을 실어 힘을 준다.

그러자 칼이 쑥 들어가더니 묵직하게 잘라낸다.

몇 번 반복해 손가락 한 마디 크기의 주사위 모양으로 잘랐다. 이걸 서로 달라붙지 않게 접시에 올려 전자레인지에 몇 초 돌려주다 바로 스톱.

아직 떡 표면은 딱딱해도 안은 따끈하고 부드럽게 풀려 있다.

너무 오래 돌리면 걸쭉하게 녹아 참사가 벌어지기 때문에 조심해야 하지만, 굽기 전에 이렇게 하면 훨씬 굽는 게 편해진다.

살짝 따뜻해진 떡을 알루미늄 포일을 구겨 깐 난로에 올려 가볍게 구워주다 부풀어 오르면 더욱 집중해 신중하게 굽는다. 몇 초 사이에 검게 타버리기 때문에 떡을 굽는 건 그야말로 진검승부라 할 수 있다.

볼록볼록 부풀어 오르고 갈색을 띠기 시작한다.

갈색 부분에 군데군데 검게 탄 자국이 생기기 시작한 타이밍에 재빨리 건져낸다.

접시에 올려놓자 데구루루 구르며 바삭바삭 기분 좋은 경쾌한 소리를 낸다. …완벽해.

준비 끝. 이제 끓이기만 하면 된다.

"좋았어."

냄비에 담기 전에 만약을 대비해 치사토에게 얼마나 배고픈지 확인해 두는 게 좋겠다. 많이 배고프다면 우동을 반 추가할 수도 있고, 그 반대라도 양을 조절하면 그만이다.

타키나는 주방을 일단 정리한 뒤 손을 씻고 다시 마스크와 장갑을 꼈다.

장비를 모두 갖춘 뒤 안쪽 방으로 가는데… 마침 그때 안에서 미카가 나오고 있었다.

"점장님도 치사토 보러 왔어요?"

"응, 뭐 그렇지. 낮엔 맡기기만 해서 미안하다."

"아니네요, 점장님 커피를 마시려고 오는 손님도 많잖아요. …아, 우동 준비 다 됐으니까 같이 드세요."

"알았어, 고마워."

"치사토는 나베야키우동을 해주려고요."

"그거 좋지. 몸이 따뜻해지겠네."

"네. 잘 먹어주면 좋겠네요."

"먹을 거야. 옛날부터 어떤 때에도 식탐 하나는 죽지 않던 애거든."

미카가 미소 짓는다. 타키나도 고개를 끄덕이며 이 말에 동의했다.

"그런데 조금만 있다가 줘라."

"왜요?"

미카가 슬쩍 문을 열었다. 불은 꺼져 있었고, 희미한 숨소리가 들렸다.

"좀 자게 뒀다가 이따 줘."

"…그러게요. 끓이기 전이라 다행이네요."

미카가 고개를 끄덕였다. 배려를 한 건지 지팡이도 쓰지 않고, 그렇다고 해서 다친 다리를 끌지도 않고 그는 조용히 단골손님들이 있는 곳으로 돌아갔다.

타키나는 문을 닫으려다가 마지막으로 한 번 더 안을 들여다보았다.

그렇게 쉬라고, 자라고 말했는데 고집을 부리며 버티던 치사토가 지금은 갓난아기처럼 잠들어 있었다.

악의도 불안도 없는, 그저 평화로운 얼굴과 숨소리였다.

"…어쩔 수 없네요."

나도 먼저 다른 사람들하고 같이 우동을 먹어야지. 치사토는 그다음에 차려주고.

"잘 자요, 치사토."

타키나는 조용히 문을 닫았다. 소리가 나지 않게 조심해서.

그리고 타키나도 발소리가 안 나게 조용히 그 자리에서 벗어났다.

●

"크으— 맛있었다—!! 잘 먹었습니다!!"

환자란 게 믿기지 않는 기세로 나베야키우동을 깨끗이 비우더니 치사토는 잔에 따라둔 보리차를 벌컥벌컥 들이켰다.

마지막에 질냄비를 들어서 한 방울까지 깨끗이 마실 줄은 몰랐던 타키나도 기쁨보다 놀라움이 앞섰고, 어안이 벙벙해 그 모습을 지켜볼 수밖에 없었다.

"아~ 덥다~."

이불 옆에 차린 접이식 좌탁 앞에서 치사토는 손을 뒤로 짚고 몸을 뒤로 젖혔다. 목에서 가슴팍까지 땀방울이 흐른다. 이마에도 구슬땀이 맺혀 있었다.

"이러다간 몸이 더 식겠어요. 갈아입을 옷 가져올게요."

"고마워, 타키나. 외박 세트가 있을 거야."

"네. 수건 데워 와서 몸 좀 닦아줄까요?"

"그냥 샤워를 할까."

"방심은 금물이에요. 수건으로 닦으세요."

"네에―."

타키나는 질그릇을 주방으로 치운 뒤 뜨겁게 데운 수건과 새 외박 세트에서 잠옷과 속옷을 챙겨 방으로 돌아와 치사토의 이불 옆에 무릎을 꿇고 앉았다.

"자, 이거죠? 여기 있어요."

"…고마워."

"왜요?"

"아니."

"수건 식으니까 어서 벗고 닦으세요."

"그러니까… 저기, 그렇게 쳐다보면 갈아입기 불편한데….."

"쓰러지면 큰일이잖아요."

"그렇게 중병은 아니거든."

혼자 화장실도 갔다 올 정도니 옷 갈아입은 정도로 쓰러지진 않을 거다.

타키나는 방향을 180도 돌려 치사토에게 등을 보였다.

"이러면 되나요?"

"그래… 알았어."

치사토가 서둘러 옷 갈아입은 느낌을 등으로 느끼면서 무심히 기다리다가 이불 옆에 놔둔 걸 알아보았다.

"복숭아 통조림?"

"아아, 그거? 아까 미즈키가 와서 두고 간 거야. 무슨 80년대냐고. 안 그래?"

치사토가 웃었다.

"기쁘긴 하지만."

치사토가 일어나서 타키나가 나베야키우동을 조리하는 사이에 찾아왔던 거다.

새삼 둘러보니 방 안쪽 벽장문 앞에도 기계 같은 게 놓여 있었다. 소형 가습기가 달린 공기 청정기로 보였다.

"그건 쿠루미가. 어디서 꺼내왔는지 아까 와서 세팅하고 가더라고."

이 방에는 미닫이문이 있는데 그 안쪽이 벽장 겸 쿠루미의 방이다. 치사토를 위해서 그런 것도 있겠지만 자기 몸을 지키기 위해서 그런 건지도 모르겠다.

실내에서 일하는 사람은 전철 등을 타고 출퇴근하는 사람보다 면역력이 약하다는 이야기는 들은 적 있다. 출퇴근할 때 여러 사람과 접촉하는 건 좋은 의미로든 나쁜 의미로든 병원균이나 바이러스에 조금씩 노출되기 때문에 면역에 단련되기 마련인데, 인도어파는 그렇지 않다.

근육과 마찬가지로 아무리 건강하게 살아도 쓰지 않으면 약해지는 게 인간의 몸이다.

하지만 순수하게 치사토를 걱정해서 그런 건지도 모르고… 타키나는 판단이 서지 않았다.

축축하게 젖은 치사토의 잠옷과 속옷, 그리고 다 쓴 수건을 치우고 방으로 돌아오니 치사토는 이불 위에서 스트레칭을 하고 있었다.

"개운해져서―. 옷 갈아입은 김에."

한바탕 몸을 푼 뒤에 머리끈으로 머리를 묶고 재빨리 자진해서 자리에 눕는 걸 치사토에게 타키나가 딱히 할 말은 없었다.

무심코 이런 생각이 들었다―별일이네.

"자, 그럼 난 이제 얌전히 있을게 타키나도 게임 모임 갔다 와. 벌써 시작했지?"

아아, 날 신경 써준 거구나, 타키나는 그렇게 이해했다.

"오늘은 인원이 많으니까 괜찮을 거예요."

"타키나가 즐기고 오라고. 머릿수를 맞추라는 게 아니라. 모처럼 모인 자리잖아."

어떡할까, 타키나가 고민하고 있는데 방문을 노크하는 소리가 들렸다.

네, 하고 치사토가 대답하자 미카가 고개를 들이밀었다.

"잠깐 괜찮아?"

들어오라고 타키나가 권하자 미카가 안으로 들어왔다. 그가 손에 들고 있는 커다란 이케아 봉투는 뭔가가 가득 들어 있었다.

"치사토가 감기 걸린 걸 알고 손님들이 준 거야. 먼저 고토 씨 거."

이케아 봉투에서 나온 건 바나나 한 송이.

평소에도 반듯한 자세로 가죽 재킷을 입고 다니는 등 나이가 느껴지지 않는 사람이긴 했지만 환자에게 주는 간식이 바나나란 점에서 백발인 그가 어떤 인생을 살아왔는지가 느껴졌다.

"그리고 이건 이토 선생님."

만화가인 이토는 이마에 붙이는 냉각 시트였다.

“이거 이토 선생님이 늘 갖고 다니는 건가?”

“마감 때 붙이고 있긴 했죠.”

“가게에 왔다 황급히 갖고 있던 걸 꺼내줬어.”

치사토는 그 선물을 받자마자 봉투를 열고 꺼내 이마에 붙였다.

“그리고 또… 키타무라는 비타민.”

“오오, 좋은데─. 잘 먹겠습니다.”

일주일치 비타민제가 들어 있는 패키지를 열어 한 알을 입에 던져 넣는다.

“이거 어떻게 먹는 건가요?”

“몰라.”

왜 이 사람은 남이 준 약을 조금도 망설이지 않고, 게다가 제대로 알아보지도 않고 입에 넣을 수 있지. 만에 하나 이상한 거라면, 식전에 먹는 거라면… 그런 생각을 하며 타키나는 패키지를 보았다.

내용물을 볼 때 이상한 건 들어 있지 않은 것 같으니 괜찮겠지만… 그래도 조금은 신중했으면 좋겠다.

“야마데라 씨는 젤리 음료 한 상자. 이건 냉장고에 넣어둘까. …그리고 요네오카는 ‘키나코봉’ 3박스.”

“니시지마제과 거다!”

키나코봉은 물엿과 흑설탕을 섞은 것에 콩가루를 묻혀 이쑤시개에 꽂은 전통적인 과자다.

스미다구, 그것도 이곳 카페 리코리코에서도 멀지 않은 긴시초역 근처에 니시지마제과 공방이 있어서 지역민들에겐 친숙한 과자였다.

그 앞만 지나가도 콩가루의 향긋한 냄새가 나서 그때마다 의식하지 않을 수가 없다. 출출할 때는 그대로 공방에 들어가고 싶어질 정도다.

“그런데 4개들이 3박스라니… 양이 엄청나네요. 무엇보다 아파서 누워 있는 사람이 먹기 좋은 음식은 아닌 것 같은데….”

콩가루와 벌꿀, 흑당의 우수한 영양분은 새삼 언급할 필요는 없을 것이다. 하지만 문제는 먹을 때 이불에 콩가루가 떨어진다면… 끔찍한 일이다.

“아아, 미안. 이건 치사토 주라는 게 아니었다. 컴퓨터를 고쳐준 쿠루미한테 사례하는 거였네.”

거칠게 미닫이문이 열렸다. 쿠루미다. 미카는 그쪽으로 세 상자를 던졌고, 그녀는 그걸 깔끔히 캐치한 뒤 거칠게 미닫이문을 닫았다.

세 사람은 몇 초 동안 닫힌 미닫이문을 응시했고….

“…그리고 또—.”

아무 일도 없었다는 듯이 다음 선물로 의식을 돌렸다.

중간에 미즈키가 손님이 추가로 준 선물을 갖고 오기도 해서 어느새 좌탁 위에는 선물이 가득 쌓였다.

미카는 그중에서 차갑게 두는 게 좋은 것만 챙겨 방을 나갔다.

“정말 고마운 일이야.”

치사토는 선물 더미를 향해 손을 모았다.

“나도 뭐라도 챙겨올 걸 그랬네요.”

“무슨 소릴 하는 거야! 간병도 해주고 맛있는 나베야키우동도 만들어 줬잖아!”

“그렇지만.”

“충분하고도 남지! 기뻐! 최고야! 고마워, 타키나.”

“…천만에요.”

타키나는 조금 쑥스러워졌다.

“아, 맞다. 선물 준 사람들한테 고맙다고 인사해야지!”

치사토가 벌떡 일어나는 걸 보고 타키나는 그 잠옷을 움켜쥐었다.

"안 돼요. 민폐예요. 환자는 얌전히 있어요."

"에이~ 잠깐 갔다 올 건데~."

"무엇보다 그 복장을 하고 사람들 앞에 나가게요?"

생얼인 건 둘째치고 지금 치사토는 얇은 잠옷 차림에다 단추도 제대로 채우지 않아 가슴팍이 벌어진 모습이었다. 도저히 남성도 있는, 사람들 앞으로 돌입할 만한 복장은 아니었다.

"하지만 인사를…."

"다 낫고 나서 말하면 되잖아요."

"에이~ 바로 저기 있는데~?"

으음, 치사토가 고민에 빠졌다. 그러다 옷을 갈아입더라도 가겠다고 할 것 같았다. 타키나는 그렇게 되면 뭐라고 부정해야 할지 생각하다가 치사토가 자길 쳐다보고 있는 걸 느꼈다.

"…왜요?"

"그럼 이런 건 어때? 타키나가 날 스마트폰으로 동영상을 찍어서 그걸 보여주는 거야."

스마트폰 사이즈 화면이라면 조금 단정치 못한 모습이라도 큰 문제가 되진 않을 거다.

"그런 거라면… 괜찮을 것 같네요."

"좋았어! 그럼 바로 찍자고!!"

타키나가 스마트폰을 쥐자 치사토가 우뚝 서서 두 손을 주먹 쥐고 허리에 갖다 댔다. 가라테 준비 자세나 응원단의 준비 자세 같았다.

"너무 기합 들어간 거 아닌가요?"

"누워 있는 게 낫나?"

"지나치게 아픈 걸 어필할 필요는 없겠지만, 당장 기합을 내지를 법한 스타일은 아닌 것 같아요."

흐음? 치사토가 잠시 고민하다 잔뜩 쌓인 선물을 배경으로 이불 위에 양반다리를 하고 앉았다.

촬영 개시… 전에 아무래도 신경이 쓰여 일단 스톱한 뒤 타키나는 치사토의 가슴팍으로 손을 뻗어 단추를 채워주었다.

"오, 미안."

"잘 채워야죠. 몸도 식어요. 자, 이제 됐어요."

"땡큐—!"

"촬영할게요?"

"응!"

촬영, 개시.

"여러분—! 선물 감사합니다—! 아, 진짜, 뭐라고 해야 하나, 여러분의 상냥한 마음이 정말 여실하게 밀려와서… 너무 기뻐요! 어서 빨리 최고최강최미소녀인 치사토가 여러분에게 돌아갈 수 있도록 열심히 기운을 차릴게요—! 그러니까 조금만 더 기다려 주세요—! 아, 그리고 오늘 게임 모임은 내 몫까지 즐기고 가주세요! 그럼 니시키기 치사토였습니다—!! 안녕!!"

촬영, 종료.

"그나저나 최미소녀는 뭔가요?"

"세상 제일로 귀엽다는 의미?"

"그런가요."

"그렇습니다. …왜?"

"아뇨. 모르는 단어라서요."

"뉘앙스만 전해지면 돼. 자, 손님들한테 그거 보여주고 와."

"알았어요."

타키나가 일어나 문 쪽으로 몸을 돌렸다.

“…그리고 가서 놀고 와.”

타키나는 치사토를 돌아보았다.

그녀는 얌전히 이부자리로 들어가 어른스러운 미소를 지으며 타키나를 바라보았다.

아아, 타키나는 생각했다. 동영상 촬영은 자신을 게임 모임에 참가하게 만들기 위한 아이디어였구나.

“재미있을 거야.”

기가 막히기도 하고 거기까지 생각해주는 게 기쁘기도 해서… 타키나는 미소를 짓고 말았다.

“알고 있어요. …다녀올게요. 무슨 일 있으면 눈치 보지 말고 편하게 불러요.”

“응.”

어리광을 부리는 것 같으면서 배려해주고 있는… 누가 누굴 돌보는지 알 수 없는 상황이었다.

타키나는 그런 치사토의 특이한 면을 생각하며 스마트폰을 들고 가게로 향했다.

좌석 테이블을 비롯해 가게의 몇몇 장소에서 아날로그 게임이 펼쳐지고 있었는데 마침 게임이 끝난 상황이었는지 다음 게임을 위해 인원 조정을 하고 있었다.

딱 좋은 타이밍이었다.

“여러분, 치사토가 선물에 대해 인사를—.”

가게 안에 있던 사람들이 웃음을 터트린다.

이해가 되지 않아 타키나가 멀뚱히 있는데 고토가 대표하듯 가르쳐 주었다.

“그렇게 큰 소리로 말하면 다 들려!”

가게 안에 다시 웃음이 터진다.

멀리서 "진짜?!" 하는 치사토의 목소리. 정말 큰소리를 내면 가게 안까지 들리나 보다.

그런 치사토의 목소리에 다시 가게가 웃음에 휩싸였다.

―빨리 기운 차려!

―타키나한테 간판 소녀 자리 빼앗긴다!

―필요한 거 있으면 말해, 사갖고 올게!

―너무 영화만 보지 마라!

그런 손님들의 목소리에 "알았어―!" 라고 치사토가 답한다.

새삼 다시 신기한 사람이라는 생각을 했다.

치사토는 리코리스다. 남몰래 악을 없애는 그런 존재.

특히 치사토는 역사상 최강이라 칭송받을 만큼, 어떤 의미에선 리코리스의 정점과도 같은 존재이기까지 하다.

그런데 그녀는 이렇게 시정에 잘 녹아들어 반대로 사람들에게 주목을… 나아가 호감과 사랑을 받고 걱정도 받는다. 그런 존재가 되어 있었다.

그녀는 특별하다. 그 사실이 강하게 느껴졌다.

하지만 그게 리코리스에게 좋은 일인지 나쁜 일인지는 모르겠다.

―내일도 누워 있을 거면 맛있는 거라도 사다줘야겠네.

―뭐가 좋을까―.

―뭘 사지―.

―왜 다들 즐기고 있는 것 같죠.

―그러게, 아하하하.

멀리서 "기대할게요―!" 라는 치사토의 목소리. 누워 있어―, 빨리 나아라― 라고 말하는 손님들.

그리고 가게와 방, 양쪽에서 터지는 커다란 웃음소리.

—자, 그럼 슬슬 다음 세션으로 넘어가 볼까!

—네— 그럽시다—.

—아, 타키나, 여기 끼지 않을래?

—들어와!

"어, 아, 네!"

갑작스런 호명에 타키나는 황급히 테이블로 다가갔다.

그렇게 가게 곳곳에서 게임이 시작되었다.

쿠루미가 한 손에는 카드를 들고 키나코봉을 먹고 있었고, 미카가 커피를 내리기 시작한다.

미즈키와 고토가 카운터 구석에서 술잔을 기울인다.

그리고 타키나는 단골손님들과 함께 주사위를 던졌다.

즐거운 밤이 깊어가고 있었다.

●

이른 아침, 오전 6시 반. 타키나는 동네를 걸어가고 있었다.

어제 치사토가 먹고 싶다고 한 찰팥밥을 사러 새벽에 열린다는 아침 시장을 찾아가고 있는 길이었다.

목적지는 반짝반짝 타치바나 상점가… 였는데 키페 리코리코에서도 타키나의 현 거주지에서도 미묘하게 멀었다.

카페 리코리코는 구 전파탑 남쪽인데, 반짝반짝 타치바나 상점가는 동쪽이다. 편도 3킬로까진 안 된다 해도 2킬로미터는 될 거리였다.

하지만 계절은 아직 봄의 흔적이 진하게 남아있는, 초여름이라 하기엔 주제 넘는 시기. 하늘이 맑아서 걷기에 더할 나위 없이 좋았기에 긴 여정도 크게 힘들지 않았다.

특히 최단거리를 선택한 덕분에 평소 같았으면 지나지 않았을 골목을 이용하게 됐는데 그게 또 좋았다.

딱히 뭐가 있는 건 아닌, 아직 영업을 하는지 문을 닫은 건지 애매한 개인이 운영하는 오래된 가게를 종종 발견하는 게 전부인 그런 길.

그런 곳에 긴 검은 머리와 리코리스 제복 치마를 흩날리며 이른 아침 공기 속으로 로퍼를 신은 발로 리드미컬한 발소리를 울리고 있다.

그렇게 걸어가던 타키나는 아주 당연한 일인 것처럼… 길을 잃었다.

꺾어야 할 길을 잘못 들은 것 같았다. 예정대로라면 똑바로 나 있어야 할 길이 구불구불했다.

오래된 길이 그대로 남아 있어 이 부근은 조금 길이 복잡했다.

타키나는 스마트폰으로 위치를 확인하고 크게 벗어난 건 아닌 걸 보고 그대로 걸어가기로 했다.

그러자 신기한 공원 앞에 도착하게 되었다.

"이거, 괜찮은 걸까요…?"

누가 있는 건 아니었지만 타키나는 그걸 올려다보며 무심코 그렇게 중얼거렸다.

널찍한 공원 중앙에 자리한 거대한 미끄럼틀.

콘크리트로 된 거대한 스테이지 형태의 토대가 있고 그 위에 철골이 짜맞춰져 있다.

그 꼭대기는 10미터는 족히 될 법한 높이였는데, 거기서부터 지면을 향해 적당한 급경사를 그리며 은색 미끄럼틀이 뻗어 있었다.

10미터라면 맨션이나 아파트 3층과 같은 높이다. 타키나가 볼 때 주변에 있는 주택 지붕보다 높아 보였다. 위로 올라가면 구 전파탑도 잘 보이고 경치가 제법 좋을 것 같지만… 동시에 공포심도 싹트기에 충분한 높이다.

지금 이것과 같은 걸 만들려 해도 안전상의 우려로 어려울 거다. 규칙이 느슨했던 시대의 산물일 거라고 타키나는 생각했다.

하지만 대단하게도 '낡았다'는 인상은 전혀 없었다. 아이들이 지금도 놀고 있고, 어른들이 잘 관리하고 있는 증거로 보였다.

그래서 굉장히 높다는 생각은 들어도 위험하다는 인상은 약했다.

치사토였다면 치마를 입었든 어쨌든 일단 한 번 타고 내려왔을 거다.

"뭐, 나는 안 그럴 거지만요."

타키나는 코웃음을 친 뒤 그곳—'쿄우지마 공원'을 뒤로했다.

그렇게 다른 길로 새면서 주택가를 빠져나온 타키나는 마침내 반짝반짝 타치바나 상점가라는 글자를 발견했다. 전봇대에 현수막이 걸려 있었다.

그 문자를 쫓아 움직이자 타마루 신사라는 곳에 도착하게 되었다.

반은 공원과 한 몸이 된 그곳은 행운이 고인다, 재물이 고인다는 의미에서 타마루 신사라 불리는 것 같았다(주3). 기왕 온 김에 합장을 해 기도를 올렸다.

이른 아침에 신성한 곳을 찾는 신심 깊은 사람은 아니었지만 신기하게 기분이 좋았다.

그런 다음 타키나는 신사를 떠나 반짝반짝 타치바나 상점가를 북상하듯 나아갔다.

차가 스쳐 지나갈 듯한, 그러면서도 딱히 좁다는 인상도 안 드는 신비한 번화가 거리. 실제로 가로등에는 '활기차고 인정 많은 반짝반짝 타치바나'라는 간판이 걸려 있었다. 무척 밝은 색감의 간판으로 상점가 이름을 강하게 내세우는 데에서 간사이의 냄새가 느껴졌다.

주3) 일본어로 '타마루'는 '모이다' '고이다'라는 뜻.

그런 상점가는 아침 시장이라곤 해도 모든 점포가 영업하는 건 아닌 것 같았지만 그래도 사람도 제법 있었고 호객하는 노점도 있었다.

따뜻한 국물을 파는 노점에 낚일 뻔하기도 했지만, 이미 어젯밤에 남은 육수를 이용해 국을 만들어놓고 나왔다. 이번엔 포기하자. 타키나는 시선을 돌렸다.

이번 목표는 찰팥밥이다. 다른 건 필요 없다… 아마도.

하지만 치사토라면 집에 국이 있다고 해도 일기일회(주4)라는 이해할 수 없는 소리를 하며 사들였을시도 모르겠다.

찰팥밥은 치사토를 위해 사는 건데, 그렇다면 이것도 사야 하나…?

타키나는 노점을 지난 뒤에도 잠시 고민했지만, 뚜껑이 있다 해도 국물을 갖고 편도 2킬로미터 이상을 걸어 돌아가긴 힘들다는 결론을 내리고 깨끗이 잊기로 했다.

치사토만 아니라면 조금 전에 본 신사 옆에 있던 벤치에 앉아 먹는 것도 나쁘지 않을 것 같다.

"어쨌든 오늘은 아니야…."

약간 미련이 남았지만 타키나는 계속해서 북상했다.

그러자 반짝반짝 타치바나 상점가 북쪽 끝 부근에 줄이 늘어선 것이 보였다… 저기다.

전통 과자 가게인 '사가미안'. 줄은 북쪽으로 뻗어 있었기에 타키나는 가게 앞을 통과하면서 안을 살펴보았다.

크고 작은 두 종류의 찰팥밥, 둘 다 싸다… 게다가 김이 피어오르는 것이 한눈에 갓 찧어낸 걸 알 수 있었다. 따끈따끈하다.

"우와아."

본능적으로 소리가 나오고 침이 꼴깍 넘어갔다.

옛날부터 찰밥을 제일 잘 다루는 건 전통 과자 가게라는 말이 있었고, 일설에 따르면 찰팥밥은 과자의 부류에 들어간다고 수업 때 배운 기억도 있다.

게다가 그걸 갓 찧었다면… 틀림없이 맛있을 거다.

가게 앞을 지나가는 것만으로도 타키나는 그렇게 확신할 수 있었다.

줄을 서자 앞에 있던 노신사가 타키나를 슬쩍 쳐다보았다. 일요일 이른 아침에 찰팥밥을 사려고 줄 서는 제복 차림의 여자아이가 신기한가 보다.

“…네가 먹으려고?”

조용한 질문에 타키나는 가볍게 고개를 저었다.

“아뇨, 아파서 누워 있는 친구가 먹고 싶다고 해서요.”

“그래. 여기 건 맛있지. 큰 걸 사도록 해. 금방 다 먹으니까.”

사이즈는 2개였는데 큰 건 제법 양이 됐다.

치사토만 먹을 거면 작은 것도 괜찮지 않나… 싶었지만 조금 전에 자신이 확신했던 걸 떠올리니 큰 걸 사는 게 좋을 것 같았다. 나도 조금은 먹고 싶으니까.

“그렇게 할게요.”

그러자 노신사는 싱긋 웃고선 다시 앞을 보았다.

그 후, 노신사 차례가 되자 그는 커다란 팩을 두 개 샀다. 반지를 끼고 있는 걸 봐선 부인 것일지도 몰랐다.

마침내 타키나의 차례.

눈앞에 갓 찧은 찰팥밥… 이 자리하자 타키나는 절로 군침을 삼켰다.

크기를 묻는다.

“어, 큰 걸로요. …아, 두, 두 개 주세요.”

타키나 자신도 이해할 수 없었지만 두 개를 주문하고 말았다.

노신사가 그래서 그런 것도 있지만 여기까지 힘들여 왔으니까 하나만 사긴 아까운 마음도 들었다. 그리고 가게에 두면 나중에 올 미카나 미즈키, 쿠루미가 먹을지도 모르고. 문제될 건 없을 거다.

투명한 팩에 찰팥밥이 가득 담기고 거기에 숟가락으로 깨소금을 살살 뿌린 뒤 뚜껑을 닫고 고무줄로 고정한다. 이게 2개.

"고맙습니다. …아."

봉투에 넣어준 찰팥밥 2개를 받아들자 따뜻한 온기가 손으로 전해졌다. 따뜻하다기보다는 뜨겁다는 표현이 더 잘 맞을 것 같은 온도였다.

이거 분명히 치사토가 좋아하겠는데. 뜨거울 때 먹여줘야지… 아니, 내가 빨리 먹고 싶다.

그런 생각으로 타키나는 서둘러 귀로에 올랐다.

도중에 스마트폰이 울렸다. 치사토가 일어났다는 의미로 스티커를 보냈다.

금방 갈 테니까 준비하고 있어요.

그렇게 메시지를 보낸 뒤 타키나는 잰걸음으로 카페 리코리코로 향했다. 식기 전에 도착할 수 있을 거다.

배가 고파왔다. 왠지 즐거운 기분도 들기 시작했다.

아직 먹기도 전인데 오길 잘했다고, 타키나는 속으로 중얼거렸다.

●

온도는 식사의 생명이다, 그렇게 말한 건 북국의 작가였었나.

지금 찰팥밥은 바로 그 말에 딱 어울렸다. 전자레인지로 데우는 야만스러운 짓은 하고 싶지 않았다.

타키나는 카페 리코리코에 도착하자마자 재빨리 손을 씻고 주걱으로 팩에서 찰팥밥을 나눠 펐다.

가게에서 잔 치사토도 일어나자마자 타키나가 어제 준비해 둔 국을
데워둔 덕에 바로 식사를 할 수 있었다.

"우와— 진짜 반짝반짝 타치바나 상점가의 찰팥밥이다! 오랜만이네!
고마워, 타키나—!"

"천만에요. 자, 어서 먹어요."

가게의 야트막한 좌식 테이블에 앉아 먹기로 했다.

치사토와 타키나는 마주 보고 앉아 손을 모았다. —잘 먹겠습니다.

먼저, 타키나는 국을 들었다.

어제 만든 우동 육수 남은 것에 밑준비를 해둔 당근과 무를 넣고 끓
인 것이었다. 하룻밤 놔둔 덕에 무와 당근에 맛이 배어 진한 육수의 맛
과 잘 어울렸다.

그럼, 입과 젓가락을 적신 뒤… 타키나는 찰팥밥으로 향했다.

아직 충분히 따뜻했다.

젓가락으로 뜬다. 일반 밥보다 강한 감촉이 손으로 전해진다.

팥의 색미가 물든 찰밥… 단지 그것뿐일 텐데 왜 이렇게 끌리는 걸
까.

게다가 아침부터 찰팥밥이라니… 뭔가 특별한 느낌이었다.

기대가 더욱 커진다.

만감이 섞인 마음으로 입으로.

먹는다. 따뜻한, 그리고 쫄깃한 식감.

제일 먼저 오는 건 위에 뿌린 검은깨의 향긋함과 은은한 소금 맛. 팥
의 폭신폭신함…. 그걸 씹다 보면 서서히 단맛이 배어 나오고 향긋한
감칠맛이 돌고 코에서 웃음기 섞인 한숨이 새어 나온다.

마지막으로 목을 통과하면 답례를 하듯 절로 소리가 나온다.

"…맛있어."

그건 타키나의 의사와는 상관없이 생겨난 말이기도 했다.

확신한 그대로의 맛이었다. 아니, 그보다 더할지도 모르겠다.

"으음—! 이거지, 이 맛~! 역시 맛있어~!"

젓가락을 움켜쥐며 치사토가 신음한다.

그 모습에 타키나도 왠지 기분이 좋아졌다.

"타키나, 고마워!! 꽤 멀었지?"

"아뇨, 산책하는 것 같아서 기분 좋았어요. 배 꺼트리기에도 딱 좋았고요."

그렇다, 이 찰팥밥은 맛있다. 그건 확실하다.

하지만 아침 산책 같은 아침 시장으로의 여정과 귀로가 그걸 한층 더 돋보이게 해주고 있었다.

아마 치사토보다 내가 더 맛을 느끼고 있을 거다.

그렇게 생각하니 재미있었다.

"그러고 보니 길을 잘못 들어서… 엄청난 미끄럼틀이 있는 공원에 갔었어요."

"거기! 생선가게 앞에 있는 공원!"

"아아, 그러고 보니 그런 게 있었네요."

"거기 미끄럼틀 어때? 꽤 무섭지?"

"그걸 왜 타요."

"…어?"

국과 찰팥밥, 그리고 두 사람의 끊이지 않는 대화.

그게 오늘의 아침 식사다.

역시 오래 살아서 그럴까. 치사토는 그 상점가에 예전에 있었던, 지금은 없어진 케이크 가게의 추억을 꺼내기도 하며 이야기를 멈추지 않는다.

동네 가게라곤 믿어지지 않는, 프랑스가 연상되는 맛있는 케이크였다느니, 그 케이크 가게의 크루아상이 정말 끝내줬다느니 등등….

타키나도 길에서 봤던 것들을 이야기한다. 그러자 치사토도 모르는 게 있기도 해 이야기는 멈출 줄 몰랐다.

입은 말로 가득 채워져 있었는데 어느새 찰팥밥은 국과 함께 마법처럼 사라져 버렸다.

"아아, 벌써 다 먹었네ㅡ. 너무 금방 사라졌어ㅡ."

"생각보다 맛있었네요."

"그치ㅡ?"

"많을 줄 알았는데 전혀 그렇지 않았어요."

"그러니까ㅡ."

치사토가 가게 카운터를 슥 쳐다본다. 타키나도 그 뒤를 따라가 보니 … 그곳에는 남은 한 팩의 찰팥밥이.

치사토와 타키나는 찰팥밥에서 서로에게로 시선을 옮기곤 묘한 웃음을 짓는다.

"아무래도 좀… 그렇지?"

"과식이에요, 치사토. 아직 제 컨디션도 아닌데…"

"맞아ㅡ."

"네."

서로를 쳐다보며 묘한 침묵이 흐른다.

상대방이 '저것도 먹어버리자'고 제안해주길 기다리는 노골적인 침묵이었다.

그런 생각을 갖게 된 것, 그리고 그걸 서로 알아차리고 있다는 걸 눈치채고 부끄러워져서 타키나는 억지로 화제를 바꾸었다.

"아, 맞다. 치사토, 지금 체온은 어때요?"

"응—? 글쎄?"

"재볼까요. 체온계 저기 있었죠?"

타키나와 치사토는 잘 먹었습니다, 하고 손을 모아 인사한 뒤 함께 방으로 갔다.

타키나는 흐트러진 이불을 바로 정리해 치사토를 앉힌 다음 옆에 떨어져 있는 체온계를 주워 건넸다.

치사토가 옆구리에 끼는 걸 지켜본 뒤 타키나는 자리에서 일어났다.

"설거지하고 있을 테니까 소리 나면 말해줘요."

"아침 시장에 가서 장도 보고 뒷정리까지 해주다니 나 완전 호강하네."

"어서 몸이나 좋아져요. 다들 걱정하고 있다고요."

"기쁘네—. …아… 이러면 하루 더 누워 있을까—."

"바보 같은 소리 하지 마요."

이불 위에 양반다리를 하고 앉은 치사토는 쑥스럽게 웃고 있었다.

"그치만~ 아니, 왜—. 누가 걱정해주면… 기쁘잖아?"

그럴지도 모르겠다.

그럴지도 모르지만… 난 누군가가 걱정해주는 사람이 아니기 때문에 잘 모르겠다. 누가 걱정해주고 거기에 의지한다는 건 특별한 인간관계를 가진 사람… 그야말로 특별한 인간만의 특권이지 않을까.

그리고 그런 인간일수록 난 평범하다, 다른 사람들하고 똑같다고 생각하곤 한다.

하지만 그런 말을 해봤자 의미가 없다.

특별한 인간은 평범한 사람의 마음을 이해하지 못하니까.

"…어쨌든요. 스파이스 카페, 거기 같이 가자면서요?"

"아, 맞다!"

“그럼 빨리 나아요.”

타키나는 그렇게 말하고서 방에서 나왔다.

“…그러고 보니….”

오늘 타키나는 반짝반짝 타치바나 상점가로 가던 도중에 스파이스 카페에 대해서도 조사했었다.

의외로 이 둘은 근처에 있어서 스파이스 카페에 가려면 차라리 산책을 겸해 대낮의 반짝반짝 타치바나 상점가까지 가보는 것도 괜찮을 것 같았다.

그래, 그러는 게 좋겠다. 기왕에 갈 거면 시간 낭비 할 거 없이 같이 구경해야지. 이른 아침 혼자서 돌아다닌 것도 즐거웠으니까 치사토와 함께 가면 더—.

타키나는 그 제안을 하기 위해 몸을 돌려 방금 나온 방문을 열었다.

“치사토, 지금 생각했는데요.”

“에잇에잇에잇에잇에잇.”

방에서 치사토가 열심히 체온계를 문지르고 있는데… 이건 뭐지?

타키나는 제일 먼저 순수하게 그런 의문을 품었다.

“…치사토, 뭐 하고 있어요?”

“어?!”

깜짝 놀라 고개를 드는 치사토.

그 ‘큰일 났다’는 표정 하나만으로… 타키나는 모든 것을 알아차릴 수 있었다.

●

“정말 방심할 수 없는 녀석이네—.”

카운터석에서 미즈키가 기가 막힌다는 듯 웃으며 카페 리코리코의 이용객 수가 절정을 맞이하고 있는 실내를 뛰어다니는 치사토를 쳐다보았다.

"그러게나 말이에요."

타키나도 허리를 짚고서 화가 나는 걸 감추지도 않고 목소리에 그대로 실었다.

자백한 바에 따르면 어젯밤에 잠깐 자다 우동을 먹고 난 뒤부터 이미 열은 다 내려왔고 컨디션도 좋아졌었다고 한다.

"뭐야~ 거기 두 사람도 일 좀 해~. 나도 병석에서 벗어난 지 얼마 안 된 몸이라고~."

치사토가 불만을 표했지만 상대해주는 사람은 아무도 없었다.

타키나도 무슨 소릴 하냐고 어이없어하기만 했다.

어젯밤에 자기 컨디션이 회복됐다고 확신한 치사토는 모두 집으로 돌아간 뒤에 쿠루미와 함께 키나코봉을 먹으며 아침까지 게임을 하며 놀았다는 자백까지 한 상황이었으니까.

타키나가 혹시 몰라 가게에 남아 간병하겠다고 몇 번을 제안했지만 치사토가 완고하게 거절한 건 그렇게 되면 잠자는 것을 지켜봤을 테니 어떻게든 돌려보내고 몰래 놀고 싶어서 그랬던 거라 생각하니… 화가 날 만도 하지 않은가 말이다.

물론 그건 지나친 생각일 수도 있었다.

치사토는 타키나를 걱정해서… 죄책감 때문에 타키나를 남겨두는 건 좀… 이라고 했지만, 진의는 치사토 본인만 알 것이다.

어쨌든 치사토가 타키나를 속인 건 틀림없는 사실이었기에 화낼 권리는 분명히 있었다. 적어도 타키나는 그렇게 생각했다.

참고로 치사토가 꾀병을 부리려고 한 이유는 결국 어젯밤에도 잠을 안 자서 그럼 하루만 더 누워 지낼까, 라는 것이었다.

"죄송합니다아~. 반성하고 있어요오~."

치사토가 카운터로 와선 적반하장으로 뽀로통한 표정을 지었지만, 상대해주는 사람은 아무도… 아니, 있었다.

"다들 치사토도 이렇게 말하는데 그만…."

주방에서 나온 미카가 쓴웃음을 짓고 있었다.

"그럴 수는 없죠. …몸과 마음이 잘 단련된 리코리스가 감기에 걸린다는 것 자체가 느슨해졌다는 증거예요."

말 잘하네, 하고 미즈키가 웃는다.

치사토가 입술을 삐죽거리며 투덜거린다.

스파르타키나, 라고.

"…그게 뭐죠?"

"아무것도 아냐."

"잘 들어요. 애초에 평소에 제대로 된 생활을 할 생각을 안 하니까 컨디션이 무너지는 거라고요. 일 때문에 밤새는 거야 어쩔 수 없지만 자기 관리도 제대로 안 하고 왜 그대로 영화관엘 가는… 콜록!"

치사토도 미즈키도, 그리고 미카도 기침을 터트린 타키나를 주목했다.

"…어?"

타키나는 반사적으로 목을 짚었다. 묘한 위화감이….

화나서 그런 줄 알았는데 몸도 조금 열이 있는 것 같기도 하고….

"…아, 아니, 저기, 이건… 콜록! …어…?"

하아―. 미즈키가 긴 한숨을 내쉰다.

"둘 다 아주 빠졌구만, 빠졌어."

■ 제4화 『One's duties』

리코리스.

꽃의 이름이자 이 나라의 평화를 지키기 위해 은밀하게 활동하는 소녀들을 지칭하는 단어다.

그런 리코리스의 최상위 클래스는 '붉은색'을 걸치는 퍼스트 리코리스다.

하지만 그렇다고 퍼스트가 리코리스의 주력이라는 의미는 아니다.

왜냐하면 퍼스트 리코리스에게 요구되는 능력은 매우 높기 때문에 과거를 봐도 정규로 인정받은 수는 지극히 일부에 불과하며 전국 각지에 널리 흩어져 활동하는 리코리스에게 그 적은 수가 주력이 된다는 건 불가능한 일이기 때문이었다.

범죄자, 또는 그와 비슷한 국가의 평화를 위협할 우려가 있는 자들을 은밀히 없애는 리코리스라는 존재, 그 활동에 있어 가장 큰 주력이 되는 건 '흰색'을 걸치는 서드 리코리스다.

서드는 개인의 실력에선 미숙하다 할 수 있지만, 그래도 리코리스의 특징이자 최대의 무기를 가지고 있어 총기를 최소한도로 다룰 줄 아는 기량만 있으면 충분한 백업을 받으며 이뤄지는 업무라면 충분히 완수할 수 있다.

실질적으로 수가 많은 만큼 어느 정도 소모가 된다 해도 리코리스를 통괄하는 조직—DA에 대미지는 경미하기 때문에 비교적 쉽게 이용되는 경우도 많으며 그 결과 활동 공적도 그에 비례하게 된다.

또한 세컨드는 그 이름처럼 퍼스트와 서드의 중간에 위치하는데 그 수와 능력도 마찬가지다. 하지만 어려운 조건 속에서 수행하는 임무가 늘어나는 도시부에 한해서 보자면 서드보다 주력이라 부르기에 걸맞은 수와 능력과 실적을 갖고 있었다.

당연히 이러한 클래스는 그 능력에 따라 시험 등을 통해 위로 올라가게 되는데 여기에 리코리스의 가장 큰 특징이자 가장 큰 문제가 있다.

―리코리스는 어디까지나 '소녀의 모습'을 하고 있어야 한다.

나약하고 무해하고 보호받아야 할 존재.

그리고 그 점을 강조해 도시에 녹아드는 위장 효과를 가지는 교복.

그것이 그녀들의 가장 큰 무기이자 스스로를 보호하는 최대의 방패였다.

그렇기 때문에 무장은 권총 정도의 최소한으로 이뤄지고, 방어구로는 방인·간이 방탄 정도의 내구성이 고작인 얇은 천으로 만든 옷―추가한다면 전투 시에 유리하게 움직이는 건 절대로 불가능한 치마를 굳이 입고 있는 것도 그런 이유에서이다.

모든 것은 '위협적이지 않다'라고 적극적으로 어필해 상대의 경계심에서 벗어나기 위한 전략이다.

하지만 이게 승급이라는 의미에 있어서는 가장 큰 족쇄가 되기도 한다.

그녀들에게는 단련에 쏟아부을 시간이 짧은 데다 과도한 단련도 마이너스가 될 수 있기 때문이다.

소녀의 모습으로 있을 수 있는 기간은 불과 십여 년.

철이 들고 본격적인 훈련에 매진할 수 있는 건 그보다 더 짧아 10년이 채 안 된다. 몸이 어느 정도 완성된 뒤에 좀 더 실전과 비슷한 훈련을 하는 걸로 치면 고작 몇 년이다.

그러면서 일본인으로서 필요한 상식과 학력, 도시에 융화되기 위해 필요한 시대에 걸맞은 젊은이다운 행동·지식, 그리고 당연히 리코리스로서 필요한 고도의 기술을 익혀야 하면서도 보는 이를 압도하지 않는 체형을 유지해야만 한다.

서드가 주력이 될 수 있는 건 비교적 짧은 훈련을 받고 현장에 투입할 수 있다는 것에 더해 그 연령은 퍼스트 및 세컨드보다 평균적으로 어려 다소 미숙한 점이 있다 해도 리코리스의 가장 큰 무기—소녀의 모습은 다른 클래스보다 효과적인 경우가 많기 때문이다.

손이 작고 체중과 근력이 부족하기 때문에 리코리스의 표준 탄환인 45구경은 물론, 탄두 중량을 늘린 서브 소닉탄인 9밀리 패러벨럼조차도 반동 컨트롤 난제 등의 문제가 많았지만, 그래도 초탄으로 끝낼 수만 있다면 아무 문제될 건 없었다.

절대로 급소를 놓치지 않는 거리에서의 일격… 그렇게 임무를 해낸다.

리코리스의 역사 속에서 여러 사람들 가운데 호위에 둘러싸인 중요 인물 암살과 같은 고난도 임무를 해낸 서드가 종종 존재하는 건 이런 이유에서였다.

그렇기 때문에 서드야말로 리코리스라는 생각을 가진 사람도 적지 않았다.

하지만 리코리스인 소녀들 입장에선 하나같이 퍼스트야말로 리코리스의 상징—또는 리코리스의 이상향이라고 입을 모을 것이다.

가련한 소녀의 모습을 하면서도 일방적인 사격을 통한 암살만이 아니라 최소한의 장비로 전면전까지 해치울 수 있는 압도적인 실력과 지식을 가진 모순된 완전한 존재… 그것이 퍼스트 리코리스다.

하지만 그런 퍼스트 리코리스의 힘이 요구되는 상황은 생각보다 적어, 그 업무의 대부분은 서드와 세컨드가 임무를 수행할 때 감독하는 것이 고작이다.

희귀한 퍼스트 리코리스 중 한 명인 하루카와 후키의 그날의 임무도 그 예에서 벗어나지 않았다.

—일어날 리가 없는 총성이 울리는 그 순간까지는.

●

여전히 지루한 임무였다.

심야 2시 40분, 도쿄 구석에 있는 시골.

적당히 넓긴 해도 놀이도구고 뭐고 모든 것이 삭아가는 공원 한쪽의 구석진 어둠 속에서 하루카와 후키와 파트너가 된 지 얼마 안 되는 세컨드 사쿠라는 가끔 날아오는 모기를 쫓는 게 전부인 시간을 보내고 있었다.

"왠지… 후키 선배와 팀을 이룬 뒤로 임무 기회가 준 것 같네요."

"그렇겠지."

사쿠라는 그 자리에 쭈그리고 앉아 신음했다.

짙은 남색 세컨드 제복은 전통적인 일본의 교복과 같은 색 배합이었지만 밤의 어둠에 잘 녹아들어 교복이라는 도시 위장에 더해 야간 위장 효과도 더하고 있었다.

하지만 사쿠라는 그 과하게 특징적인 투블럭 스타일 때문에 위장 효과는 없는 거나 매한가지였다.

무엇보다 사쿠라는 체력이 좋고 15살치고는 골격이 현격하게 자리잡혀 있어 자칫하면 경계의 대상이 될 수 있었다. 작은 몸집의 후키와 같이 서면 그런 점이 더욱 두드러졌다.

그래도 그런 체격을 감추기 위해서인지 사쿠라의 교복은 정사이즈가 아닌 한 사이즈 큰 걸 입고 있었지만… 그게 얼마나 효과가 있을지 후키로선 알 수 없었다.

단지 앞으로 커질 걸 예상한 사이즈인지도 몰랐다.

"난… 본점이라고 해야 하나, 대도시 도쿄라면 좀 더 매일 총격이 벌어질 줄 알았거든요….”

"네가 있던 홋카이도에 비하면 일은 많아. 하지만 그만큼 리코리스도 많지. ……그리고 무엇보다 나와 팀을 이룬 이상 어쩔 수 없는 일이야.”

"보통은 반대 아닌가요! 퍼스트 선배와 팀을 이루면 좀 더 위험한 놈들이랑 탕탕탕 해야 하는 거 아니에요?!”

사쿠라와 팀을 이룬 지 얼마 되진 않았다. 하지만 그녀의 능력은 프로필 이상이라는 것을 후키는 이미 파악하고 있었다.

스마트한 임무보다 요란한 일을 좋아한다.

물론 깔끔한 임무도 충분히 진행 가능하지만 아무리 해도 그녀에겐 부족했다.

능력이 높기 때문이다.

사쿠라의 손은 비교적 크고 손가락도 길다. 어린 나이에 큰 총을 다뤄야 하는 리코리스에게 그것만으로도 상당한 어드밴티지라 할 수 있었고 사격 실력도—후키의 전 파트너보단 못 하지만—상당했다.

그리고 홋카이도의 대자연에서 키워진 건지 아닌지 알 수 없었지만 높은 기초 체력과 개와 같은 액티브한 성격, 리코리스의 암살 임무보다는 전투에 더 어울렸다.

그렇기 때문에 그녀가 자기 파트너로 배당된 거겠지. 후키는 그렇게 이해했다.

퍼스트로서의 활약이 기대되는 상황이 벌어졌을 때, 생긴 것처럼 빈약한 리코리스는 후키에게 짐만 된다.

퍼스트의 파트너는 그게 비록 세컨드라 해도 싸울 수 있는 리코리스여야 한다.

"우리가 일할 때는 대개가 위험한 상황이야. 일이 없다는 건 임무가 잘 진행되고 있다는 증거다. 좋게 생각해."

"그치만 나설 차례가 없으면 공을 쌓을 수가 없잖아요~."

"평소 업무할 때 사격 맡기고 있잖아."

"그거야 누구나 할 수 있는 거 아닙니까. 난요 다른 누구도 못 할 그런 일을…."

"조직에선 당연한 걸 당연하게 해내는 녀석을 가장 원한다."

"그걸 세간에선 범용이라…."

"생각보다 못 하는 놈이 많아."

후키는 팔짱을 꼬고 밤하늘을 향해 한숨을 내쉬었다. 예전 파트너도 그랬다고 생각하면서.

지시를 받아도 안 하거나 하지 못하거나 쓸데없는 짓을 하는… 그런 인간은 조직에 해악이 될 수 있다. 하지만 그런 인간은 생각보다 흔하다.

그런 점에 있어서 사쿠라는 불만을 가져도 명령에는 충실히 따른다. 그런 면이 그녀의 실력 이상으로 후키의 마음에 들었다. 자기 멋대로 구는 놈이 제일 짜증 나는 법이다.

모든 건 임무. 담담하게 처리하면 되지 거기에 개인의 감정이나 쓸데없는 생각을 섞어선 안 된다. 적어도 후키는 그렇게 생각했다.

"결국… 오늘 밤도 이대로 끝날 것 같네요."

헤드셋에서 서드들의 보고와 사령부의 지시가 들려왔다.

임무는 착실하게 아무 특이 사항 없이 실행되고 있는 것 같았다.

이번 임무는 개조한 수렵용 산탄총과 산탄총에 사용되는 쇼트 셸을 이용한 자작 단식 권총을 소지한 남자를 처리하는 것이었다.

그 말만 들으면 매우 위험한 인물 같지만 실제로는 산에 들어가 엽총으로 그런 것들을 이용하던 남자에 불과하다.

사냥꾼으로는 10년이 넘는 경력을 갖고 있었다. 주위에선 "라이플, 최소한 사보탄을 쓸 수 있는 하프 라이플총을 써라"는 말을 자주 듣기도 했다는데 그는 굳이 산탄총의 슬러그탄을 이용해 단독으로 곰 사냥을 즐기는 별난 사람이었다.

법률을 위반한 총을 사용하긴 해도 사건을 일으킬 타입은 아니라고 간주해 오랫동안 DA의 감시하에 놓여 있었고, 만약 그가 어떤 사상에 경도되어 총구를 인간에게로 돌린다면…, 아니, 그럴 가능성이 높아진다면 그때 바로 리코리스가 움직이기로 되어 있었다.

그런 그가 무슨 생각인지 갑자기 개조 총과 자작 총을 갖고 거주하고 있던 사이타마현에서 도쿄 구석, 그것도 사냥이 허락되지 않은 곳으로 향했다.

그래서 다른 임무를 맡고 있던 후키와 사쿠라, 그리고 이름도 모르는 서드 두 명이 긴급하게 출동해 이 시골 구석으로 오게 된 것이었다.

목표 차량은 지금 후키가 있는 곳에서 5백 미터 정도 떨어진 주차장 안에 시동을 끈 상태로 정차해 있었다.

하지만 영업하는 유료 주차장이 아니라 벌써 몇 년 전에 폐허가 된 공공시설의 주차장이었다. 아스팔트는 곳곳이 깨지고 잡초가 무성했으며, 입구도 출입금지 테이프가 쳐져 있고 낡은 삼각 콘이 세워진 그런 곳이었다.

비슷하게 황폐해진 걸로 봐선 두 사람이 있는 공원도 시설의 일부였던 것으로 짐작됐다.

주변 일대는 짙게 우거진 나무가 시설을 에워싸고 있었고, 그 너머에는 밭과 비닐하우스가 펼쳐진, '뭔가'를 하기엔 더할 나위 없는 그런 구역이었다.

평범하게 생각한다면 시험 사격이다. 하지만 산과 숲에서 사냥에 사용하는 총을 굳이 시내로 가져와 무수한 위험부담을 지면서까지 이제 와서 시험 사격을 한다는 건 위화감이 드는 일이었다.

그래서 사령부는 누군가의 살해 또는 뭔가를 파괴하기 위해, 혹은 개조 총을 밀매하기 위해 움직인 게 아니냐고 보고 대응에 나서게 되었다.

그렇기 때문에 사령부는 두 사람을 주차장 입구가 보이는 옆 공원에 배치했고, 사냥꾼의 처리 자체는 서드에게 맡긴 걸 거다.

시동도 라이트도 끈 차 안에 진치고 있는 사냥꾼을 기습하는 건 서드 리코리스도 할 수 있었지만, 매매와 같은 목적으로 찾아올지 모르는 차량의 처리, 즉 경계하며 주행하는 차를 습격하는 건 서드에겐 버거운 일이다.

사령부에서 통신이 들어왔다. 목소리는 오퍼레이터가 아닌 쿠스노키 사령관 본인이었다.

『자기 위치로. 상대의 사격을 허락하지 마라. 차 안에 있을 때 처리해. 완료하면 시체와 함께 레커로 견인하고 싶으니까.』

재빨리 서드가 응답했다.

"사령부, 우린?"

후키의 질문에는 오퍼레이터가 응했다.

『그쪽으로 가고 있는 차량은 현재 확인되지 않고 있습니다.』

그러니까 주차장 입구를 감시해봤자 건질 게 없다는 말이다.

"라저. 그럼 서드를 백업할 수 있는 위치로 이동하겠습니다."

『허가한다.』

이번엔 쿠스노키 사령관이었다.

무턱대고 오퍼레이터를 부리지 않는 게 쿠스노키 사령관다웠다. 그녀는 말 전하기 게임과 같은 헛수고를 혐오한다.

후키는 사쿠라를 슬쩍 보며 신호를 보낸 뒤 이동에 나섰다.

어딜 걸어도 볼 사람은 없겠지만 그래도 일단 공원 내의 은폐물을 이용해 이동해 주차장 입구 근처에 세워져 있는 낡은 간판 뒤로 향했다.

고개를 내밀어 상황을 살피니 주변에 가로등은 하나도 없었지만 달빛만으로도 대충 상황을 파악할 수 있었다.

주차장에 정차한 사냥꾼의 차량, 그 프런트 부분이 희미하게 보였다. 백 미터도 안 되는 거리다.

지극히 평범한, 낡은 경자동차 짐니. 타이어와 서스펜션을 볼 때 엄청나게 무게를 늘린 방탄 사양도 아닌 것 같았다.

그런 짐니는 폐허 시설을 뒤로 두 사람—주차장 입구를 향해 세워져 있었다.

주차장으로 진입한 뒤에 방향을 돌려 세운 걸까?

왜? 후키의 머리에 의문이 생겼다. 굳이 입구 쪽으로 차량을 세운 이유는 뭘까.

돌아갈 때 나가기 편하려고? 이 널찍한 주차장에 달랑 한 대인데?

아니, 어차피 돌아갈 때 핸들을 꺾어 크게 돌 거면 미리 차 방향을 바꿔놓아도 수고로운 건 똑같다. 그럼 역시 의미가 없는 행동인가.

아아, 사쿠라가 소리를 냈다. 그녀는 밤엔 별 의미도 없을 텐데 대낮에 먼 곳을 볼 때처럼 손바닥으로 눈 위를 가린 채 뭔가를 주시하고 있었다.

"조심하는 게 좋을 것 같은데요. 운전석에서 총을 쥐고 있어요. …스톡이 보이는 걸 봐선 라이플 쇼트건이네요."

후키 눈엔 그렇게 자세하게까지 보이진 않았지만, 사쿠라가 그렇게 말한다면 맞을 거다. 그녀는 시골 출신이라 그런지 시력이 매우 좋았다.

자살? 후키는 그것도 생각했지만 이내 아니라고 판단했다.

자살이라면 어디서든 할 수 있다. 굳이 먼 곳까지 이동할 필요는 없다. 추억의 장소에서… 일 가능성도 있었지만 그렇다면 차 안이 아닌 시설 안에 들어갔을 거다.

시설을 슬쩍 쳐다보니 원래도 봉쇄되진 않은 것 같았지만, 현재는 1층 대부분의 창과 문이 부서져 있어 쉽게 드나들 수 있었다.

무엇보다 차는 시설에 등지고 입구를 향해 있다. 추억이 있는 곳 같지는 않았다.

더더욱 목적을 알 수 없었다. 그렇기 때문에 어서 그를 제거해야 한다고 후키는 느꼈다.

모르겠다는 건 예상이 안 된다는 말이며, 그건 바로 위험을 의미한다. 총기라는 실행력을 갖고 있다면 더더욱 그랬다.

달리 말하면 '무섭다'고 표현해도 좋을 것이다.

"…리리벨에게 시키고 싶은 일이네."

이런 상황이라면 원거리 저격이 제일 빠르고 안전하다. 하지만 지식으로 배우긴 했지만 리코리스의 장비엔 저격총은 물론 라이플은 들어있지 않다.

한편 리리벨의 장비는 리코리스보다 훨씬 충실하고 훈련도 과할 정도로 받고 있을 거다. 차 안이라도 정지한 목표를 저격하는 건 그들에겐 식은 죽 먹기겠지.

하지만 리리벨을 동원할 권한은 후키에겐 없었고, 애초에 그들이 움직인다면 그건 사회에 격진이 일어날 수준의 사건이다. 예방 조치로서의 위험인물 제거는 그들의 임무가 아니다.

무엇보다 리코리스를 지휘하는 쿠스노키 사령관은 이 정도 안건은 자신의 말—리코리스로 충분히 대처할 수 있다고 판단했을 것이다. 그건 후키도 확신할 수 있었다.

소녀와 제복이라는 위장이 반대로 위화감을 낳는, 지금과 같은 장소와 시간대라 해도 실력상 대처 불가능하다고 판단되지 않는 이상 쿠스노키 사령관은 리코리스의 투입을 망설이지 않는다.

그걸 무능하다고 생각하는 자도 있겠지만, 아마도 그건 아닐 것이다. 그녀가 사령관이 된 뒤로 그 업무 처리를 지켜봐온 후키는—.

『개시합니다.』

서드의 목소리에 후키는 생각을 중지했다.

하얀 제복을 입은 두 명의 소녀가 짐니의 뒤쪽 수풀에서 소리도 없이 등장해 조용히 차체 뒤쪽에 붙었다. 그녀들의 손에는 소음기가 장착된 45구경 글록이라는 도쿄의 리코리스의 표준 무기가 들려 있었다.

두 사람 모두 자세를 차량의 창보다 낮게 숙인 채 좌우로 흩어졌다. 한 명은 운전석 쪽으로, 다른 한 명은 차체를 훑듯이 프런트 쪽으로 돌아간다.

먼저 운전석 쪽 사이드에 도착한 서드가 일어서서 창 너머로 발포.

그 직후, 프런트로 돌아간 서드도 일어나 즉시 발사한다.

십자 사격. 두 사람 모두 연사다.

소녀들이 각각 5, 6발 가량을 발사한 뒤 사격은 멈췄다.

서드들은 사격 자세를 유지한 채 몇 초 동안 대기하다 운전석 쪽 소녀가 문을 열고 안을 살폈다. 그 사이에도 프런트쪽 소녀는 자세를 풀지 않았다.

"느낌 좋은데요."

정말 그렇다고 후키도 생각했다. 솔직히 말하면 이번 임무는 서드에 겐 조금 무거운 일이었다. 외모의 효과가 마이너스로만 작용하는 상황에서의 위치 선정에 더해 두 사람의 콤비네이션이 중요한 일이었으니까.

게다가 차량의 유리를 깨야 하니 발사한 탄두는 기본적으로 직진하지 않는다. 특히 라운드 노즈 탄두라고 해도 관통력이라는 점에 있어선 약한 편인 45구경인 이상 확실히 대상의 숨통을 끊으려면 연사는 필수적이다. 그리고 그건 덩치 큰 남자라면 별문제 없을지 몰라도 가녀린 팔의 소녀에겐 쉬운 일이 아니었다.

그렇지만 서드인 그녀들은 그걸 완벽하게 해냈고 무엇보다 프런트의 서드가 굳이 한 발짝 늦게 일어선 것을 후키는 높이 평가하고 싶었다.

차는 우측 핸들, 게다가 오른손잡이가 많은 일본이다. 목표가 총을 들고 운전석에 자리한 경우, 자신의 오른쪽을 향해 발포하긴 어렵기 때문에 문 너머에 있는 서드의 인기척을 느꼈다 해도 대응이 많이 느려질 게 분명했다. 스톡이 달린 긴 총기라면 더욱 그렇다.

하지만 프런트… 즉 정면에서라면 선수를 빼앗긴다 해도 총에 맞으면서라도 쏠 마음만 있으면 쏠 수 있다.

그렇기 때문에 쏘기 힘든 오른쪽에서 기습을 감행했고, 그런 다음에 프런트에서 사격을 개시… 그렇게 해 안전하게 처리할 수 있었다.

후키 위에선 보이지 않았지만 아마 대상인 사냥꾼은 오른쪽에서 가해진 사격에 패닉에 빠져 손에 들고 있던 총을 겨누려고 했지만 그때 이미 정면에서 또 한 명이 나타나 총구를 겨누고 발포를….

사냥꾼 남자는 대처할 방법이 없었을 것이다.

"저 두 사람, 세컨드 후보였을 거야."

"어쩐지 잘하더라니."

『처리 확인했습니다.』

운전석을 살펴보던 서드가 보고했다.

그녀는 머리를 차 안에서 빼낸 뒤 문을 닫았다. 그제야 프런트에 선 소녀도 총을 내렸다.

『잘했다. 나머진 이쪽에서 처리하겠다. 임무 완료다, 철수하도록.』

쿠스노키 사령관의 말에 서드들이 긴장을 푸는 게 멀리 있는 후키에게도 보였다.

두 사람은 총을 오른손에 들고서 왼손으로 하이파이브를 했다.

사이 좋아 보이는 두 사람이라고 생각했다.

"자, 이렇게 돼서 이번에도 출연 기회 없이 끝났네요―."

재미없다는 목소리로 사쿠라가 말했다.

"그게 좋아, 그게. 자, 돌아―."

―퍼엉!

폭음이 울렸다.

후키의 시야 한쪽 구석에서 짐니의 프런트 끝쪽―라이트 부분이 날아가고 그 충격으로 두 명의 서드가 쓰러지는 게 보였다.

후키는 즉시 등에 지고 있던 사첼백에서 자신의 총을 뽑아 들며 사쿠라의 목덜미를 잡고 질질 끌 듯이 간판 뒤로 몸을 숨겼다.

"흩어져!!"

후키는 무선이 아닌 생목소리로 서드에게 소리쳤다.

두 명의 서드는 한눈에도 패닉에 빠진 상태였지만 황급히 일어서 총을 쥔 채 달리기 시작했다.

하지만 같은 방향으로 도망치고 말았고, 두 사람은 아차 싶었는지 놀라듯 서로의 얼굴을 보고 맞선을 보듯 멈춰서고 말았다.

이건 모두 얕은 경험 때문이다. 재수 없게 같은 방향으로 뛰었다 해도 멈춰서는 안 됐는데.

그때 다시 폭음이 울렸다.

서드 중 한 명의 소음기가 가루가 되어 총과 함께 날아갔고, 그 주인도 튕겨지듯 바닥을 굴렀다.

확실한 총격이었다. 날아오는 탄두는 소음기에 맞았다.

거의 들어본 적 없는 총격음이면서 파워가 상당했다. 적의 무기가 뭔지 파악이 안 됐다.

"후키 선배, 건물 안이에요! 아까 요란한 머즐 플래시가!"

"보였으면 쏴야지!! 소리를 내도 되니까!! 아니, 소리 내!!"

사쿠라는 황급히 총을 꺼내 쓰러진 자세 그대로—바닥에 쓰러진 채 몸을 비틀어 간판 옆에서 얼굴과 손만 내밀고 시설 2층인가 3층부의 창을 향해 총을 쏴댔다.

후키는 무선으로 서드에게 말했다. 도망치라고.

『오, 오른 손가락이… 부러져서….』

"부상 보고는 됐어! 뛰어서 도망치라니까!! 죽고 싶냐?!"

후키는 간판 뒤에서 튀어나와 달렸다. 그러는 사이에도 시설을 향해 마구잡이로 총을 난사했다. 사쿠라와 달리 대략적인 위치밖에 몰랐지만 그건 그것대로 충분했다.

사격수가 한 명 더 있다, 너를 노리고 있다고 상대에게 어필하는 게 목적이었고, 도망치는 서드에게서 저격범의 의식을 돌릴 수만 있다면 그걸로 좋았다.

총은 조준하지 않으면 맞힐 수 없다. 거리가 있다면 더더욱. 하지만 총을 아는 사람은 '일단 맞지 않는다'는 걸 잘 이해하고 있으면서도 '맞을지도 모른다'는 걸 상정해 행동한다.

한 발이라도 맞으면 모두 끝이다. 그게 총이라는 물건이고 우연히 맞을 수도 있다.

그렇기 때문에 자기 쪽으로 발포하면 대개의 총잡이는 큰 압박감을 받는다. 모두 그렇다고 해도 좋을 만큼 머리를 숙이고 그렇게 되면 쉽사리 발포하기 어려워진다.

평범한 인간이라면 말이다.

후키의 기억에는 빗발치는 총알 속을 태연히 걸어가며 태연히 반격에 나서는 미친 예전 파트너의 모습도 있긴 했지만… 그런 바보가 많을 리가 없을 거란 생각에 굳이 의식하지 않았다.

후키는 발포하며 서드들을 보았다.

두 사람이 달려가는 모습. 그리고 몇 초도 되지 않아 우거진 수풀 속으로 사라졌다. 그걸 확인한 뒤 후키도 다시 주차장 안에 서 있는 나무 뒤로 몸을 날렸다.

결국 최초의 두 발 이후에 시설에서 추가 발사는 없었다.

하지만 후키는 '해치웠다'는 느낌도 받지 못했다.

굵은 나무 기둥을 등지며 손에 쥔 글록에서 탄창을 빼내 떨어뜨리고 새 탄창으로 갈아 끼운다. 그리고 뜨거워진 총구에 소음기를 장착했다.

달빛이 전부인 밤, 나무 그림자는 자기 손이 겨우 보일 정도로 어두웠지만 문제 될 건 없었다. 이런 것들쯤이야 눈을 감고도 할 수 있다.

"사쿠라, 잘됐네. 네가 원하던 상황이다."

『…그러게요.』

"뭐야, 쫄았어?"

『아, 안 쫄았거든요!』

그래야지, 하고 후키는 미소 지었다.

"이제 시작이야. 일할 시간이다."

후키의 예상대로 사령부에서는 조금 전의 저격범을 없애라는 명령을 내렸다.

리코리스가 작업하는 과정을 본데다 총기를 들고 다른 사람을 향해 발포하고 있다… 아무리 좋게 해석해도 리코리스가 배제해야 할 위험 인물로밖에 안 보였다.

하지만 완전히 선수를 빼앗겼다. 일반적으로는 상공의 드론으로 감시 및 추격만 맡고 현장의 요원은 일단 후퇴해 태세를 재정비해야 한다.

하지만 사령부는 퍼스트 리코리스 후키가 있어 그럴 필요가 없다고 판단한 것으로 보였지만… 실제론 그렇지 않을 거다.

아마 그 이상으로 저격범의 존재가 너무 불명확해서 그럴 거라는 걸 후키는 알았다.

정보가 너무 없어 만에 하나 지금 여기서 놓치면 추적하지 못할 가능성이 높았다.

도시라면 온갖 수단을 동원해 추적할 수 있겠지만 도내라 해도 외곽의 시골이라면 감시망은 아무래도 구멍이 많아질 수밖에 없다.

사령부로서도 조금이라도 놓칠 위험을 감수하고 싶지 않은 것이다.

『이 상황에 후키 네가 있어서 다행이다.』

"…뭘요."

쿠스노키 사령관의 목소리. 부정적으로 들리지만 믿고 있다는 걸 에둘러서 응원하는 말일 것이다.

원래 임무 중에 의미 없는 말을 통신하는 사람이 아니다. 그렇기 때문에 이 상황이 좋지 않다는 걸 여실히 느낄 수 있었다.

단순히 철수시킬 생각 없으니까 열심히 하라는 의미일지도 몰랐다. …아마 둘 다겠지.

"자, 이제 어떡하지."

후키는 적을 생각했다. 조금 전의 개조 엽총을 갖고 있던 목표물을 처리하기 전 단계에서 이미 사령부가 조작하는 드론으로 주변 탐사를 마쳤기 때문에 접근하는 차량은 물론이고 인접 구역에 사람의 움직임도 없다는 건 확실했다.

그래도 저격범은 나타났다. 그렇나는 건….

"…미리 건물 안에 들어가 있었던 건가."

노숙자? 가능성이 있었다. 하지만 그런 자가 총을 갖고 있다고? 갖고 있다 해도 그걸 자기에게 해를 가할지 아닐지도 모르는 상대에게 갑자기 발포할까? 오히려 숨을 죽이고 모든 일이 지나가길 기다리겠지.

짐작이 안 갔다. 무엇보다 기본적으로 총 소유가 금지된 이 나라에서 아무리 엽총이라도 그걸 소지한 남자가 수상한 움직임을 보이고, 갑자기 찾아온 곳에 또 다른 총을 가진 사람이 있다는 게 도대체 무슨 상황이란 말인가.

무기 매매를 하려던 거였다면 그나마 이해는 되겠지만 그렇다고 해도 갑자기 발포를 하진 않을 텐데.

어쨌든 심상치 않은 상황이었고 우연이 겹친 거라 보기도 어려웠다.

자신들이 '뭔가'에 발을 들이밀고 만 것이다. …방심은 금물이었다.

"사쿠라, 응원해. 건물로 돌입한다."

『네입!』

알아들을 수 없는 응답이었지만 아마도 알았다는 말이겠지. 옆에 있었으면 한 대 때려줬을 거다.

"카운트 3, 2—."

사쿠라의 총격이 시작된 것을 신호로 후키는 나무 뒤에서 튀어나와 건물을 향해 질주했다. 그리고 깨진 창으로 뛰어들었다.

뾰족한 유리 파편이 후키의 몸을 긁으려고 했지만 얼굴은 팔로, 몸은 제복으로 보호했다.

희미한 새된 파쇄음과 함께 침입에 성공한 뒤 그대로 바닥을 한 바퀴 구른 뒤 멈추지 않고 실내 안쪽 벽으로 몸을 밀착시켰다. 그런 다음 재빨리 총구로 사방을 겨누며 안전을 확인했다.

건물 안은 어두웠지만 그래도 창으로 들어오는 달빛 덕에 희미하게나마 구분이 갔다.

복도였다. 인기척은 없었다.

『증원군을 보내겠다. 무모한 공격은 삼가도록.』

"필요 없습니다."

『예상이 안 되는 상황이다. 준비해서 손해볼 건 없잖아.』

맞는 말이긴 했다. 그래서 후키도 더는 말하지 않았다.

주머니 안의 스마트폰이 진동한다. 주위를 경계하며 열어서 광도를 황급히 낮춘 뒤 확인했다—사쿠라가 보낸 메시지였다.

《얼른 쓰러뜨려 버립시다!》

사쿠라도 두 사람이 처리하고 싶은가 보다. 하지만 통신 회선을 이용하면 사령부에 반감을 보이는 거로 보일 수 있어 일부러 스마트폰으로 연락을 취한 것이었다.

덜렁대는 것처럼 보이지만 의외로 섬세한 아이였다. 하지만 아쉽게도 이 스마트폰도 사령부의 관리하에 있어 다 파악되고 있을 텐데.

하지만 사쿠라의 그런 미숙함과 부정적으로 보이기 싫다는 그녀의 마음은 나쁘지 않았기 때문에 사령부로서도 코웃음을 치며 무시하고 넘어갈 거다.

후키는 스마트폰을 집어넣은 뒤 헤드셋 음량도 한계까지 낮췄다.

어둠 속에서는 소리에 의지해야 한다. 갑작스러운 통신에 방해를 받고 싶지는 않았다.

"사쿠라, 움직인다."

『저도 갈게요!』

"그대로 똑바로 오면 안 돼. 총에 맞을 수 있어. 크게 돌아서 뒤쪽으로 들어와라."

『라저, 그럼 안에서 합류할게요. …쏘면 안 됩니다?』

시끄럽다고 말을 자른 뒤 후키는 사첼백에서 손전등을 꺼내 들고 조용히 움직였다.

손전등은 아직 켜지 않았다. 손전등을 켜면 잘 보이겠지만 적에게 위치를 알리며 걷는 꼴이 된다. 자진해서 선수 공격할 기회를 주고 싶지는 않았다.

후키는 위층으로 올라가는 계단을 찾아 움직였다.

벽에 적힌 글자와 떨어진 포스터 등의 잔해로 볼 때 이곳은 원래 이 지역의 문화회관 같은 곳이었던 것 같다.

콘크리트 건물이었지만 오래된 데다 벽 곳곳에 크게 금도 가 있는 걸 봐선 아마도 내진성 관련 법률이 바뀐 타이밍에 사용하지 않게 된 게 아닐까.

『건물 내부 지도를 확보했다. 필요하면 확인하도록.』

후키는 쓰러져 있는 책상 뒤에 몸을 숨긴 뒤 스마트폰을 확인했다.

건물 도면… 건축확인 신청할 때 제출한 건가. 오래되어 보였다.

그 정보로 볼 때 문화회관이 맞는 것 같았다. 3층 건물. 1층은 출장 사무소 같은 역할을 했던 것 같다. 커다란 카운터가 있고 그 안쪽에 넓은 사무 공간이 있다.

2층은 크고 작은 방, 3층은 작은 홀처럼 생겼는데… 현재 그 내부가 어떻게 변했을지 도면만 가지고는 알 수 없었다.

하지만 주차장을 굽어보며 총격할 수 있는 건 2층이든 3층이든 복도 쪽이다. 방을 하나씩 수색할 필요는 없을 것 같다.

"…사쿠라, 그러고 보니 너 머즐 플래시 본 게 몇 층이었어?"

『3층이요. 건물 끝쪽… 주차장에서 봤을 때 오른쪽이었어요.』

그럼 일단 2층은 무시하고 3층부터 찾아볼까. 지금 이러는 사이에 이동했을 가능성이 있긴 했지만 그렇다고 해도 위에서부터 순서대로 클리어링하면 되겠지.

쿠스노키 사령관이 말을 걸어왔다.

『사쿠라, 네 위치에서 건물 왼쪽 끝, 즉 동쪽에 증설된 비상계단이 있다. 드론 영상으로는 아직 쓸만해.』

『라저! 그걸 타고 3층으로 갈게요.』

후키는 도면을 보고 계단 위치를 확인했다.

내부 계단은 하나로 건물 서쪽 끝에 있는 게 다였다.

도면에 기재된 방위로 볼 때 북쪽에 주차장이고 시설은 그쪽으로 향해 있으니까 서쪽에 있는 계단을 오르면—사쿠라가 머즐 플래시를 본 시설 3층 오른쪽 끝이 나온다.

"…할 수 없지."

계단에서 목표와 마주칠 가능성은 피할 수 없을 것 같다.

기본적으로 계단은 위에 있는 사람이 유리하고 대기하고 있다면 더욱 압도적이 된다.

하지만 가는 수밖에 없었다. 이게 후키의 일이니까.

신속하고 조용히 움직이면서도 총을 들고 경계하며 후키는 1층을 이동했다.

두 손으로 총과 함께 손전등을 움켜쥐듯 들고 언제든 전방을 비출 태세를 갖추었다.

…조용했다.

들리는 거라곤 자신이 내는 희미한 발소리뿐이었다.

적도 숨을 죽이고 있거나 아직 거리가 있던가 둘 중 하나겠지.

부서진 유리 파편이 흩어진 통로를 이동하자 아무리 조심해도 자박자박, 제법 큰 소리가 났다. 적에게 위치를 알리는 꼴이라 스트레스였다.

하지만 목표는 3층에 있을 거다. 방심은 금물이지만 여긴 아직 그럴 때가 아니다. 그 자박자박 소리도 3층까진 들리지 않을 거다…… 아니, 들리려나.

어쨌든 초조해하지 말자고 자조하듯 속으로 읊조린 뒤 가볍게 호흡을 가다듬어 심박수를 내렸다.

계단으로. 이곳도 고요했다. 곰팡이 냄새만 난다. 이곳은 창이 없어 무척 어두웠다.

계단을 주시하자 중간에 층계참을 끼고 꺾어지는 지극히 평범한 콘크리트 계단인 걸 알 수 있었다.

후키는 계단 벽에 등을 비비듯 붙이면서도 즉시 움직일 수 있도록 체중은 싣지 않은 채 신중히 총과 손전등을 위로 치켜들며 천천히 올라갔다.

1층과 2층 사이의 층계참에 도착. 아무것도 없었다.

그대로 2층으로.

아무것도 없다. 인기척도 느껴지지 않는다. 조금 전의 저격 장소에서 움직이지 않고 있다면 저격범은 후키의 머리 위에 있을 텐데… 과연 그럴까.

조용히, 그러면서도 천천히 크게 한 번 심호흡을 한 뒤 후키는 움직이기 시작했다.

헤드셋에서 사쿠라가 건물 밖에 있는 비상계단에 도착했다는 통신이 들려온다. 대답하고 싶었지만 몇 미터 안에 적이 있을 가능성도 있어 후키는 대답하지 않고 마이크를 톡톡 두드려 알았다는 뜻을 전달했다.

사쿠라도 사령부도 후키가 지금 3층에 거의 다 도착했다는 건 그 소리를 듣고 눈치챘을 것이다.

후키는 2층과 3층 사이의 층계참을 향해 계단을 오르기 시작했다. 최대한 위쪽을 경계한다. 바로 위에서 노리고 있다면 언제 총격이 벌어져도 이상하지 않을 상황이었다.

한 칸, 또 한 칸 신중하게, 조용히 올라간다.

시끄럽게 울리는 고동에게 '조용히'라고 명령하고 한 칸, 또 한 칸.

이제 4칸만 오르면 층계참, 방향이 꺾인다. 그렇게 되면 진행 방향과 자세의 방향이 같아져서 조금은 편해진다.

한 칸, 그다음 칸으로 다리를 든—그때였다.

후키의 정강이—스타킹 너머로 느껴지는 희미한 당기는 느낌.

오싹 소름이 돋았다. 극세 와이어 트랩이다.

하지만 아직 트랩에 걸린 건 아니었다. 닿은 것에 그쳤다.

유인당했군. 3층 서쪽 끝에서 일부러 머즐 플래시를 보여줘 존재를 어필해 유인하면… 반드시 위쪽을 경계하는 이상 발밑에 주의가 소홀해지는 건 당연하다….

모두 대비한 거라면… 사쿠라가 위험했다.

"사쿠라, 기다려! 계단에 트랩이 있어!"

리스크를 각오하고 후키가 무선기에 말한 직후, 그것이 왔다.

머리 위, 3층에서 뭔가가 움직이는 기척.

가슴을 울리는 '온다'라는 확신.

그리고 피부로 느껴지는 시선—살기.

후키는 아직 위쪽으로 들고 있던 손전등을 켰다. 군용 손전등은 콤팩트한 생김새에선 상상도 안 될 만큼 강력한 불을 내뿜었다.

"큭?!"

남자의 짧은 신음. 불빛 속에서 덩치 큰 남자의 모습, 커다란 팔만 손잡이를 넘어 후키를 향해 있었다. 그게 뭔가를 쥐고 있다. 은색의 물체. 커다란….

하지만 그게 뭐든 후키가 할 일은 하나뿐이다.

방아쇠를 당긴다.

소음기의 탁한 총성, 그리고 동시에 공기가 흔들리는 폭음.

후키와 3층의 총잡이, 위아래에서 서로에게 총구를 겨눈 채 발포한다.

강렬한 머즐 플래시로 주위가 밝아진 가운데 3층의 남자는 몸을 뒤로 뺐고 후키도 본능적으로 계단 아래쪽으로 몸을 굴렸다.

계단 모서리가 온몸에 파고들었지만 고통을 느낄 여유는 없었다.

2층까지 굴러떨어지는 것과 동시에 3층을 향해 세 발 발사. 위협. 지금 추격당하고 싶지는 않았다.

쏠 만큼 쏜 뒤 후키는 2층에 죽 늘어선 큼지막한 방 중 하나로 몸을 날렸다.

그곳은 방 안쪽 남쪽 창으로 달빛이 들어오고 있어 조금이나마 시야가 확보되었다.

어린애가 그린 것으로 보이는 서투른 그림이 장식된 세로 2미터, 가로 1미터는 될 법한 게시판이 여러 개 난잡하게 세워져 있어 그중 하나의 뒤에 몸을 숨겼다.

이 시설의 마지막 무렵, 이 방에선 아이들의 작품 전시회라도 열렸었나 보다.

후키는 흐트러진 호흡을 가다듬었다.

『선배, 괜찮아요?!』

"…걱정하지 마. 그쪽은?"

『아무 문제 없이 3층까지 올라왔어요.』

목표는 3층 계단 위에 자리 잡고 있으며 2층과 3층의 층계참 앞에 트랩을 설치했고, 그걸 알아차린 직후에 총격전이 벌어졌고 서로 물러났다는 정보를 전달했다.

그리고 마지막으로 목표는 은색의 어떤 총을 한 손으로 들고 있었다는 것도 덧붙였다.

『알겠습니다. 그런 상황이라면 제가 공격하는 게 더 낫겠네요.』

협공할 수만 있다면 상대하기 무척 쉬워진다. 사쿠라가 메인 공격을 맡는다는 게 신경 쓰였지만 이 정도도 못 하면 내 파트너를 맡을 수 없지―.

『사령부에서 전달합니다. 현재 바이크 한 대가 그쪽으로 가고 있습니다.』

아? 하고 이상한 소리가 튀어나왔다.

그게 뭐 어쨌다는 거냐고 말하려 했는데 사령부의 이어지는 보고에 후키는 나오려던 말을 숨과 함께 삼켰다.

『번호판을 통해 3일 전에 도난 신고된 바이크임을 확인. 라이더가 홀스터를 장비하고 있으며 그곳에는 그립으로 보이는 것이 확인되었습니다.』

그런 녀석이 우연히 이 아무것도 없는 시골길을 달릴 리가 없다는 말인가.

후키는 움켜쥐고 있는 손전등을 치마 주머니에 넣고 대신 스마트폰을 꺼내 사령부 드론이 현재 촬영하고 있는 영상을 켰다.

어두운 밤길을 한 대의 바이크가 달리고 있었다. 게다가 자세히 보니 라이더는 바이크용으로 보이는 프로텍터로 온몸을 휘감고 있었다.

그 라이더를 줌인해 보정한 정지 이미지를 별도로 보내왔다.

그러자 왼쪽 허벅지에는 확실히 레그 홀스터를 장착하고 있었고, 그 밖으로 권총으로 보이는 그립이 삐져나와 있었다.

후키는 스마트폰 화면을 정지 이미지에서 실시간 영상으로 되돌렸다.

바이크가 급격하게 속도를 올린다. 마치 뭔가를 서두르는 것처럼.

뭘 서두르는 거지? 그렇게 생각한 순간, 스마트폰 한쪽 구석에 표시된 시계가 후키의 눈에 들어왔다.

2시 59분. 그것이 3시로 바뀐 것과 동시에 마치 기다렸다는 듯이 바이크는 시설 주차장으로 돌입했다. 그 직후에 왼쪽 허벅지에 찬 레그 홀스터에서 핸드건을 뽑는다.

라이더는 달리며 어딘가를 향해 연사했다. 그 소리는 공기를 타고 시설 안에 있는 후키의 귀에까지 들렸다.

후키는 영상을 줌 아웃했다.

라이더가 노린 것은 예의 주차되어 있는 짐니였다.

라이더는 짐니 옆을 통과하는 동안에도 운전석을 향해 총을 발사했고, 지나가자마자 똑바로 시설을 향해 달렸다.

그리고 입구 앞, 바이크는 드리프트하듯 감속했고 완전히 정지하기 전에 라이더가 뛰어내렸다.

바이크는 넘어져 바닥을 미끄러졌다.

하지만 전혀 개의치 않고 라이더는 바닥을 구르더니 그대로 일어서서 시설 내부로 뛰어들어 왔다.

『후키 선배, 이게 무슨 상황입니까?!』

같은 영상을 보고 있었을 사쿠라가 곤혹스러운 목소리로 묻는다.

아무것도 모르겠다.

다만 3층에는 총잡이, 1층에서는 라이더.

그리고 그들 사이에 낀 위치인 2층에는 내가 있다….

3층의 총잡이를 협공하려고 했는데 어느새 자신이 협공을 당하게 될지도 모르는 상황이 됐다.

아니, 라이더가 총잡이와 동료가 아닐 가능성도 있지만 내가 공격당하지 않는다고 낙관할 만한 요소는 조금도 없었다.

"도대체 뭐가 어떻게 된 거야?"

이해가 안 됐다. 하지만 어떤 상황이 됐든 선수를 빼앗기면 불리하다.

움직이는 수밖에 없다 아니, 움직여야 한다.

『후키, 사쿠라, 협공은 당하면 안 돼. 먼저 3층 목표부터 처리해라.』

쿠스노키 사령관도 같은 판단을 내렸다. 후키는 반대하지 않았다.

아직 1층에서 그 유리 파편 길을 걷는 소리도, 계단을 올라오는 소리도 들리지 않는다. 이 틈에 끝장을 낼 수 있을까.

후키는 총을 고쳐 쥐고 게시판의 그림자로부터 튀어나왔다.

『라저. 사쿠라, 3층으로 진입―.』

요란한 폭발음이 울리고 후키가 있는 방의 창이 진동했다.

폭발음은 위쪽 외부.

그리고 사쿠라의 무선이 부자연스럽게 끊겼다… 그렇다는 건.

"사쿠라?!"

『비상계단 3층부에서 폭발 확인! 불꽃이…!』

사령부 오퍼레이터의 목소리. 사쿠라가 어떻게 됐지, 보이나, 확인해라, 머리에 떠오르는 말이 후키의 입으로 나오기도 전에 그것은 찾아왔다.

후키가 있는 방을 들여다보는 풀페이스 헬멧.

온몸을 프로텍터로 단단히 감싼 장신의 남자. 스르륵 한 걸음, 실내로 내디디면서 두 손에 쥐고 있던 총을 겨눈다. 검은 오토매틱이다.

"앗—."

라이더, 그는 인기척도, 소리도 없이 나타나 당연한 일을 하는 것처럼 후키를 향해 방아쇠를 당겼다.

—우습게 보지 마.

후키는 움직였다. 뒤도 옆도 아닌 자신을 겨눈 총구—방금 자신을 향해 발포한 라이더를 향해 몸을 날렸다.

웅크린 자세로 바닥을 기듯 낮게, 앞으로 고꾸라지듯 날아간다.

발사된 탄환이 후키의 머리카락을 가르며 머리 위를 스치고 지나간다.

온몸이 바닥에 떨어지기 직전, 후키는 왼손으로 먼저 바닥을 짚고 살짝 몸을 들어올리면서 바닥을 박차고 낮은 자세를 유지한 채 가속했다.

7미터 남짓했던 라이더와의 거리가 순식간에 좁혀졌다.

두 번째 발포는 아직이다.

후키는 몸을 틀어 오른쪽 어깨부터 바닥에 떨어진 뒤 등을 미끄러뜨리며 라이더 다리 사이를 머리부터 통과하는—그 틈에 발포했다.

바로 아래에서 두 발. 두 번째는 빗나갔지만 초탄이 라이더의 오른쪽 허벅지를 관통했다.

"크악?!"

라이더는 굵직한 목소리를 냈고, 상처에서 왈칵 피를 뿜으며 엉덩방아를 찔렀다.

후키는 관성을 타고 바닥을 바로 누운 채 미끄러져 라이더 아래를 통과했다.

후키는 그대로 몸을 비틀어 구른 뒤 일어섰다. 그리고 발을 크게 내디뎌 등을 돌리고 있는 라이더와의 거리를 다시 좁혔다.

라이더는 엉덩방아를 찧은 채 오른쪽으로 몸을 틀어 왼손에 쥐고 있던 총—베레타를 뒤에 있는 후키를 향해 난사했지만, 그 틀어진 몸에 맞춰 후키는 그의 등—왼쪽으로 이동해 사각으로 피하면서 거의 밀착한 상태에서—발포했다.

라이더의 등에 두 발.

그가 신음하며 앞으로 한 번 고꾸라졌지만, 다리를 앞으로 두고 엉덩방아를 찧은 자세 때문에 용수철이 튀기는 것처럼—천장을 보고 쓰러졌다.

풀페이스 헬멧의 바이저 너머로 남자와 눈이 마주친 것 같았다.

하지만 제대로 확인하기보다 먼저 리코리스의 표준 장비인 금속제 컵이 박힌 로퍼로 그 바이저를 힘껏 짓밟아 부순 뒤 그 뒤에 있는 안면까지 같이 으깨줬다.

그대로 무방비해진 라이더의 가슴팍에 총을 쏴댔다.

바이크용 장비였는지 방탄 기능은 없어 쉽게 부서졌고, 그 아래에서 피가 뿜어져 나왔다. 남자의 몸이 꿈틀꿈틀 격렬한 경련을 일으킨다. 승패는 완벽하게 정해졌다.

라이더의 헬멧에서 다리를 뺀 뒤 후키는 방 외부를 경계하기 위해 총구를 통로 쪽으로 돌렸다.

그리고 그대로 깊게 숨을 들이마시고 내쉬었다.

모든 것은 세 호흡이 채 안 되는 공방… 가까스로 버텨냈다.

완전히 허를 찔린 바람에 위험할 뻔했다.

최악의 타이밍에… 아니, 그뿐만이 아니었다. 1층에서 2층으로 접근하는 걸 전혀 알아차리지 못한 게 가장 큰 문제였다.

"…아아, 그렇구나."

그 원인은 라이더의 다리를 보고 알 수 있었다.

신발에 수건을 감아둔 것이다. 이러면 웬만한 발소리는 물론이고 작은 유리 파편을 밟는다 해도 그 전부를 부드럽게 감싸서 소리를 죽일 수 있다.

게다가 자세히 보니 그의 옷, 그리고 프로텍터에 붙은 끝과 부딪힐 만한 금속 장식 부분에 모두 테이프가 감겨 있어 아무리 움직여도 절대 소리가 나지 않도록 되어 있었다.

완전히 야간 전투를 상정한 장비였다.

이 자식, 뭐야…. 그런 의문이 들었지만, 그보다 보고가 먼저였다.

"조금 전의 라이더와 조우. 공격당해 처리했습니다. …사쿠라는요?"

『상공의 드론 영상으론 확인이 안 됩니다. 본인의 응답도 없습니다.』

오퍼레이터 말에 따르면 사쿠라가 3층에 돌입하려고 비상구 문을 연 순간 폭발이 일어났고, 폭염이 뿜어져 나왔다고 했다.

불길 자체는 금방 꺼졌다는데….

후키는 그 말에 혀를 찼다. 역시 그쪽에도 트랩이 있었던 것이다.

그리고 리코리스는 원래 평화로운 일본에서의 일상에 특화된 암살 기술밖에 가진 게 없다. 트랩이 설치된 건물에 돌입하는 건 세컨드라 해도 본래 영역이 아니다.

『후키, 라이더 얼굴은 확인되나? 사진을 보내라, 정체를 조사하게.』

"조금 짓뭉개버리긴 했지만… 라저, 촬영하겠습니다."

당장에라도 사쿠라가 날아간 비상계단으로 달려가고 싶었지만, 쿠스노키 사령관의 명령은 절대적이었다. 무엇보다 사쿠라가 폭발에 당했다 하더라도 근처에 적이 있을 상황에서 제대로 치료도 못 할 거다… 그러니까 명령에 따라야 한다.

후키는 스스로에게 그렇게 타일렀다.

후키는 만약을 대비해 남자가 아직 왼손에 쥐고 있던 총을 먼저 빼냈는데… 그때 닿은 남자의 손가락에 위화감을 느꼈다.

손가락이 없는 장갑을 낀 남자의 손. 하지만 지금 후키의 손이 살짝 스친 라이더의 손끝은 부자연스럽게 딱딱했다.

그의 손가락 끝을 꼬집듯 잡아보고 그 이유를 알았다.

"…너 뭐야."

접착제인가 뭔가로 손가락 끝이 코팅되어 있었다. 지문을 남기고 싶지 않아서 그런 거겠지.

그렇게 생각하니 풀페이스 헬멧을 쓰고 있었던 건 방어보다는 머리카락 등의 체모를 떨어뜨리지 않기 위해서 그런 건지도 몰랐다.

하지만 이렇게 신경 쓰면서도 총은 소음기조차 장착하지 않은 낡은 베레타다. M92F… 아니, M9이다.

후키는 깜짝 놀라 총을 주시했다. 달빛에 비춰 베레타의 슬라이드 각인을 다시 확인했다.

U.S.9mm M9.

민간 모델이 아닌 미군에서 정식 채용한 베레타였다.

후키는 베레타를 버리고 복도 쪽을 경계하며 라이더의 헬멧을 벗겼다. 코가 짓뭉개져 피범벅이 된 아시아계… 아니, 그냥 평범한 일본인처럼 생긴 흔한 남자의 얼굴이었다.

후키가 일본인이라 느낀 건 얼굴 생김새도 그랬지만 그보다는 그의 귀가 유도귀였기 때문이었다.

만두귀, 컬리플라워 이어라고도 부르는 그 귀의 모양은 오랫동안 유도를 하다 보면 귀가 반복적으로 스치고 짓눌리면서 부푼 모양으로 정착되어서 잡힌 것이다.

레슬링 등으로도 그렇게 될 수 있지만 일본에서 아시아계 얼굴에 귀가 이런 모양이라면 대개 유도를 하는 일본인이라고 보는 게 가장 확률이 높다.

어쨌든 미국은 아닌 것 같았다.

애초에 군에 몸담은 상황에서 총기를 반출한 거라 보기에 라이더의 장비는 매우 어중간했다. 총을 반출하려면 방탄 장비를 가지고 나오는 것쯤이야 어려운 일도 아닐 테니까.

게다가 M9은 정식 채용되긴 했지만 현재는 이미 구식이다. 본국에서는 세대교체에 맞춰 민간 시장에 넘어갔을 거고 그를 전후해 행방불명이 된 개체도 적지 않을 것이다.

당연히 재일미군도 그럴 것이고.

한눈에도 사용감이 있는 베레타였다. 폐기 예정이었던 총을 슬쩍해 용돈벌이 삼아 일본인에게 밀매한 군인이 있다 해도 이상한 일은 아니었다.

후키는 스마트폰으로 죽은 남자의 얼굴을 촬영했다. 이걸 사령부에 보내고 지시를 기다렸다.

그 짧은 시간에도 후키의 머리는 계속 돌아갔다.

사쿠라는 무사할까.

왜 야전용 장비를 갖춘 남자가?

엽총남과 3층의 총잡이와의 관계는?

왜 녀석들은 주저하지 않고 발포하는 거지?

…여긴 뭐야?

의문이 들었다. 하지만 그에 대한 답은 현재 가진 정보만으로는 찾기 힘들 것 같다.

여전히 사령부의 명령은 없었다. 독자적으로 움직여야 하나.

하지만 건물 안의 계단을 올라가면 트랩뿐만 아니라 조금 전처럼 총잡이가 기다리고 있을 거다.

그럼 비상계단 쪽으로 나갈까. 이쪽도 트랩이 발동했으니 총잡이가 그쪽으로 접근할 적을 경계하고 있을 가능성이 높았다.

뭐가 됐든 불리해 보였다. 하지만 가려면 비상계단이 낫겠지. 어쩌면 사쿠라의 안부를 확인할 수 있을지도 모르고.

좋았어, 후키가 결심한—그 타이밍에 통신이 들어왔다.

『라이더 얼굴 조합이 끝났습니다. 신원 확인… 카나가와 현경 형사입니다.』

형사. 그렇다면 베레타는 요코다에서 유출된 물건인가. 소지하고 있던 폭력단을 단속하다 압수한 물품에서 슬쩍한 걸 수도 있지. 바이크도 마찬가지로 도난 차량을….

그건 가능한 이야기였다. 하지만 그 외엔 아무것도 연결되는 게 없었다.

아마 사령부는 이미 배경을 조사하기 위해 그 형사의 개인정보에 접속해 통신 기록까지 살펴보고 있겠지만 이 상황에 모든 조사를 다 마치긴 힘들 것이다.

『후키, 창밖이다!』

쿠스노키 사령부의 다급한 목소리. 라이더의 시체를 굽어보던 후키는 창을 보았다.

유리창 너머, 위에서 길게 뻗은 가늘고 검은 한줄기 선.

거기에 매달린 그림자.

창에 밀착한 부츠의 신발 바닥이 두 개, 그리고—자신을 향하는 커다란 총구.

"앗?!"

강렬한 머즐 플래시.

유리가 부서진다.

폭음과도 같은 총격음이 실내에 울려 퍼졌다.

후키의 측두부에 충격. 머리를 때리듯 힘껏 바닥을 구른다. 탄환이 스친 것이다.

그건 피했다기보다는 스쳐 지나갈 때의 충격과 놀라서 넘어진 것이었다.

후키는 바닥에 쓰러지자마자 억지로 몸을 굴려 올지도 모르는 두 번째 공격을 피했다.

하지만 두 번째 총격은 없었다.

시야 한쪽으로 가까스로 확인하자 덩치 남자도 바닥에 쓰러져 있었다.

아마 3층 유리창에서 늘어뜨린 밧줄에 매달려 있던 남자—그 총잡이는 바닥과 수평이 되도록 2층 유리창에 서서 총을 쐈을 거다.

그 후에 유리가 부서지고 진자의 그것처럼 2층 실내로 뛰어 들어온 거고.

서로의 회전이 멈춤과 동시에 상대를 향해 사격.

소음기의 탁한 총격음과 상대의 폭음. 양쪽 모두 위협을 목적으로 한 것이라 맞지는 않았다.

양쪽 다 거리를 확보하기 위해 바닥을 굴러 게시판이 난잡하게 서 있는 실내의 두 구석으로 가 자리를 잡는다.

후키는 한쪽 무릎을 꿇은 자세로 글록을 쥐었다. 하지만 적은 보이지 않는다―눈앞에 있는 건 앞을 막아선 게시판, 적은 그 너머에 있다. 하지만 상대도 같은 조건이다.

쏠까. 할 수 있을까. 남은 탄환을 떠올려 본다.

라이더에게 너무 많이 썼다. 방금의 한 발도 마찬가지였고.

기억을 더듬어 숫자를 세어본다―남은 건 한 발. 재장전을 하고 싶었지만 이 상황에서 그럴 여유가 있을까.

서로 상대를 인식할 수 없는 상황… 재장전하는 걸 눈치채고 그때를 놓치지 않고 총을 갈길 가능성도 있었지만, 그 초탄으로 끝나지는 않을 거다. 그렇다면….

"…역시 리코리스인가?"

총잡이의 낮은 목소리에 후키의 재장전하던 손이 멈췄다.

리코리스, 그걸 아는 사람은 많지 않다.

좋은 의미에서든 나쁜 의미에서든 예전부터 리코리스와 관련이 있는 어둠의 사회 사람, 경찰을 비롯한 협력관계에 있는 공조직 내 일부, 그리고 일부 정치가….

만약 그들이 말했다 하더라도 리코리스라는 원래는 존재할 리 없는 존재는 도시 전설에 불과했고, 그걸 어떻게든 세상에 알리려 든다면 즉시 배제 대상이 되어 은밀히 이 세상에서 지워질 것이다.

그런데 리코리스의 이름을 알고 후키의 모습을 보고 그 이름을 꺼냈다면… 상당히 범위가 좁혀진다.

"야, 꼬마, 대답해."

목소리를 통해 대략의 적의 위치를 알 수 있었다. 후키는 쥐고 있던 총구의 방향을 살짝 틀었다.

하지만 그쪽도 게시판이 가로막고 있었다. 이걸 관통해 죽일 수 있을까.

"어차피 여기서 살아서 나갈 수 있는 건 한 명, 많아 봤자 두 명이야. 기밀이라도 뭐 어때. 어차피 알려질 일도 없는데. …말해봐."

사령부는 침묵하고 있다. 이쪽의 대화는 듣고 있을 텐데… 싶었지만, 자신의 귀를 슬쩍 만져보자 그곳에 있어야 할 헤드셋이 없었다.

조금 전에 탄환이 스칠 때 날아갔든가 바닥을 구를 때 떨어졌나 보다.

후키는 혀를 찼다.

"…알았다. 그래, 리코리스다. 그래서? 너는?"

"진짜 있었군. 있을 것 같았어. 이 나라의 평화는 왜곡되고 너무 부자연스럽거든."

"넌 누구냐고 묻고 있잖아."

"난 참가자다."

참가자? 후키는 무심코 되물었다.

"보아하니 그냥 리코리스 일 때문에 온 거군? 그렇다면 저 밖에 있는 녀석을 마크한 거야? 갑자기 시작해서 우리 시계가 잘못된 줄 알고 당황했잖아."

후키는 상대가 말한 사이에 사첼백으로 선을 뻗어 새 탄창을 움켜쥐었다.

등에 짊어지고 있던 그것은 무장을 수납하는 가방으로 아래쪽에서 재빨리 탄창을 꺼낼 수 있는 특수한 구조로 되어 있었다. 하지만 아무래도 약간의 소리는 날 수밖에 없다. 후키는 그걸 상대의 목소리를 이용해 가렸다.

당연히 글록에서 탄창을 뽑고 꺼낸 새 탄창을 장전하는 데도 소리가 난다.

그래서 후키는 일부러 대화를 계속 이어나갔다.

"어떻게 리코리스에 대해 알고 있는 거지? 참가자라니 뭐에 참가하는 건데?"

"질문은 하나씩 해."

"순서대로 답해라."

"뭐야, 심문하냐?"

"먼저 말을 걸어온 건 그쪽이잖아."

내가 이야기하는 동안은 상대가 귀를 기울인다. 그러니까 재장전은 할 수 없다. 그리고 짧게 말하면 재장전하는 소리가 새어나갈 수 있다. 길게 말하도록 만들어야 했다.

"그럼 먼저 첫 번째. 어떻게 우리에 대해 알고 있는 거지?"

"옛날에 자위대에 있었다. 거기서 소문을 들었지."

"경찰에 자위대라."

"경찰?"

"여기로 달려온 라이더. 지금 저기 시체가 되어 있지. 형사 맞지?"

"그런가."

"친구 아냐?"

말이 참 짧은 남자였다. 울컥 짜증이 치밀었다.

그냥 빨리 재장전해버릴까. 그런 생각도 했지만 그 소리와 기척이 공격 개시의 신호가 될 건 분명했고 게시판 너머에선 자신에게 총구를 겨누고 있을 거라 생각하니 아무래도 망설여졌다.

탄창을 버리고 새 탄창을 총에 장전하는 데는 1초도 걸리지 않는다. 하지만 빨리 하려면 그에 비례해 소리와 기척이 커진다. 조용히, 천천히 하려면 몇 초는 걸릴 것이다.

역시 남자가 떠들게 만드는 수밖에 없었다.

"주차장에 죽어 있는 녀석은 사냥꾼이었다."

"형사에 사냥꾼이라. 재미있군."

"하나도 재미 없어."

"…형사의 총은 베레타인가. 압수품이야? 뉴 남부(주5)보단 낫군."

"너흰 도대체 뭐야?"

침묵.

…오는 건가. 후키는 글록을 쥔 오른손 검지를 방아쇠에 걸었다.

방아쇠에서 불룩 튀어나와 있는 부분—안전장치를 슬쩍 밀어 넣으면서 방아쇠 텐션을 그 손끝으로 느낄 수 있는 데까지 움직인다.

총에 남은 한 발로 얼마나 버틸 수 있을까.

"우린 참가자다. 오늘 밤 게임의…."

사내는 신나서 떠들기 시작했다. 후키는 검지의 힘을 살짝 풀고 왼손에 쥐고 있는 새 탄창을 의식하며 남자의 이야기에 귀를 기울였다.

어느 곳에 익명 커뮤니티가 있으며 그들은 그곳의 멤버라고 했다. 멤버를 연결하는 건 오직 하나, '총을 좋아한다'는 것. 그것도 어느 조직이 무슨 총을 사용한다, 테크닉, 역사, 법률, 철학… 그런 자질구레한 것들이 아니라 '사람을 쏜다'는 한 가지 점에 있어서만 특화되어 사랑하는 자들이었다.

"그러니까 '총으로 사람을 죽이는 걸' 좋아하는 녀석이란 말이야?"

"그렇다. 그러니까 이렇게 되는 것도 자연스러운 흐름이지. 인적 없는… 총격음이 민가까지 들리지 않는 곳에 이 날, 오전 3시, 진짜 각오를 가진 뜻 있는 자들만 모여 원하는 만큼 마음대로 서로를 죽이자는 거였다."

후키는 지금 남자가 말하는 동안 재장전을 마쳤지만, 대화를 계속 이어 나갔다.

"한심하군. 자기 머리라도 쏘지 그래."

<hr>

주5) 뉴 남부: 일본 경찰의 제식 권총.

"그거야말로 한심한 짓이지."

"뭐, 민간인을 쏘지 않은 것 하나는 칭찬해줄게."

만약 이 평화로운 일본에서 그런 일이 일어난다면 대사건이다. DA는 배제하러 나설 거다.

참고로 피해자는 트럭에 치였다 등으로 처리될 거고, 사건은 애초에 존재하지 않은 게 될 거다.

"아무것도 모르는 얼간이나 도망이나 치는 약자를 일방적으로 쏘며 즐기는 건 변태나 하는 짓이야. …죽이려면 역시 자신을 죽이려는 사람이어야 하잖아. 싸우다 죽이는 거야말로 즐겁고 가치 있는 행위다. 이해하겠어? 오늘 밤 모인 건 모두 그 뜻을 같이하는 자들이었어."

"…그렇군."

후키는 총잡이의 말에 동의한 건 아니었다. 이해했을 뿐이다.

서드가 처리한 사냥꾼이 산탄총으로 곰을 사냥하는 데 집착했던 것도 그런 이유에서였을 것이다. 자신이 죽을지도 모르는 상황 속에서 저지르는 살인… 달리 말하자면 '싸움'을 찾고 있었던 거다.

원거리 사격이 가능한 라이플이나 그보단 못해도 산탄총의 두 배가 넘는 유효 사정거리를 가지는 하프 라이플총이 아니라 일부러 50미터 정도의 유효거리가 고작인 산탄총을 애용한 건 곰과의 대치 거리를 의도적으로 좁게 잡아 일방적이지 않은 상황으로 만들고 싶은 그의 바람 때문이었던 거다.

그리고 라이더. 오전 3시 정각에 시설 안으로 뛰어 들어와 사람을 향해 조금도 망설이지 않고 발포한 것도 이해가 됐다. 그는 '인간과의 총싸움'을 하러 왔던 것이다. 그런데 망설인다는 건 있을 수 없는 일이었다.

"그런데 말은 거창하게 하면서… 하, 너 너무 비겁한 거 아냐? 트랩을 설치하다니 말이야. 꽤 일찍부터 숨어 있었잖아.”

사쿠라 생각이 뇌리를 스쳤지만 지금은 논외다. 의식 밖으로 밀어버렸다. 걱정해도 결과가 달라지지 않는 일은 걱정해봤자 손해다.

“가진 모든 힘을 동원해 싸워야지. 거기엔 지능과 경험도 포함된다. 녀석들도 그랬을걸.”

확실히 그랬을 거다. 라이더는 일부러 시간에 맞춰서 시설 부지―배틀 필드로 바이크를 타고 쳐들어와 기습을 노렸을 거다.

사냥꾼은 시간이 되기 전에 현지에 들어와 대기하고 있었다.

차에서 내리지 않은 건 참가자가 나타난 순간 차의 하이 빔을 켜서 안에서 사격할 생각이었을 수도 있고, 혹은 차의 기동성까지 사용하려 했을 가능성도 있었다.

하지만 둘 다 초보자 수준에서의 생각이다.

결국 오전 3시에 시작한다는 합의 룰을 그대로 받아들인 성실한 경찰 라이더와 책략이 없는 짐승만 상대해온 사냥꾼에 불과했다.

하지만 지금 후키가 대치하고 있는 총잡이는 그들과 다르다. 살인을 즐기기 위해 준비를 했다.

“변태끼리 총질하다 죽었으면 좋았을 텐데. 그러면 수고도 덜었을 거야.”

“아무리 어려도, 리코리스라도… 이해할 수 있을 거야. 위협을 배제한 순간은 바로 쾌감이잖아? 저기 누워 있는 형사를 죽이고 한숨 돌렸을 때 끝내주기 기분 좋았겠지.”

웃음기가 배인 남자의 목소리가 불쾌했다.

“숨길 거 없어. 부끄러워할 일도 아니야. 왜냐면 그게 생물의 본능이니까. 몸에 구비된 당연한 시스템… 죽고 죽이는 싸움에서의 생환과 승리, 거기서 얻어지는 보수와 같은 쾌락은 이 세상에서 가장 감미로운 거다. 정말 멋지고 참을 수 없게 끝내주는 거지.”

유창하게 떠들어대는 남자의 말투에서 후키는 뭔가를 감지했다.

“너… 이 변태 게임, 여러 번 했지?”

그리고 이 남자는 살아남아 온 거다.

“알겠어? 그래, 나는 이미 이 싸움을―.”

후키는 총을 쐈다.

자기 이야기에 심취한 순간, 총잡이의 살기가 명확하게 사라졌다. 떠들고 싶어서, 말해주고 싶어서 참을 수 없어진 것이다.

그러니까 이 순간밖에 없었다.

모디파이드 프론(주6)이라고 하는 한쪽 무릎을 짚고 다른 한쪽 다리를 앞으로 뻗으며 상반신을 옆으로 최대한 꺾는, 정위치에서의 자세였다.

원래는 차 밑이나 낮은 위치에 있는 구멍 등을 노릴 때 하는 자세인데 여기엔 그 밖에도 다른 이점이 있다.

후키가 속사로 두 발을 발사해 구멍을 낸 직후였다.

총잡이가 반격해 왔다. 폭음. 게시판이 위로 들리는 듯한 충격과 함께 어린아이 주먹만 한 구멍이 뚫렸다. 그것은 조금 전까지 그 자리에 서 있던 후키의 가슴팍 높이에 해당하는 위치였다.

후키는 마구 총을 갈겼다. 낮은 위치에서 목소리가 나던 위치로 올려 쏘듯 눈앞의 게시판에 계속해서 구멍을 냈다.

남자의 두 번째 발포는 없―있었다. 폭음, 게시판에 구멍이 뚫리고 그 충격으로 쓰러진다.

후키는 바닥을 기듯 낮은 자세로 움직였다. 모디파이드 프론은 두 신발을 바닥에서 떼지 않기 때문에 다음 움직임으로 넘어가기가 수월한 자세다.

후키는 쓰러지는 게시판을 피하면서 뛰어나가 전속력으로 몸을 날려

주6) 모디파이드 프론: 오른팔을 땅에 붙이고 총을 낮춰 드는 변형 엎드려 쏴 자세.

남자와의 거리를 좁혔다.

총잡이의 두 번째 발포음 직전에 희미하게 '찰칵' 하는 금속음이 난 것을 후키는 놓치지 않았다.

게시판에 손가락만 한 구멍을 내는 게 고작인 후키의 45구경과는 차원이 다른 힘, 그리고 조금 전의—격철을 일으키는 둔탁하고 묵직한 소리로 상대 무기가 무엇인지 짐작할 수 있었다.

대구경 리볼버다.

그래서 밀고 들어갈 수 있다고 본 것이다.

유리창을 부수는 데 한 발, 후키를 향해 위협으로 한 발, 그리고 게시판 너머로 두 발… 그렇다면 적의 남은 총알은 한 발 내지 두 발.

대구경 리볼버는 장탄 수도 그렇지만 힘이 있어 빠른 사격이 불가능하고 아무래도 거대해지기 때문에 빠르게 움직이기도 힘들다.

그리고 리볼버는 일부 특수 모델을 제외하면 발포 시에 실린더와 프레임의 갭—즉 총 본체의 틈으로 불길이 요란하게 피어오르고 그립의 모양에서 후키의 예전 파트너가 즐겨 사용하는 근거리 전투에 특화된 C.A.R 시스템 같은 기술은 거의 사용하기 어렵다.

그러니까 총알이 얼마 남지 않은 대구경 리볼버는 근거리일수록 그 위협이 약해지는 것이다.

후키는 총잡이의 실루엣을 확인했지만, 그는 게시판 뒤로 몸을 숨겼다.

후키는 그곳을 향해 총을 발사했고, 총잡이가 한 발 반격했다. 폭음, 게시판에 구멍. 하지만 발사된 탄환은 당연히 후키에게 맞지 않았다.

구멍이 뚫린 게시판이 후키 쪽으로 쓰러졌지만 거기에 전력으로 태클을 걸어 총잡이 쪽으로 밀어내며 그 위로 올라갔다.

쓰러지던 게시판이 멈췄다. 밑에 있던 총잡이의 머리나 팔에 부딪힌 것이다. 적의 위치를 알 수 있었고—그와 동시에 후키는 발사했다. 두 발.

남자의 짧은 신음.

게시판을 관통한 후에 확실히 살을 뚫는 기척이 느껴졌다.

끝냈나, 아니, 아직이다.

게시판이 힘에 말려 날아간다.

위에 올라가 있던 후키도 게시판과 함께 벽까지 날려갔다.

후키는 게시판을 박차고 먼저 벽으로 몸을 날려 고양이처럼 몸을 비틀어 다리를 붙였다.

그리고 이번엔 벽을 박차서 멀어진 총잡이와의 거리를 단숨에, 그리고 다시 재빨리 좁혔다.

총잡이는 달빛 아래에서 처음으로 그 모습을 똑똑히 볼 수 있었다.

기골이 장대한 남자. 팔을 걷어 붙인 작업복을 입고 요란한 건 벨트와 홀스터를 차고 있었다.

그런 남자의 오른팔에는 피 얼룩이. 그 손에는 거대한 은색의 특징적인 기다란 리볼버… S&W의 M500이 들려 있었다. 시판되는 것들 가운데 최강이라 불리는 50구경 리볼버였다.

장탄 수는 5발. 그렇다면 이제 적에게 총알은 없다. 재장전을 할 틈은 주지 않았으니까.

하지만 총잡이의 왼손에는 베레타… 라이더가 가져온 총이 들려 있었다.

주워서 챙긴 것이다. 그것이 후키를 향해 있었다.

베레타, 난사.

후키는 등에 짊어진 사첼백을 앞으로 들면서 방탄 에어백을 작동했다. 폭발적으로 전개하는 하얀 풍선 모양의 그것이 날아오는 베레타의 이건 일. 모두 남의 일. 그러니까 이러면 된 거다.

모든 것은 철들기 전에 이미 정해진 일이다.

그곳에 새삼스레 어떤 감정이 끼어들 자리는 없었다.

그러니까 이러면 된 거다.

"후우…."

멀어지는 헬기에서 눈을 뗀 후키는 고개를 들고 밤하늘을 향해 한숨을 내쉬었다.

눈을 감으며 천천히.

그 덕분에 오늘의 피로가 조금은 빠져나가는 듯한 기분이 들었다.

눈을 떴다.

희미하게 볼이 보이는 밤하늘. 하지만 얼마 지나지 않아 곧 아침으로 바뀌겠지.

조금만 더 있으면. 이제 곧. 하지만 지금은 아니다.

"돌아가자, 파트너."

후키는 몸을 돌려 자신의 파트너와 함께 귀로에 올랐다.

■ 제5화 『Common occurrence』

문득 눈을 뜨니… 어두웠다.

하지만 눈은 나뭇결이 있는 판자를 확인했다. …아니, 판자가 아니다, 침대다. 2층 침대 아래칸이다.

이노우에 타키나는 몸을 일으켰다. 셔츠에 메리야스 천으로 된 반바지를 입은 편한 복장이다.

여기가 어디였지. 타키나는 그걸 떠올리려 했지만 잠에서 막 깬 탓인지 머리에 안개가 낀 것처럼 아무것도 떠오르는 게 없었다. 그래서 방을 살펴보기로 했다.

“…오두막?”

나무로 지은 오두막의 방인 것 같았다. 창도 있었지만 커튼이 쳐져 있었고, 그 틈으로 달빛으로 보이는 빛이 안으로 들어오고 있었다.

창밖을 보면 생각이 날까. 그런 생각에 침대에서 내려오려는데 갑자기 위쪽 칸에서 머리가 불쑥 튀어나왔다.

“타키나?”

뒤집어진 치사토의 머리다. 위에서 머리만 내려 쳐다보고 있었다.

일단 손을 들어 그 머리를 옆으로 밀고 침대에서 내려왔다. 맨발에 마룻바닥이 서늘하게 느껴져 샌들을 신고 싶었다. 바닥을 보니 자신과 치사토의 것으로 보이는 스니커가 있어 맨발에 그걸 신었다.

치사토도 고개를 내린 채 침대 끝을 잡고 철봉에서 앞구르기를 하는 요령으로 내려왔다. 그녀도 스니커를 신었다.

“여기 어디였죠?”

“어? 타키나, 무슨 잠꼬대를 하는 거야? 여긴… 어… 응? 뭐더라?”

껴져 반사적으로 바닥에 몸을 던졌다.

그 직후, 뒤에서 충격파를 동반한 뭔가가 머리 위를 스치며 날아갔다.

"…해치웠어?"

모르는 여자의 목소리였다.

후키는 바닥을 손으로 짚고 몸을 일으키며 소리가 나는 방향―뒤쪽을 보았다. 복도 창으로 들어오는 희미한 불빛을 받아 어렴풋한 형체가 보였다.

낯선 서른 남짓의 여성이 대형 리볼버를 들고 있었다.

조금 전의 총잡이와 같은 작업복에 건 벨트와 홀스터를 찬 복장.

총은… 스텀 루거의 슈퍼 레드 호크인가.

"쳇, 오늘은 순 이런 일들밖에 없네. …장비를 보니 그 자위대 출신의 동료인가 보네?"

여유롭게 말했지만 후키의 등에는 식은땀이 흐르고 있었다.

참가자가 더 있을 줄은 몰랐는데, 가만히 생각해 보면 아무도 전부 세 명이란 말을 한 사람은 없었다.

하지만 문제는 적이 아직 더 있다는 게 아니었다.

후키는 지금 총을 쥐고 있다. 하지만 그 안은 비어 있었다.

사첼백을 등에 메고 나서 탄창을 교환하며 사쿠라가 있는 곳으로 가려고 했다. 하지만 등에 지며 복도로 나온 순간에 그녀와 맞닥뜨린 것이다.

평소라면 재장전부터 한 뒤에 움직였을 거다. 하지만 그렇게 하지 않았다. 그런 자신의 행동에 후키는 내심 놀랐다.

무의식중에 초조해하고 있었던 건가. 어서 사쿠라에게 가려고 급급했었나.

스스로 생각했던 것 이상으로 사쿠라를 걱정하고 있었나 보다.

여자가 한숨을 내쉬었다. 후키는 그 모습을 지켜보았다.

두 사람의 거리는 10미터. 몸을 날리기에는 조금 멀었지만 사격하기엔 이상적인 거리였다. 게다가 일직선의 복도이다.

"그를, 죽였어?"

연인이었는지도 모르겠다고 후키는 생각했다.

그러고 보니 그 총잡이는 여기서 나갈 수 있는 건 한 명 또는 두 명이라고 했었다. 지금 생각해 보면 조금 이상한 말이었다.

살인을 목적으로 모였는데 두 사람이 살아남고 끝난다는 건 불가능할 텐데.

그러니까 두 사람이란 건 자신들이 이겼을 때를 말한 거였을 것이다.

어쩌면 총잡이가 여러 번 이 미친 게임에서 이겨 온 것도 자신들만 2인조였기 때문인지도 몰랐다.

"응, 그를 죽였어?"

지금부터 어떻게 대답하느냐에 따라 자신의 생사가 정해진다. 그걸 후키는 확신했다.

"그래, 해치웠어."

후키는 일어나려고 했지만 그 순간에 근처 바닥에 총알이 꽂혀 그대로 멈췄다.

총성이 울리고 다시 정적이 찾아왔다. 멀리서 헬기 소리가 시끄럽게 울리고 있었다.

"일어나지 마. 총을 버려. 어차피 빈 것 같은데 괜찮지?"

슬라이드 오픈한 이상 아는 게 당연하겠지.

후키는 혀를 차고 싶은 기분으로 시키는 대로 총을 던진 뒤 천천히 바닥 위에 양반다리를 하고 앉았다.

그건 말리지 않았다.

침묵. 정적. 헬기 소리.

여자는 슈퍼 레드 호크를 든 채 후키를 주시했다,

"…왜?"

"마지막에 그는 행복해 보였어? 총으로 죽였지?"

"그래. …만족은 했을 거야."

"그래. 싸우다 죽었다면 원하던 대로 된 거겠네. …내가 죽여줄 수도 있었는데."

총잡이와 이 여자의 관계에 대해 생각이 흘러가려 했지만 후키는 그 생각을 지워버렸다.

두 사람이 어떤 관계든 자신의 이 상황이 개선될 여지는 없었다. 생각해봤자 헛수고다.

여자가 무슨 생각을 하는지는 모르겠지만 다시 침묵이 찾아왔다.

귀를 기울인다. 헬기 소리. 접근하고 있지만 아직 멀었다. 지금 당장에라도 총알이 발사될 수 있는 이 상황에서 지원을 기대하긴 어려워 보였다.

그런 생각을 하던 후키는 희미한 어떤 소리를 포착했다.

그러고 보니 그렇네, 하고 생각했다.

"…끝났네."

후우, 후키는 한숨을 한 번 내쉬고 난감하다는 듯이 양반다리를 한 자세에서 허리를 짚었다.

마치 전국시대 무장 같다는 생각이 문득 들었다.

"각오한 거야?"

여자의 눈가가 희미하게 빛나는 것처럼 보였다. 어쩌면 눈물을 흘리고 있는 건지도 몰랐다.

그리고 그녀도 후우―, 한숨을 내쉬었다.

하지만 그러는 사이에도 시선을 후키에게서 떼지 않는 걸 봐선 이 여자도 어떤 훈련을 받아온 것으로 보였다.

…마침 잘 됐군.

"슬슬 오늘 밤 게임도 끝내도록 할까."

"그래, 그러자고. 그만 끝내자. …배보다 위를 노려라."

"알았어. …그런데 그 자세, 마치 무사가 할복하려는 것 같네."

후키는 전국시대 무장이라고 생각했는데, 할복할 때처럼 보이기도 하나… 아니, 그러면 정좌를 했어야지. 쓸데없이 떠오른 잡생각에 후키는 문득 입가에 미소를 떠올렸다.

그렇게 풀어진 얼굴로 후키는 여자를 바라보았다.

그리고 그에 이끌리듯 그녀도 후키의 얼굴을 주시했다.

"좋은 눈이야. 대담하고. 사내아이처럼….”

인간은 긴장감이 있는 자리에서 강한 시선을 받으면 자연스레 똑같이 쳐다보게 되는 법이다.

상대의 의도를 파악하려는 인간의 본능과 같은 것이겠지.

그러니까 여자가 후키의 왼손이 살짝 움직이고 있는 걸 알아차리지 못한 것도 당연했다.

허리에 있었던 후키의 왼손이 살짝 움직여 치마 주머니에 꽂혀 있었다.

그곳에는 아까 넣어두었던―손전등이.

"쏴."

꺼내면서 동시에 스위치를 켜고 여자의 눈을 노렸다.

강렬한 불빛. 여자가 비명을 지르며 몸을 젖히는 것과 동시에―총성이 울렸다.

한 발처럼 들렸지만 정확하겐 두 발이었다.

커다란 리볼버의 그것과 소음기로 인해 탁해진 총성.

후자의 소리가 계속된다.

여자가 기묘한 춤을 추듯 차례로 피를 뿜으며 후퇴하더니 그대로 벌렁 쓰러졌다.

후키는 손전등을 끄고 조금 전에 내던진 글록을 주우며 일어섰다.

그리고 뒤를 돌아보았다.

"역시 네 사격은 정확하구나, 사쿠라."

아싸, 복도 끝에서 사쿠라가 주먹을 불끈 쥔다. 그리고 강아지처럼 도도도 뛰어왔다.

"겨우 합류했네요."

"어느 바보가 트랩에 걸려서 그렇지."

헤헷, 탄내가 풀풀 나는 사쿠라는 멋쩍게 웃으면서 머리를 긁적였다.

생각해 보면 오늘 밤에 모인 건 '총으로 사람을 죽이고 싶은' 녀석들이다.

트랩을 설치해도 그 때문에 죽는다면 귀중한 '타깃'이 줄어들고 만다.

기껏해야 소리를 내는 정도의 위치 파악용이나 충격을 줘서 움직임을 봉쇄하기 위한 용도가 고작이었을 거다.

사쿠라가 걸린 그것은 가스를 이용한 트랩이었는데 금속 파편과 액체 연료를 뿌리는 살상력 높은 것이 아니라 순간적으로 폭발과 불꽃으로 겁을 주는 용도에 불과했던 것 같다.

실제로 사쿠라는 탄내가 났지만 머리카락이 타거나 하진 않았다.

다만… 아무래도 예상치 못한 일에 무척 놀랐는지 폭발에 날아가 비상계단에서 굴러떨어져 잠시 기절을 하고 말았다.

계단 아래로 떨어졌을 줄은 몰랐기에 상공에서 굽어보는 드론의 눈에는 띄지 못했던 거고.

"선배가 무사해서 다행이에요! 그런데 선배, 용케 제가 온 걸 알아차렸네요?"

"당연하지. …파트너의 발소리 정도야 구분할 수 있다고."

파트너… 사쿠라는 그렇게 중얼거린 뒤 기쁘게 웃었다.

"나도 어서 후키 선배 발소리 구분할 수 있게 되고 싶어요!"

"훈련에 집중하면 금방 할 수 있어."

"네!"

통로 창으로 강렬한 빛이 쏟아진다. 어느새 중형 헬기가 가까이 와 있었고, 헬기 옆쪽, 카고 문이 열리며 조명을 쏘고 있었다.

손으로 가리며 주시하자 강력한 조명 옆에서 라이플을 든 남자가 있는 것이 희미하게 보였다.

보이는 건 거의 없었지만 그게 누구인지 후키는 바로 알아봤다.

"…선생님."

카페 리코리코의 점장이자 후키에겐 특별한 과거의 은사… 미카다.

자신을 구하기 위해 달려와 준 것이다.

그렇게 생각하니 몸이 근질근질했다. 그 감각을 견디듯 어금니를 꽉 깨물었다.

사쿠라가 헤드셋으로 현 상황을 보고하자 그 내용이 헬기에도 전해졌는지 미카가 라이플을 내렸다.

그리고 헬기는 상승. 돌아가는 줄 알았는데 시설 옥상에 착륙하려는 것 같았다.

"선배, 쿠스노키 사령관이 다쳤으면 헬기로 이송해주겠다는데요."

"…그래."

큰 부상은 없었다. 하지만 폭발에 날아가 비상계단에서 굴러떨어진 사쿠라는 혹시 모르니 검사를 받는 게 좋을 거다… 라는 이유를 억지로 꾸며대며 후키는 옥상으로 올라갔다.

사실은 단지 그를 만나고 싶을 뿐이다.

“헬기까지 파견해주다니 사치스럽네요~.”

“걱정해준 거지. 고맙게 여겨.”

“네!”

그런 이야기를 나누며 두 사람이 옥상으로 나가자… 여전히 화가 나는 목소리가 날아왔다.

“거봐~ 역시 아무렇지도 않잖아!”

후키와 마찬가지로 희귀한 존재인 퍼스트 리코리스 제복을 입고 있는 니시키기 치사토가 못마땅하단 얼굴로 기다리고 있었다.

“뭐야?! 무사하면 안 되냐!”

헬기는 옥상에 착륙해 있었지만 메인 로터는 아직 돌아가고 있어 바람과 함께 소음을 일으키고 있었기 때문에 치사토도 후키도 고함치듯 말할 수밖에 없었다.

기세 싸움을 하며 얼굴을 붙이고 있는 것도 반은 목소리를 잘 듣기 위해서다.

헬기는 로터 회전을 완전히 멈추면 시동하기까지 시간이 걸리기도 하지만 그보다는 날개가 아래로 쳐져 급하게 오르내릴 때는 위험이 따르기 때문에 일부러 회전을 멈추지 않는다.

“아니, 뭐~! 쿠스노키 씨가 그러더라고, 후키라면 아마 우리 응원은 필요 없을 거라고! 그래도 가라고 하니까—!”

“수고했네?! 가서 똥 싸고 잠이나 퍼자!”

“아아~ 후키가 징징대는 꼴 좀 볼 수 있나 싶었더니—! 안 그러냐, 타키나—?!”

치사토가 뒤를 돌아보기에 후키도 그녀의 시선을 따라 눈을 움직였다.

미카가 헬기에서 걸어 나오고 있었다.

그 뒤쪽, 헬기 카고 좌석에서 이노우에 타키나가 후키를 보고 있었다.

내리지도 않냐고 투덜대려 했지만 타키나의 상태가 좀 이상했다.

패기가 없었다. 아니, 평소에도 담담한 얄미운 애였지만 지금은 그보다 더 기력이 없어 보였다. 안색이 안 좋은 것도 같은데… 싶었지만 애초에 지금 환경이 어두운 데다 쟤는 원래 피부가 흰 편이라 안색을 알아보기 힘들었다.

"…치사토. 쟤랑은 잘 지내고 있냐?"

딱히 큰소리로 말한 건 아니었지만 가까이에 있어서 그런지 치사토에겐 선명히 들렸나 보다.

"그럼, 얼마나 잘 지내는데! 완벽해! 최고야! …뭐, 사실 지금 타키나가 몸이 좀 안 좋긴 한데."

컨디션이 안 좋은데도 굳이 와주다니 고맙네, 라는 생각이 안 드는 건 아니었지만 후키의 입에서 나온 말은 "그럼 더 가서 잠이나 자야지"라는 소리였다.

"뭐…?! 너 인마, 고마워할 줄도 알아라! 우리 타키나 씨는 말이죠, 그래도 가겠다면서 애써서 와줬다고!"

"누가 부탁했냐!"

"시끄러워, 아무튼 어서 눈물 짜며 기뻐해!"

"선의를 강요하는데 울 사람이 어디 있어, 멍청아!"

"뭐야, 이 자식이!"

"네가 뭔데?!"

“뭐어?!”

“뭐어?!”

“후키.”

그 목소리에 후키는 치사토와의 기세 싸움을 접고 등을 곧게 폈다.

가까이 다가오는 미카에게 무감정한 목소리로 “네” 하고 답했다.

“상황은 듣고 있었다. 힘들었겠네. 괜찮아?”

“네. 예정을 벗어난 사태가 거듭되었지만… 모두 문제 없이 끝냈습니다.”

“그래, 그럼 다행이고.”

커다란 남자였다.

몸도 마음도. 직접 대화를 나누기만 해도 따뜻하게 안기는 듯한 느낌을 받는다.

그리고 그게 싫지 않았다. 아니, 오히려 반대다.

옆에서 이마를 들이밀며 “뭐어? 어어? 으응?” 하고 치사토가 여전히 시비를 걸어대는 게 너무나 성가셨다. 흥분한 개 같군. 옥상에서 던져 버리고 싶었다.

“그럼 철수다. 자, 후키, 가자.”

“…아뇨, 다친 사람은 없으니까 통상대로 귀환하겠습니다.”

뒤에서 “아앗—!” 하고 사쿠라가 소리쳤지만 무시했다.

“뭐야, 타고 가! 사양하지 마! 아님 뭐야, 우리 헬기는 못 타겠다 이거냐?! 어엉?!”

치사토가 뭐라고 투덜대고 있었지만 이것도 무시했다.

헬기는 DA 것이고 조종사도 그렇다. 내 거가 어디 있나.

미카는 잠시 후키를 바라보다 그러냐, 하고 난감하게 미소 지었다.

“알았다. 조심해서 가라. …수고했어.”

"늦은 시간에 감사했습니다."

후키는 인사했다. 그 어깨를 커다란 손이 부드럽게 두드렸다.

미카가 몸을 돌려 헬기 쪽으로 걸어간다. 그 뒤로 당연하다는 듯이 치사토가 따라붙었지만, 그녀는 가다 말고 몸을 돌렸다.

"…정말 안 탈 거야? 힘들지 않아?"

입술을 삐죽거리며 토라진 듯한 표정을 짓는다. 후키를 걱정하는 거겠지만 지금 그런 건 필요 없었다.

"됐다니까. …어서 가기나 해."

두 사람이 그런 대화를 나누는 동안에도 타키나는 헬기 안에서 후키를 보고 있었다.

후키가 쳐다보자 타키나 옆에 치사토가 앉고 그 맞은편에 미카가 앉았다.

니시키기 치사토, 이노우에 타키나, 미카….

과거 자신을 두고 간 파트너.

과거 자신이 버린 파트너.

그리고 특별했던 은사.

그런 세 사람을 태운 헬기가 고도를 높여 구 전파탑 방면으로 날아간다.

헬기가 멀어질 때까지 후키는 계속 지켜보았다.

그 옆에서 사쿠라가 어깨를 축 떨구고 있었다.

"난 헬기 타고 가고 싶었다고요~…."

저 헬기를 탈 수도 있었다. 타도 상관없었다.

하지만 타고 싶지 않았다.

적어도 지금 저 헬기에 자신의 자리는 없다고 생각했으니까.

"…이러면 됐어."

치사토는 편한 캐미솔에 짧은 바지를 입고 머리를 좌우로 내려 묶은 모습이었다.

자신의 복장과 함께 볼 때 난방도 없는 방에서 이렇게 입고 자고 있었다는 것으로도 따뜻하다는 건 알 수 있었다.

계절은 아직 여름이라 하기엔 이른 정도… 였던 것 같지만 확실하진 않다. 여름이라고 하면 바로 수긍해버릴 만큼 지금 자신의 기억에 자신이 없었다.

“어… 뭐지?”

“치사토는 계속 깨어 있었나요?”

“아니, 지금 깼어. 타키나가 일어나는 거 듣고.”

“미안하네요.”

“아니, 그건 괜찮은데. …이 상황은 뭘까?”

치사토가 커튼을 잡고 열었다. 창백한 달빛이 들어온다. 주위는 숲인 것 같았다.

더더욱 이해가 되지 않았다. 이런 오두막에 온 것은 물론이고 숲에 들어온 기억조차 전혀 없는데.

치사토가 창을 열었다. 그리고 바깥을 살피기 위해 몸을 내밀려고 한 —그때, 그것이 왔다.

창 아래에서 갑자기 누군가가 나타났고… 그와 동시에 치사토의 강렬한 라이트 스트레이트가 꽂혔다.

주먹을 날리자마자 치사토는 백스텝으로 거리를 벌렸다.

“우왓, 반사적으로 그만…?!”

나타난 형체는 바로 꽂힌 주먹에 “후업” 하고 둔한 소리를 내더니 다시 창 아래로 사라졌다… 아니, 쓰러졌다.

“…괘, 괜찮을까?”

“방금 아주 깔끔하게 들어갔었네요.”

“나쁜 의미로 느낌이 좋았어.”

경추를 부러뜨린 느낌이라도 들었나.

방금 등장한 알 수 없는 형체에 겁먹었다… 기보다는 자신이 저지른 죄가 두려워 치사토는 조심조심 창가로 다가가 아래를 보았고… 그대로 굳어 타키나를 손짓으로 불렀다.

타키나도 치사토와 나란히 서서 살펴보니… 그곳에는 넝마 같은 옷을 입은 덩치 큰 남자가 엎드려 있었다.

치사토가 조심스레 가리킨 곳을 보니 바닥에 칼처럼 큰 손도끼… 아니, 마체테가 꽂혀 있었다.

“이건….”

타키나의 속삭임에 반응하듯 덩치 큰 남자의 손이 마체테 그립을 움켜쥐고 그대로 일어나더니 창밖을 살펴보던 두 사람의 목을 벨 기세로 휘두르며 다가왔다.

“우와앗!”

치사토와 함께 몸을 젖혀 공격을 피한 뒤 방 안쪽으로 뒷걸음질 쳤다.

“치사토, 적이에요! 장비… 장비는…?”

방을 둘러보았다. 카페 리코리코에 상비해 둔 외박 세트가 담긴 봉투만 보였다.

리코리스의 장비가 담긴 사첼백이 없었다. 침대 위는 물론이고 베개 아래도 살펴 보았지만 당연히 거기에 총이 놓여 있거나 하진 않았다.

“치사토, 큰일이에요!”

“아니… 일단은 괜찮은 것 같은데.”

타키나가 뒤돌아보자 치사토의 다리와 엉덩이만 보였다. 창밖으로 몸을 쭉 빼고 어딘가를 보고 있는 것 같았다.

방금 본 덩치 큰 남자는 마체테를 손에 들고 어두운 숲속으로 도망쳤다.

타키나도, 치사토가 말하는 곳을 쳐다보았다. 오두막 주변이 그나마 좀 트여 있을 뿐, 숲은 밀도가 높아 그 안은 완전히 어두워서 형체를 구분할 수 없었다.

안으로 다시 몸을 밀어 넣은 치사토가 흐음, 하고 팔짱을 꼬았다.

"…이 상황은 말하자면…."

"살인마가 나오는 공포 영화 패턴이네요."

"그치—!!"

"…왜 그렇게 눈을 빛내는 거죠?"

"그야… 그야, 타키나, 숲속 오두막에 살인마라고?! 여자라면 누구나 한번은 꿈꿀 상황이잖아!"

"…그럴 리가 없잖아요."

"어, 타키나는 없어?! 보면서 아, 뭐야, 나라면 이렇게 할 텐데 그런 거. 그걸 할 수 있잖아?!"

"보면서 기가 막힌 적은 있습니다만. 저건 악수지, 싶은 거요."

"에잇, 이런 곳엔 못 있어 난 방으로 돌아갈래… 그런 패턴 말이지."

"그건 죽으러 가는 거잖아요."

"또는 개가 범인이거나."

"아아, 그런 것도 있죠. 그래서 그게 왜요?"

"안타깝잖아! 나라면 이렇게 했을 텐데 싶어서. 그걸 지금, 자, 이 상황을 봐! 마침내, 왔다니까!"

치사토가 흥분하는 걸 보면서 타키나는 겨우 상황을 이해할 수 있었다.

“치사토, 이거, 아마, 꿈일 거예요.”

“응, 꿈 같은 상황이지!”

무장 없이 살인마와 상대하게 될지도 모르는 상황을 꿈이라고 할 수 있는 여자는 이 세상이 아무리 넓다 해도 치사토뿐일 거다. 위기 상황이라면 보통은 잘해야 곤혹스러워할 거고 까딱 잘못하면 절망이다.

“아니, 그게 아니라, 잘 때 꾸는 꿈일 거예요. 우리… 아니, 내가 지금 자고 있는 것 같네요.”

“뭐, 현실은 아니긴 하겠지. 기억이 연속되지도 않으니까. 하지만! 그건 그렇다 치고.”

“그렇게 넘어갈 수는 없잖아요.”

“괜찮아. 꿈이든 현실이든 일단 지금을 즐기지 않으면 손해 아니겠어!”

“하지만요.”

“그럼 타키나, 꿈이니까 일단 죽어볼래?”

“그건 좀… 싫네요.”

“그럼 해야 할 일은 똑같네. 부정적으로 보기보단 긍정적으로 가자고! 그거 알아? 슬래셔 무비의 결말 패턴은 기본적으로 두 개야. 살인마한테서 도망치든가 살인마를 죽이든가, 둘 중 하나밖에 없다고.”

꿈이라고 해도 죽는 건 싫었고, 죽지 않기 위해서는 저항하거나 도망치는 수밖에 없긴 했다.

그렇다면 확실히 꿈이든 현실이든 해야 할 일은 똑같았다.

“치사토, 그런데 슬래셔 무비가 뭔가요?”

“응? 살인마가 나오는 영화.”

“쿠루미가 즐겨 보는 스플래터 영화랑은 다른 건가요?”

이 단어가 더 귀에 친숙하긴 한데.

"아아, 그 부분은 조금 이해하기 복잡한데. 쉽게 설명하면…."

치사토의 설명에 따르면 슬래셔 무비는 'slasher' 즉 '찢다'라는 의미에서도 알 수 있듯이 살인마 등이 나오는 작품을 말한다.

한편 스플래터는 'splatter' 즉 피 등의 액체가 튀거나 요란하게 뿜어져 나오는 잔인한 표현이 등장하는 작품을 가리킨다고 했다.

"그러니까 슬래셔 무비면서 스플래터 무비인 작품이 많기는 하지만 그중에는 살인마가 나와도 피는 거의 흘리지 않고 사람만 싹둑 잘라 죽이는 마일드한 작품도 있으니까 그건 스플래터 무비에선 빠지는 거야."

"장르와 내용 같은 건가요?"

"그렇게 볼 수 있지. 라면이라는 하나의 장르에도 지로계나 하카타 돈코츠계가 있잖아."

"둘 다 무겁네요…."

일단 이해는 했지만 그런 단어가 있다는 것은 스플래터 무비를 즐겨 보는 층도 있다는 의미일 것이다.

인간이란 참 신기한 존재다. 뭐가 좋아서 그런 걸 보나… 싶었지만 그렇지 않다는 걸 타키나는 깨달았다. 반대일 가능성이 있었다. 살인마 영화를 보고 싶지만 그로테스크한 건 싫다는 사람이 그 '스플래터 무비가 아닌 작품'을 선택하기 위해 그런 단어가 생겨난 걸지도 몰랐다.

"…영화는 심오하달까, 참 다양하네요."

"그래—. 오래 즐기는 오락은 심오한 법이지."

영화 이야기는 나중에 하기로 하고 일단 타키나는 창밖을 경계하며 방을 뒤져보았다.

방의 조명은 당연히 켜지지 않는다. 전기가 없는 것 같았다. 그리고 무기가 될 만한 것도 보이지 않았다.

"…스마트폰도 없네요."

"외부와 연락할 수단을 끊는 건 이런 류의 영화에선 기본이니까 어쩔 수 없지. 아마 오두막의 전화선도 잘렸을 거야."

두 사람은 방 밖으로 나가보았다. 침실로 보이는 비슷한 방이 두 개 더 있었다.

하나를 슬쩍 열어보았다. 안은 두 사람이 있던 곳과 같은 구조의 방. 그 2층 침대 아래 칸에는 니혼슈 됫병을 끌어안고 잠든 미즈키가 코를 골고 있었다. 위는 비어 있었다.

"야— 일어나— 미즈키—."

치사토가 뺨을 찰싹찰싹 때리자 미즈키가 "그아?" 하고 어디서 내는 지 알 수 없는 목소리… 아니, 소리와 함께 몸을 일으켰다.

"미즈키 씨, 진정하고 잘 들어주세요. 이건 꿈입니다."

"그럼 잘래."

미즈키가 다시 침대에 드러눕는 걸 보고 치사토가 혀를 차며 팔을 당겨 다시 억지로 일으켜 세웠다. 타키나는 계속 설명했다.

"마체테를 가진 덩치 큰 남자가 적의를 갖고 오두막 부근을 배회하고 있어요. 아시겠어요? 그러니까…."

텅 비었던 미즈키의 눈이 번쩍 떠졌다.

"그러면 나 죽는 거야?!"

갑자기 이야기가 빨라졌다.

"뭐, 확정은 아니지만…."

"아아, 이럴 수가… 하긴. 섹시하고 인기 있는 미녀는 언제나 제일 먼저… 아아, 내 인생도 여기서 지는 거야…?"

"그러니까 죽는 게 확정된 건 아니에요. 제대로 대처하고 저항하면 길은…."

"아아, 이럴 수가… 아아! 내가 너무 예뻐서… 세상에나!! …하지만 어쩔 수 없긴 하네.”

미즈키는 머리맡에 놔둔 안경을 쓰고 침대에서 내려오자마자 서둘러 옷을 갈아입었다. 왜 갑자기… 싶었는데 매우 짧은 치마에 짝 붙는 탱크톱을 입는다. 어두웠지만 무늬가 무척 화려하다는 건 알 수 있었다.

“살인마에게 공격당한다면 의상은 역시 이래야지.”

미즈키는 침대에 걸터앉아 머리를 뒤로 묶으며 다리를 꼬았다. ‘나 멋진 여자지?’라는 느낌을 풍기는 게 살짝 거슬렸지만 그보다 더 타키나의 신경을 끄는 게 있었다.

“저어… 공격당할 거란 걸 받아들이는 겁니까?”

타키나의 질문에 미즈키는 훗, 하고 작게 웃었다.

“…그게 미녀가 할 일이거든.”

타키나는 난처해져 치사토를 쳐다보았다. 치사토는 별 관심이 없는 눈치였다.

“그런 논리로 따지자면 나나 타키나가 먼저 죽을 것 같은데… 우린 아직 십대잖아.”

“아까부터 공격당할 걸 전제로 이야기를 하고 있는데요… 도대체 왜 그러는 거죠?”

공포 영화나 슬래셔 무비의 기본으로 제일 먼저 죽는 건 섹시 담당 배우라는 건 철칙이라고 한다. 다만 죽는 건 대개 20대 이상으로, 10대는 거의 죽지 않는다. 그건 해외의 기준에서 볼 때 십 대는 아직 어리다는 인상이 강해 섹시한 것과는 조금 다른 존재가 되기 때문이라고 했다.

“주요 등장인물 전원이 십대라면 이야기는 또 다르지만. 가슴이 큰 애나 돈 많고 성격 나쁜 여자가 제일 먼저 죽는 경우가 많지.”

흐음, 치사토는 잠시 생각하다 옆방으로 가자고 제안했다. 미즈키가 여기에 있다면 다른 방에는 미카와 쿠루미가 있을 거라면서.

"아마 살아남으려면 그 두 사람의 힘이 필요할 거 같거든."

"왜요…?"

"근육질의 흑인 터프 가이는 마지막까지 의지가 되고 어린애의 생존율은 월등히 높거든."

"…여러 편견이 담긴 것 같네요?"

"다 그런 거야. 가자."

샌들을 신은 미즈키를 끌고서 두 사람은 옆방으로 찾아갔다. …안에는 아무도 없었다. 단지 아래 칸 침대에는 누군가가 누워 있던 흔적이 있었다.

치사토가 베개에 코를 들이대고 킁킁거린다.

"선생님이네."

"…그 판별법은 조금 문제가 있는 것 같습니다."

"알아내면 됐지."

미즈키가 침대 위 칸을 확인했지만 그쪽은 누가 있던 흔적은 없다고 했다.

"그럼 일단 오두막을 조사해 무기가 될 만한 것과 식량과 물을 확보하죠. 그런 다음에—."

—우워어어아아아아!!

남자의 비명. 바깥. 그것이 미카라는 것은 치사토가 아니라도 알 수 있었다.

치사토가 조금도 망설이지 않고 창을 열고 뛰어나갔다. 타키나도 그 뒤를 쫓았다.

오두막 바깥은 서늘했고 스니커가 디디는 지면은 축축하게 젖어 있어 추위를 더욱 두드러지게 했다.

좀 기다려—! 움직이기 힘든 복장에다가 샌들을 신은 미즈키를 뒤에 둔 채 치사토와 타키나는 어두운 숲으로 돌입했다.

무척 어두웠지만 앞쪽은 약간 밝았다.

목소리는 그쪽에서 났기 때문에 그대로 달려가자… 호수가 나왔다.

숲에 둘러싸인 커다란 호수. 그 한쪽에 우뚝 솟아 있는 커다란 나무 둥치에 미카가 있었다.

나무에 등을 기대고 앉아 힘없이 목을 축 늘어뜨린… 그의 복부에는 마체테가 꽂혀 있었다.

"아니, 선생님?! …어… 서, 선생님…?"

놀라 달려가던 치사토는 속도를 늦추고 당혹스러워하며 걸어가다가 결국 조금 떨어진 곳에서 멈춰 섰다.

타키나는 치사토 옆에 서서 차가운 눈으로 미카를 보았다.

"…이게, 뭐죠?"

확실히 미카였다. 잠옷이라기보단 운동을 하려고 했는지 근육이 두드러질 정도로 딱 붙는 얇은 셔츠에 메리야스 바지를 입고 그 배에는 마체테가 박혀 있었다. 치명상으로 보였지만… 문제는 그 마체테가 박힌 부분에서 지금도 대량의 혈액이 왈칵왈칵 뿜어져 나오고 있다는 것이었다.

아무리 봐도 분출량이 인체의 혈액 총량 약 5리터를 훨씬 넘고 있었다. 작은 분수나 수도관이 터진 것 같은 모양이었다.

"스플래터 무비 쪽이었나. 그것도 좀 과한 타입이네."

스플래터 무비 계열의 고어 표현… 그로테스크한 표현이 있는 경우 조형의 리얼함과 그런 잔학한 방법이 있었구나! 싶은 오리지널리티 등을 즐기는 방법도 있다지만, 그중에는 360도 돌아서 너무 과해 코미디가 되어 버리는 것도 있다고 했다.

“그러면….”

“이거네요.”

치사토는 여전히 기세 좋게 피를 뿜어내고 있는 미카를 가리켰고, 타키나도 그것을 보았다.

“그치만 어쨌든 호러는 코미디와 표리일체거든. 해외의 영화관에선 무서운 장면에서 폭소를 터트리기도 한다더라. 그래서 일부러 호러의 가면을 쓴… 아니, 보는 사람에 따라선 호러로도 코미디로도 볼 수 있는 걸 만들기도 하는 건데.”

헤에, 하고 타키나는 치사토와 함께 미카를 주시했다.

너무나 비현실적이라서 우스꽝스럽게 보일 지경이라 죽음을 애도할 마음은 조금도 들지 않았다. 피 웅덩이는 이미 강줄기를 이뤄 호수를 향해 흘러가고 있었다.

“뭐야… 하아하아, 기다리라고… 하아하아… 어, 뭐야, 죽었어, 그거?”

“어? 그러고 보니 미즈키가 살아 있네… 어, 아, 그런 거구나?! 설마 카페 리코리코는 선생님이 섹시 담당이었던 거야?!”

“섹시 담당이 제일 먼저 죽는 건 철칙이었죠.”

듣고 보니 평소엔 전통 복식을 단정히 차려입고 다녀서 알아보기 힘들지만 미카는 굵고 단단하고 어디에도 군살이라곤 찾아볼 수 없는 몸을 갖고 있었다.

특히 지금처럼 딱 달라붙는 셔츠와 부드러워 다리 선이 잘 드러나는 메리야스 바지를 입었다면 어필하기에도 충분할 것이다. 육체의 매력은 한눈에 알 수 있었다. 섹시했다.

“아니, 하지만… 그렇구나. 선생님, 하긴 인기 많으니까.”

“아, 그래요?”

"팬이라고 하나, 스토커가 붙을 정도야. 하지만 그렇게 되면 미즈키는… 뭐지?"

치사토가 말하다가 놀라 씁쓸한 표정을 짓는다.

"이대로 흘러가면 미즈키만 살아남겠네?! 파이널 걸이다!"

파이널 걸. 그건 호러, 특히 슬래셔 무비에서 마지막에 살아남는 여성을 가리키는 말이다.

여기엔 여러 조건이 있는데, 예외적으로 아이가 있는 싱글맘인 경우도 있지만 대개는 정조 관념이 확고한 평범한 처녀라고 했다.

"뭐 잘못된 거 아닌가요? 지금 미즈키 씨는 화려한 모습인데요."

타키나는 미즈키를 보았고, 그녀도 "그렇지?" 하고 동의했다.

"강제적으로 정조가 확고하다고 해야 하나… 인기가 없잖아."

뭐야?! 미즈키가 소리쳤지만, 치사토는 무시했다.

"그리고 이름이 중성적인 것도 파이널 걸의 조건에 들어가."

타키나, 치사토, 미즈키… 확실히 남자 이름으로 봐도 무방한 건 미즈키였다.

"그럼 미즈키 씨와 같이 있으면 살아남을 수 있겠네요."

"아니, 파이널 걸은 마지막 한 명이란 의미이기도 하거든. …그러니까 다른 사람은 다 죽어."

순간, 머리 한쪽 구석에서 그렇다면 미즈키를 제일 먼저 처리하면…이란 아이디어가 떠올랐지만, 그건 아무래도 그랬기에 타키나는 속에서 지워버렸다. 만약 그렇게 된다면 마지막은 치사토와 맞붙게 될 거다. 그러느니 얌전히 살인마를 쓰러뜨리는 데 주력하는 게 더 낫지.

치사토는 살아남을 방법을 찾기 위해 손을 입가에 대고 그 팔꿈치를 다른 손으로 받쳤다. 탐정 흉내라도 내는 건가.

"…파이널 걸 이외에 살아남는다면 그것밖에… 아니, 하지만…."

치사토가 무슨 이유에서인지 힐끔 타키나를 쳐다본다.

타키나가 되받아 보자 그녀는 불편하다는 듯 바로 시선을 외면했다.

"치사토, 뭔데요?"

―부웅 부웅!

숲 안쪽에서 울리는 엔진 소리가 모두의 입을 다물게 했다. 이어지는 위잉―! 고속으로 회전하는 소리.

이게 무엇을 의미하는가. 그 상태에서는 바로 알 수 있었다.

전기톱이다. 장비를 갱신한 그 녀석이 오고 있었다.

"점장님, 미안해요!"

타키나가 미카의 몸에 박혀 있던 마체테를 뽑으려고 했지만 너무 깊이 꽂혔는지 아니면 그의 터프한 근육이 붙잡고 있는지는 몰라도 뽑히질 않았다.

타키나는 미카의 어깨에 발바닥을 대고 힘을 주어 뽑아냈다.

마체테는 칼날은 짧지만 날이 얇고 가볍다. 그 점은 좋았다. 문제는 자루가 짧은 한 손에 쥐는 사양이라는 점이었다. 한 손으로는 뼈째 잘라버리긴 어려운데.

전기톱 소리가 다가온다―왔다. 그 덩치 큰 남자. 달빛 속에서 전기톱을 치켜들고 달려온다. 2미터는 될 법한 체격이었다.

"나왔다아아아아아아―! 전기토오오오옵!!"

치사토가 신나 외치며 팔짝팔짝 뛰는 걸 무시하고 타키나는 앞으로 나가 왼쪽 다리를 반걸음 뒤로하고 오른손에 쥔 마체테 날을 눕혀 몸 왼쪽으로 들었다.

거한이 온다. 너덜너덜한 옷. 얼굴에는 가는 눈에 미소를 짓고 있는 이마가 넓은 어린애처럼 생긴, 음료 '고키겐'의 간판 캐릭터 가면이 씌워져 있었다.

목은 무리다. 경골 관절에 들어가면 벨 수 있겠지만 신장 차가 너무 커서 옆으로는 휘두를 수 없고 무엇보다 굵은 두 팔이 전기톱을 치켜들고 있는 이상 목을 가로로 긋는 칼날은 도달할 수 없다.

그렇다면 노릴 만한 곳은 한 곳밖에 없었다.

타키나는 허리를 낮췄다. 한 걸음 물러나 숙인 왼쪽 다리에 힘을 모은다.

거한이 거리를 좁힌 것과 동시에 타키나는 왼쪽 다리로 바닥을 힘껏 딛고 앞으로 나가며 허리를, 팔을, 그리고 마체테를 있는 힘껏 회전시키듯 휘둘렀다.

상대도 전기톱을 내리찍으려 했지만 그 무게 때문에 동작이 너무 느렸다.

마체테 날이 거한의 오른 무릎을 노린다. ―딱딱하다. 파고들질 않는다. 그래도 타키나는 엇갈리면서도 계속 힘을 실었지만… 마체테 날이 부서지고 말았다.

균형을 잃고 타키나는 바닥을 구르며 거리를 벌렸다.

부웅부웅, 위협적인 소리를 내며 거한이 다시 타키나 쪽으로 몸을 돌렸지만 뜻밖에 오른 무릎을 꿇는다. 상처에서 피가 흘러나온다. 무릎 관절에 대미지를 주긴 했나 보다.

"타키나, 도망치자!"

치사토가 소리친다. 미즈키는 이미 숲속을 향해 전력 질주하고 있었다.

"한 번 더 공격할게요! 먼저 도망치세요!"

마체테는 부서졌지만 아직 30센티 가량의 날은 남아 있다. 상대가 전기톱을 쓰는 한, 싸우지 못할 건 없었다.

무엇보다 이 날로 제대로 꽂아 넣는다면 한 방으로 회전하는 전기톱을 자를 수 있을 거다. 그렇게 되면 둘 다 맨손이 된다. 물론 모든 면에서 상대방이 아직 더 유리하지만 무릎에 대미지를 입혔으니 승산은 충분히 있어 보였다.

"타키나! 저런 타입의 살인마는 평범하게 붙어선 쓰러뜨릴 수 없어!"

"어, 그런가요?!"

그러니까 도망치자, 라며 미즈키가 뛰어간 방향으로 치사토가 달리는 걸 보고 타키나도 할 수 없이 그 뒤를 쫓았다. 거한은 뒤쫓으려 했지만 비틀비틀 걷는 게 고작이었다. 추격해 올까 걱정할 일은 없었다.

치사토와 타키나는 계속해서 어두운 숲속을 달렸지만, 두 사람은 어떤 사실을 깨닫고 서서히 그 속도를 늦추다 결국 멈춰 서서 주위를 둘러보았다.

미즈키가 없었다. 샌들을 신은 미즈키라면 벌써 따라잡고도 남아야 했는데….

"엇갈린 것 같네요."

어두운 숲이다. 안 그래도 방향을 알기 힘들고 미즈키가 간 쪽으로 주의를 기울였다 해도 나무들 때문에 좌우로 피해야 한다. 그러다 보면 당연히 엇갈릴 수밖에 없다.

"한 번만 불러볼까. …미즈키, 어디 있어?!"

치사토의 목소리가 숲에 메아리친다. 귀를 기울였다. …미즈키의 응답은 없었다. 들릴지도 모르지만 반응하면 거한에게 들킬까 봐 경계하는 건지도 모른다.

그대로 잠시 귀를 기울이며 기다려 봤지만 소용 없었다.

어쩔 수 없다는 듯이 치사토가 한숨을 내쉬었을 때 자동차가 달리는 소리가 들려왔다.

치사토와 타키나는 서로를 쳐다보지도 않고 소리가 나는 쪽으로 뛰었다.

그 앞쪽으로 숲이 끝나고—아스팔트 길, 도로가 나왔다. 그곳을 자동차 라이트가 지나간다. 안 돼, 너무 늦어.

두 사람이 도로로 나왔을 때 이미 차는 저 멀리 달려가 버려 빨간 후미등만이 작게 보이고 있었다.

"이런… 차를 타면 대개는 클리어인데."

가로등도 없는 시골길. 하지만 차가 오간다면 어느 마을로든 이어져 있을 거다.

차를 쫓듯 길을 따라 걸어가기로 했다.

"일단 다시 습격해 왔을 때의 대처법이라도 논의해볼까요. 전기톱 말인데요… 이거면 해결할 수 있을 것 같아요."

타키나는 아직 손에 들고 있던 부러진 마체테를 보여주었다.

전기톱은 그 중량을 포함해 애초에 휘두르는 용도로 만들어지지 않았다. 아무리 완력이 센 거한이라 해도 움직임은 아무래도 커지기 마련이고, 지면과 나무, 돌 등에 그 끝이 닿기라도 하면 블레이드가 요란하게 날뛰기 때문에 다루는 데 더욱 신중해질 수밖에 없다.

실제로 전기톱에 맞으면 다치긴 하겠지만 목이라도 공격당하지 않는한 즉사하진 않을 거다. 그 사이에 전기톱을 절단하면 승산은 있다.

"뭐, 그래. 전기톱은 원래 무기가 아니라 공구니까. 하지만 여기가 꿈나라라면 공포 영화에 준거할지도 몰라."

치사토가 '쓰러뜨릴 수 없다'고 한 것도 공포 영화적으로 임팩트 있는 살인마 캐릭터는 그렇게 쉽게 죽지 않기 때문이다.

단지 강하다는 설정 이상으로 캐릭터가 인기 있으면 속편이 나올 수 있게 부활하는 플래그가 없으면 좀처럼 쓰러져주지 않는다고 했다.

"뭐랄까… 참 귀찮은 이야기네요. 그러면 도망치는 게 좋을까요? 살아남는 건 파이널 걸 말고 다른 방법도 있었죠?”

…어? 치사토가 놀라 멈춰 섰다.

“아니, 있긴 한데… 하지만 파이널 걸만큼 기본 법칙이 아니라서, 아니 약간 예외적이라고 해야 하나….”

치사토가 머뭇거리는 걸 보고 타키나는 치사토의 앞으로 나와 그녀의 얼굴을 쳐다보았다.

“뭔데요?”

“…아니, 그게… 그러니까, 살아남는 건 연인… 커플이거든.”

침묵.

정적에 귀가 아플 정도였다.

“그거 참 뭐라고 해야 할지… 무척 어려운 조건이군요….”

“그치…?”

치사토가 머뭇거리며 타키나는 힐끔힐끔 쳐다본다.

지금은 그런 사소한 걸 신경 쓸 때가 아닐지도 모른다. 하지만 연인이란 실제적 문제로 뭘 해야 연인이라고 정의할 수 있는 걸까?

결혼과 달리 계약 서류가 필요하진 않을 거고. 서로가 ‘우린 사귄다’고 선언하면 연인으로 인정받게 되나? 아니면 키스라도—.

…뭔가 이상한데.

그러는 사이에 타키나는 어떤 사실을 깨달았다.

줄곧 묘한 위화감이 들었었다. 물론 꿈나라라서 그런 거라 할 수도 있겠지만, 묘하게 강한 위화감이 계속 붙어 다녔다. 원인은 눈앞에 있는 치사토다.

그래서 깨달았다.

“치사토, 알았어요. 이건… 헉?!”

타키나와 치사토 사이에 뭔가가 날아 들어와 두 사람은 반사적으로 뒤로 몸을 날렸다. 또르르르, 메마른 가벼운 소리를 내며 아스팔트 위를 구르는 건… 피에 젖은 안경. 미즈키 거였다.

그리고 그게 날아온 방향… 두 사람이 걸어온 길 끝을 보자 '고키겐' 가면을 쓴 거한이 우뚝 서 있었다. 손에는 전기톱이. 그는 그걸 치켜들고 시동을 켰다.

다리에 대미지를 입혔을 텐데. 쫓아온다 해도 이건 너무 빠르다. 타키나가 당황하고 있는데 치사토가 아차, 하고 머리를 긁적였다.

"어떡하지! 깜박했다! 살인마는 텔레포테이션 같은 걸 쓸 줄 아는 놈도 많은데!"

"그게 가능해요?"

"정확하겐 텔레포테이션 능력이 아니라 이유는 모르지만 주인공들을 앞질러가 기다리곤 해. 걸음이 느린 경우에도."

"…정말 편리한 생물이네요."

거한이 전기톱을 들고 한 걸음씩 천천히 거리를 좁혀 온다. 거리는 아직 20미터는 된다. 도망칠 마음만 있다면 여유롭게 도망칠 수 있다. 하지만 만약 다시 텔레포테이션을 해서 쫓아온다면….

치사토가 타키나의 손을 움켜쥐고서 진지한 얼굴로 타키나를 코앞에서 응시했다.

"치사토?"

"타키나, 이제 각오해."

"뭘요?"

치사토는 거기엔 대답하지 않고 거한 쪽으로 눈을 돌린 뒤 붙잡은 타키나의 손을 두 사람의 머리 위로 치켜들었다.

"살인마 씨―! 들립니까―?! 우리… 사실 사귀거든요―!"

"아니, 저기, 치사토…."

"어서, 타키나도 맞춰줘! 말해! 하나 둘, 사귀고… 아, 뭐야, 말해야지—?!"

"그런 말을 한다고 쟤가 아, 그러세요, 그럼 놔줄게요, 그러겠어요?"

"…아니, 그건… 어려울지 모르지만."

거한은 계속해서 걸어오고 있다. 점점 거리가 좁혀진다.

안 통하나, 하고 손을 놓은 치사토는 허리를 짚고서 고개를 푹 떨구었다.

"치사토, 잘 들어요. 하나 깨달은 게 있어요."

"뭔데요?"

"이거, 내 꿈이에요."

"응? 내가 아니라? 나 이런 거 좋아하는데."

"네, 그렇죠. 그러니까 아마 어떤 방법으로 치사토의 영향을 받은 내가 꾸는 꿈이에요. 왜냐하면… 치사토가 너무 룰에 얽매여 있거든요."

타키나가 느낀 위화감은 바로 그것이었다.

치사토는 좀 더 제멋대로에, 자유롭고, 자기 마음대로 행동한다. 정해져 있다고 해서 그걸 따르는 인간이 아니다.

살인마에 공격당하는 걸 즐긴다 해도 치사토라면 언제까지 당하기만 하진 않을 거다. 클라이맥스에서의 단발 역전이 가능한 뭔가를… 여차하면 갑자기 이혼 경험이 있는 민머리 마초가 헬기를 타고 나타나 살인마를 반라로 후드려 패는 전개가 벌어져도 이상하지 않다.

그렇지 않다는 건 치사토의 꿈이 아니기 때문이다. 치사토의 꿈이 아니라면 누구의 꿈일까?

정해진 규칙을 철저하게 지키는… 카페 리코리코에서 그렇게 행동하는 건 나—이노우에 타키나밖에 없었다.

"그러니까 이건 내 꿈이에요. 그리고 난 너무 자기 뜻대로만 해먹는 살인마의 룰이 마음에 안 듭니다."

"아니, 그게, 그런데, 지금도 쫓아오고 있는데. 붕붕 소리 내면서."

"불사신 살인마란 존재하지 않아요. 살아있으면 반드시 죽일 수 있습니다. 형태를 가진 거라면 반드시 파괴할 수 있어요."

"아니, 그럴지도 모르지만… 하지만… 뭐야, 어떡하게?"

"싸워서 쓰러뜨릴 수도 있지만 귀찮으니까. 빨리 끝내버리죠."

타키나가 말을 끝내자마자 그것이 일어났다.

살인마의 뒤에서 강렬한 빛이. 살인마도 그건 무시하지 못하고 전기톱을 치켜든 채 뒤를 돌아보았고… 달려오는 컨테이너 트럭에 치여 날아갔다.

살인마가 탁구공처럼 도로에서 날아가 튕겨서 숲속으로 굴러 떨어진다.

치사토는 턱이 빠질 정도로 입을 벌리고 눈을 동그랗게 뜬 채 아무 말도 못 하고 있었다.

트럭이 정지한다. 다람쥐 마크가 달린 택배 회사였다.

"타고 갈래?"

운전석 창에서 영차 하며 고개를 내민 것은 쿠루미였다.

"부탁할게요. …치사토, 가죠."

"아니, 너, 이거… 여러모로 이러면 안 되는 거 아니냐?! 아, 하지만 이렇게 뚝 잘리듯 끝나는 것도 B급, 아니, C급 공포 영화에 흔히 있긴 한데… 하지만, 어— 그래도…."

타키나는 부러진 마체테를 던져버리고 높은 위치에 있는 트럭 조수석 문을 열고 안으로 들어갔다. 그리고 치사토에게 손을 내밀었다.

"가요, 치사토."

아아, 진짜, 어쩔 수 없네! 치사토는 떨떠름하게 타키나의 손을 잡고 트럭에 올라탔다.

컨테이너 트럭이라 뒷좌석은 없었지만 대신 앞자리가 넓고 플랫한 시트여서 세 사람이 나란히 앉을 수 있었다.

"그럼 출발한다—."

트럭이 달려 나간다. 쿠루미의 체형으로 어떻게 운전하고 있는지 의문이었는데, 그녀는 핸들이 아니라 게임 컨트롤러처럼 보이는 걸로 운전하고 있었다. 엉덩이 아래에는 영화관에서 흔히 보는 부스터 시트로 높이를 높였고, 메타 패널에는 '자동운전'이란 글자가 떠 있었다. 그래, 이러면 괜찮을 것 같네.

치사토가 "응?" 하고 소리를 냈다.

"혹시 지금 이거 룰에서 안 벗어나는 거 아닌가?"

"왜요?"

치사토가 타키나의 손을 잡고 위로 들었다.

"그야 우리, 사귀고 있어요— 했잖아."

그걸로 조건이 충족되었다고 한다면 그렇게 볼 수도 있겠지만 타키나가 원한 대로 트럭이 오기도 했다.

무엇보다 손을 잡고 사귀고 있다고 말한다고 커플이 되는 건 아니다.

그렇게 간단한 일은 아니라는 건 타키나도 알… 아니, 커플…?

커플에는 연인 두 사람을 가리키는 의미도 있지만 원래는 '한 쌍'이나 '한 팀'이라는 뜻이다.

그렇다면 치사토와 자신이 파트너라는 관계성도 일종의 커플이라고 할 수 있지 않을까.

그렇다면 콤비를 이룬 두 사람은 처음부터 생존 조건을 충족했던 건가…?

그렇게 본다면 이건 내 꿈이 아니라 우연히 그런 전개가 된 거야…?

"뭐, 아무려면 어때요. 피곤하네요."

타키나는 치사토에게 말하는 듯했지만 사실은 자기 자신에게 그렇게 말하고 있었다.

몸이 끈적거렸다. 뛰어다녀서 그런 것도 있겠지만 난방이라도 켜져 있는지 더웠다. 목도 말랐다.

치사토는 석연치 않은 모습이었지만, 타키나는 더는 신경 쓰지 않았다.

어쨌든 살인마를 물리치고 생환했다. 그러니까 이제 사소한 건 아무래도 좋았다.

타키나는 의자 등받이에 몸을 묻고 눈을 감았다.

생각했던 것보다 피곤했는지 의자에 몸이 가라앉는 기분이었다.

이젠 치사토의 손을 놓는 것도 귀찮았다.

몸이 무거워진다.

의식이 흐릿해진다.

그래도 치사토의 손의 느낌만은 언제까지도 명확하게 흐려지지 않았고, 그 온기를 타키나는 느끼고 있었다.

●

문득 눈을 뜨자… 어두웠다. 하지만 눈은 천장을 보았다. 익숙한 천장이다.

여기가 어디였더라. 타키나는 그걸 떠올리려 했지만 막 잠에서 깬 탓인지 머리에 안개가 낀 것처럼 아무것도 생각나지 않았다.

눈만 움직여 주위를 살펴보니 대충 어딘지 알 것 같았다.

"…다다미방?"

카페 리코리코 안쪽에 있는 방이다. 커튼 틈으로 햇살이 들어온다… 아침인가.

멍하니 있는데 갑자기 여성의 고함이 들려왔다. 하지만 실제의 그것은 아니다. 창에서 시선을 반대로 돌리자 거기엔 태블릿이 세워져 있었고, 피투성이 여자가 전기톱을 든 기분 나쁜 남자에게서 도망쳐 다니는 영상이 흘러나오고 있었다.

—아아, 그래서….

기억은 애매한데 묘하게 타키나는 뭔가가 이해되는 기분이었다.

뭔가 귀찮은 꿈을 꾼 것 같은데 생각이 나지 않는다.

어제 기침을 시작으로 열까지 나기 시작했을 때 복수하듯 치사토에게 끌려와 방에서 잠이 든 뒤엔 잠깐 출근을 했다가… 돌아온 그녀가 영화를 보여주며 쉬지 않고 해설을 해주는 걸 들었던 기억만은 어렴풋이 남아 있다.

"…치사토?"

타키나는 누운 채 머리 쪽으로 뻗은 자신의 손에 따뜻한 온기가 느껴진다는 걸 깨달았다.

누워서 올려다보니… 잠들어 있는 치사토가 있었다.

둘이 같이 태블릿을 보기 위해 서로의 머리를 맞대듯 이불을 한 채 더 깔고 누웠었나 보다.

그리고 서로 치켜든 손이 겹쳐 있는 건 우연이었을까, 아니면 무슨 의도가 있는 걸까. 모르겠다. 어쨌든 이건 꿈하고 똑같아….

치사토의 손을 놓고 몸을 일으켰다. 주변이 난장판이다. 목이 말랐다.

꿈…? 어떤 꿈이었지? 생각이 나지 않는다.

머리맡을 보니 빈 스포츠음료와 아직 뜯지 않은 '고키겐' 주스 캔이 있어 그걸 열어 마셨다. 상온의 유성 탄산음료는 단맛이 강렬했다….

"어? 깼어?"

인기척을 느꼈는지 미즈키가 방으로 들어왔다. 그녀가 이미 가게 유니폼으로 갈아입은 걸 보니 지금은 아침이 아니라 오픈 시간인 대낮인지도 몰랐다.

"크으— 벌써 이렇게 어지럽히다니. 아, 정말이지…. 뭐가 '타키나 간병은 나한테 맡겨~♪'냐고. 결국 자기가 놀고 싶어서 그런 거잖아."

치사토 얘기를 하는 거겠지. 그녀의 잠든 얼굴은 확실히 웃고 있었다. 즐거운 꿈이라도 꾸나 보다.

"아, 죄송해요. 그대로 잠들었나 봐요."

"아아, 괜찮아, 괜찮아. 환자는 누워 있어."

"땀도 많이 흘렸고 이제 다 나았어요."

"방심은 금물이야. …자, 이거 선물. 복숭아 통조림이다."

아직 치사토가 받은 게 그대로 남아 있을 텐데…. 타키나는 얌전히 받아 들고 고맙다고 인사했다.

"그리고 어제 단골손님들이 또 병문안 선물을 잔뜩 가져왔으니까 이따 가져올게."

"…저한테요?"

"또 누가 있는데?"

"…치사토?"

"이 바보는 벌써 다 나았잖아. 전부 다 네 거야, 타키나."

—누가 걱정해주면… 기쁘잖아?

치사토가 한 말의 의미를 알 것 같았다. 그 이해에는 근질거리는 느낌이 동반됐다.

"오늘은 일은 됐으니까 조금 더 쉬어."

"고맙습니다. 일단 옷부터 갈아… 아니, 샤워할게요. 몸이 너무 끈끈해서요."

"그래? 몸 식지 않게 조심해라. 그럼… 아."

방에서 나가려던 미즈키가 걸음을 멈추고 뒤돌아본다.

"…잠깐만. 그 멍청한 얼굴로 자고 있는 쟤, 어제 목욕 했어?"

"모르겠는데요… 어?"

적어도 치사토는 자기가 간병하던 날 저녁엔 씻지 않았었다.

설마 이틀이나 안 씻은 거야…?

타키나와 미즈키 사이에 묘한 긴장감이 흘렀다.

타키나는 조심조심, 편안하게 잠든 치사토의 머리카락에 코를 가져갔다.

코끝을 반쯤 치사토의 머리에 묻고 킁킁, 냄새를 맡았다.

"아, 씻었네요. 좋은 냄새가 나요."

안도하는 공기가 방을 가득 채웠다.

작가 후기

여러분, 안녕하세요, 아사우라입니다!

『리코리스 리코일 Recovery days』를 사주셔서, 그리고 여기까지 읽어주셔서 정말 고맙습니다.

이 작품은 웹사이트『리코리스 리코일 공식 note』에서 연재한 작품에 새로운 단편을 추가한 것입니다.

원래 그 광고라든가 QR 코드를 실어야 하겠지만 여러 사정으로 소개를 못 했습니다. 관심 있으시면『리코리스 리코일 공식 note』로 검색하시거나【https://note.com/lyco_reco】를 봐주시면 감사하겠습니다.

처음 예정으로는 note에서 이런저런 단편을 쓰다가 그중에서 특정 테마에 맞는 걸 선택해 모아서 책으로 내자… 는, 지금 생각하면 꿈 같은 아련한 구상이 있었습니다만, 여러 사정으로 인해 note의 시작부터 늦어지고, 책 발매는 3월로 확정되어서 아하— 이거 지난번하고 같은 패턴이겠네? 라는 예측을 비교적 이른 단계에서 하게 되었습니다. 예측이라기보다는 불길한 예감이랄까, 시련의 느낌이랄까… 네, 그런 거죠.

『리코리스 리코일 Ordinary days』에서도 그랬지만, 이 작품은 다양한 의미에서 항상 아슬아슬합니다. 여러분, 응원 부탁드려요.

계속해서 note에서 연재를 하게 될 것 같으니 서서히 처음에 구상한 대로 흘러가면… 좋겠다… 는 생각을 갖고 있습니다.

자, 그럼 감사의 인사를.

뭐니 뭐니 해도 일단 저보다 더 아슬아슬한 싸움을 해야 했던… 아니, 아마 지금 이러는 사이에도 사방으로 이리저리 끌려다니며 수라장을 겪고 있을 일러스트를 그려주신 이미기무루 대선생님. 이번에도 그레이트한 일러스트입니다! 멋져요!

그리고 애니를 제작해주신 관계 스태프 여러분, 공식 note 관계자 여러분, 책을 내는 데 있어 (주로 스케줄적인 면에서) 무리해주신 출판 관계자 여러분, 정말 고맙습니다!

리코리스 리코일은 본 작품과 만화, 그리고 이미 발표된 바와 같이 현재 신작 애니메이션도 예의 제작 중입니다.

모두 다 즐겨주시면 감사하겠습니다.

그럼 앞으로도 다시 만나게 되길 기대하며 이만 마치겠습니다. 그럼 또 만나요!

아사우라

■ 포스트 크레디트 신『그리고 다시』

본편이 끝나고 스태프롤이 모두 올라간 극장에 조명이 다시 켜진다.

방음으로 귀에 마개를 씌워둔 것 같았던 그곳에 평소라면 들릴 리 없는 사람들이 내는 옷이 스치는 소리와 발소리, 텅 빈 팝콘과 종이컵 안에서 얼음이 춤추는 경쾌한 소리….

영화의 세계에서 현실 세계로… 그걸 한 걸음 앞둔 세계라고 이노우에 타키나는 생각했다.

치사토가 재빨리 팝콘과 음료 컵을 들고 일어서서는 좌석에 놓고 가는 건 없는지 살핀다.

한 줄 뒤에 앉아 있던 미카, 쿠루미, 미즈키도 자리에서 일어나 움직이기 시작했다.

타키나도 그런 극장 안에서 나오자, 바로 소음이 돌아왔다. 빈 그릇은 여기에 버리라는 직원의 목소리. 사람들도 스위치가 켜진 것처럼 수다를 떨기 시작하고 화장실로 달려가는 사람도 적지 않았다.

"스태프롤을 끝까지 보는 사람이 생각보다 많네요. …왜 보는 거죠?"

옆에서 걸어가던 치사토가 순간 꿈틀 하더니 팔짱을 꼬고 고개를 숙인다.

"또 그런 어려운 질문을 던지고 있네…."

"그런가요?"

"뭐, 나는 끝까지 보는 타입이지만… 가장 큰 목적은 여운에 잠기기 위해서? 스태프롤 때 나오는 노래도 제작자가 꼼꼼히 준비한 거고 작품 세계를 망치는 게 아니니까 아아, 좋았어, 재미있었어, 그렇게 곱씹을 수 있잖아. 그리고 멋진 작업을 보여준 배우와 스태프를 체크하기도 하고.”

“그런 걸 해요?”

“아니, 뭐 그렇게 진지하게는 아니고 멍하니 보는 거긴 하지만. 아, 그래도 가끔 단역에 유명한 배우가 나오기도 하면 ‘진짜 맞아?’ 하는 발견을 하게 되기도 하지. 그게 또 한 재미야. 그리고… 포스트 크레디트 신이 있으면 완전 주먹 불끈할 일이고.”

낯선 단어가 나왔다. 뒤따라 걷던 쿠루미가 대화에 끼어들어 해설해 주었다. 마지막에 나오는 쿠키 영상이라고.

포스트 크레디트 신은 스태프롤 뒤에 나오는 부록이다. 속편을 암시하는 영상일 때도 있고, 갑자기 초월적 시점으로 바뀌어 관객에게 “다 끝났어, 집에 가” 라고 말하기도 하고, 아무 의미 없는 주인공들의 소소한 영상이기도 하고… 또 어떤 때는 그 작품의 중대한 정보를 집어넣기도 한다고 했다.

“방금 본 영화에는 없었는데 그러면 아쉽다는 생각이 드나요?”

“아니, 그건 그거고. 있으면 좋고 없어도 상관없어. 사실 없는 게 일반적이야. 하지만 어쩌면 있을지도 모른다고 생각하면 아무래도 기대를 하게 되긴 하지.”

어려운 이야기인 것 같다. 하지만 돈을 낸 입장에선 작품을 제대로 음미하기 위해선 스태프롤을 끝까지 보는 게 좋을 것 같다는 생각은 타키나도 들었다.

극장을 나와 엘리베이터 앞으로 오자 “자, 그럼” 하고 치사토가 일행을 돌아보았다.

“다들 영화표는 잃어버리지 않았겠지?!”

극장 입장권을 말하는 거겠지. 반으로 자르는 타입이 아닌 출력된 종이다.

“이런 쇼핑몰에는 흔히 영화표가 있으면 서비스를 받을 수 있는 경우가 많거든! 추천은 지하의 오락실이다! 뽑기 게임이 한 번 무료! 200엔 게임기에도 쓸 수 있어!”

그 말에는 타키나도 반응을 안 할 수 없었다.

“그건… 상당히 이득인 거 아닌가요?!”

치사토가 마치 자기가 한 것처럼 우쭐댄다.

“이득입니다. 아주 이득이죠.”

뽑을 수 있다면 그렇지, 라고 미즈키가 가볍게 웃으며 말했다.

“때마침 여기에 다섯 명이나 있네… 대개 다섯 번이면 인형 하나는 뽑을 수 있거든. 그리고 200엔짜리는 비교적 뽑기 쉬워. 참고로 다른 가게도 쓸 수 있는 데 많으니까 팸플릿이나 사이트 살펴봐. 잘 보면 생각보다 좋은 거 많아.”

“난 빨리 어디 들어가서 한잔하고 싶은데.”

“난 단 게 먹고 싶어. 식사도 좋고.”

“여기 꼭대기층에 스파 있었지 않나. 난 거기. 사우나 뢰윌뤼(주7)는 한 번 경험해 보고 싶었거든.”

“뭐야, 다들 흩어지게?”

치사토가 불만스럽게 말했다. 치사토는 모처럼 같이 나왔으니 다 같이 돌아다니고 싶었겠지.

치사토 머리를 미즈키가 가볍게 쓰다듬듯 두드린다.

“사람은 다 다른 법이잖아. 그리고 여기 스파는 남성 전용이라고.”

타키나가 목소리를 높였다.

“아뇨, 그렇다고 해도 처음엔 다 같이 오락실에 가요. 흩어져도 그다음에 하죠. 안 가는 건 물론 손해지만 각자 가는 것도 손해예요. 상품을 손에 넣을 확률이 낮아지잖아요.”

주7) 뢰윌뤼: 핀란드식 사우나에서 달군 돌에 물을 뿌려 발생시킨 수증기 또는 그런 방식의 사우나를 말한다.

좋은 의견인데―, 치사토가 웃으며 동의하더니 엘리베이터 버튼을 누른다.

"그럼 카페 리코리코, 출격이다!"

●

"어때, 태블릿이나 컴퓨터로 보는 것도 좋지만 영화관에서 보는 영화도 생각보다 괜찮지?"

식사를 마치자마자 치사토가 그런 질문을 던졌다.

"네, 영화 자체는 솔직히 미묘하긴 했지만요."

"그래도 많이 애썼잖아―."

"이 경우에 '애썼다'는 칭찬이 아니에요. 피의 양과 고어 표현도 지나치고… 뭐, 살인마 조형은 나쁘지 않았습니다만."

"그것만으로도 볼 가치는 있어."

"부정은 하지 않겠어요. 하지만 사전 정보를 입수해서 봐야 할지를 엄선해야겠네요."

"그건 운에 맡기는 거 아니겠냐고―."

"돈과 시간을 낭비하는 꼴이거든요."

"그럼 다음엔 타키나가 골라."

"네, 그렇게―."

―뭐지?

타키나는 정면에 앉은 치사토를 응시하며 큰 위화감을 느꼈다.

식후의 사과 주스를 마시는 치사토의 표정은… 의기양양했다. 왜 그녀가 저런 표정을 짓는 거지? 치사토의 영화 선택을 부정했는데 왜…

아아, 그런 거였구나.

타키나는 비로소 지금 자신이 발목을 잡혔다는 걸 깨달았다.

당연하다는 듯이 또다시 영화관에 가는 것으로 이야기가 흘러가고 있었다.

영화가 시작하기 전에도 비슷한 이야기를 했었다.

하지만 지금 이 대화로 타키나가 주도해 영화관에 가는 걸로 이야기가 정해지고 말았다.

우연은 아니다. 확실히 타키나에게 말려들었다.

그리고 치사토는 지금 타키나가 그 사실을 눈치챘다는 걸 알고 있었다.

그래서 저런 의기양양한 표정을 짓고 있는 거다.

"화내지 말라고~. 예쁜 얼굴이 안 귀여워지잖아?"

치사토의 의기양양한 얼굴은 능청스럽게 웃는 얼굴로 바뀌었다.

카페 리코리코 멤버 전원이 오락실에 가서 즐거운 시간을 보내고 치사토의 요청으로 오락실 근처에 있는 카페에서 커피와 함께 다 같이 영화 감상회를 가졌다. 그런 다음 미즈키는 1층의 수제 맥주를 마실 수 있는 가게로, 미카는 최상층 스파로, 쿠루미는 3층으로 팬케이크를 먹으러 가고, 타키나와 치사토는 4층에 멋진 잡화점 안에 있는 카페에서 식사를 했다….

영화 내용이 조금 미묘하긴 했지만 영화표 할인 서비스의 유무와 상관없이 오늘이라는 하루를 즐기고 있었다.

그건 틀림없었다.

그래서 싫지 않았다.

그게 조금 분했다.

치사토가 갑자기 부드러운 미소를 짓는다.

"뭐, 무리하지는 말고. 타키나 뜻대로 해. 하지만 만약 또 가고 싶어진다면—."

"또, 또 갈 거예요. 본편 전에 나온 예고에서 재미있어 보이는 게 있었잖아요. 그거나… 물론 좀 더 정보가 뜨면 조사해보고 나서 결정할 거긴 하지만."

"그럼 기대해도 될 것 같으면 말해줘. 그러면 또 같이 보러 가자."

치사토가 생긋 웃는다.

평소엔 어린애 같은, 해바라기 같은 미소인데 지금 치사토의 미소는 그것과는 묘하게 달랐다.

그녀에게는 가끔 그런 때가 있다.

지금과 같은 치사토의 미소를 보면 한 살 선배라든가 사상 최강의 리코리스라든가 그런 것보다 훨씬 더 위인—어른처럼 보이고, 또 동시에 나는 너무나 어린애처럼 느껴지곤 한다.

묘하게 부끄러워져서 시선을 돌린 타키나는 무릎 위에 올려둔 카페 리코리코가 총력을 기울여 획득해낸 커다란 펭귄 인형에 턱을 올리며 얼굴의 반을 묻었다.

"…네, 또 같이 가요."

타키나는 쥐어 짜내듯이 짧게 대답했다.

리코리스 리코일 Recovery days

2025년 12월 15일 초판 인쇄
2025년 12월 30일 초판 발행

저자 · ASAURA
일러스트 · IMIGIMURU
역자 · 유정한
발행인 · 황민호
전략콘텐츠사업본부장 · 박정훈
책임편집 · 김선림
편집기획 · 신주식 최경민 윤혜림
마케팅 · 이승아
국제업무 · 이주은 김준혜
제작 · 최택순 성시원
한국판 디자인 · 디자인 우리
발행처 · 대원씨아이(주)

서울 특별시 용산구 한강로3가 40-456
편집부 : 02-2071-2104 FAX : 02-794-2105
영업부 : 02-2071-2061 FAX : 02-794-7771
1992년 5월 11일 등록 3-563호

http://www.dwci.co.kr/

Lycoris Recoil Recovery days
©Asaura 2024
©Spider Lily/Aniplex, ABC ANIMATION, BS11
Edited by 전격 문고
First published in Japan in 2024 by KADOKAWA CORPORATION, Tokyo.
Korean translation rights arranged with KADOKAWA CORPORATION, Tokyo.

ISBN 979-11-423-3667-6 03830